NOS ELLES DÉPLOYÉES

ISBN 979-10-352-0443-3

Éditrice : Charline Vanderpoorte
Assistante d'édition : Juliette Gaillard
Conception graphique couverture : Florie Briand
Maquette intérieure : Amandine Chambosse

Loi n° 49-956 du 16 juillet 1949 sur les publications destinées à la jeunesse

JESSIE MAGANA

NOS ELLES DÉPLOYÉES

roman

EDITIONS
THIERRY
MAGNIER

Jessie Magana a publié une quinzaine de romans et documentaires, adressés aux enfants, aux adolescents ou aux adultes. Ses livres témoignent de son engagement pour l'égalité entre les peuples, entre les sexes. Son engagement se prolonge sur le terrain, grâce aux ateliers d'écriture qu'elle anime auprès des jeunes. Elle vit près de Rennes.

Bibliographie :

Tous différents mais tous égaux ! Et toutes les questions que tu te poses sur le sexisme, le racisme et bien d'autres discriminations (illustré par Clémence Lallemand), Fleurus, 2021.

Des Mots pour combattre le racisme (avec Alexandre Messager), Syros, 2020.

Atlas d'histoire : D'où vient la France ? (avec Laure Flavigny et Aurélie Boissière, illustré par Julien Billaudeau), Actes Sud Junior, 2020.

Les Mots pour combattre le sexisme, Syros, 2019.

D'espoir et d'acier : Henri Gautier, métallo et Résistant (illustré par Sébastien Vassant), L'Atelier, 2018.

Des cailloux à ma fenêtre, coll. Les Héroïques, Talents Hauts, 2016.

Atlas : Comment va le monde ? (avec Laure Flavigny et Aurélie Boissière, illustré par Séverine Assous), Actes Sud Junior, 2016.

Eux, c'est nous. (avec Daniel Pennac et Carole Saturno, illustré par Serge Bloch), Collectif des éditeurs jeunesse avec les réfugiés, diffusion Gallimard Jeunesse, 2015.

Riposte ! Comment répondre à la bêtise ordinaire, (illustré par Alain Pilon), Actes Sud Junior, 2014.

Comment parler de l'égalité filles-garçons aux enfants, Le Baron perché, 2014.

Gisèle Halimi : « Non au viol », coll. Ceux qui ont dit non, Actes Sud Junior, 2013.

Général de Bollardière : « Non à la torture », coll. Ceux qui ont dit non, Actes Sud Junior, 2008.

Or, dans nos mœurs,
le monde des hommes et celui des femmes
sont comme le soleil et la lune :
ils se voient peut-être tous les jours,
mais ils ne se rencontrent jamais.
Mouloud Mammeri, *La Colline oubliée*, Plon, 1952.

This book is "a" feminist way of looking at women,
but not "the" feminist way.
People constantly ask me:
"What do the feminists think of…"
I can only answer for myself.
Abigaïl Heyman, *Growing Up Female. A Personal Photojournal*, Holt, Rinehart & Winston, 1974.

1re PARTIE

1974

1.

Des femmes, partout. La place de la République est à elles, Solange n'en croit pas ses yeux. Mais pas le temps de s'attarder, Coco la tire par le bras, elles slaloment entre les petits groupes, à la recherche des copines. Sur une affiche, la statue de la Liberté brandit son poing au sein d'un ovule brisé. Trois filles chantent « L'amour entre nous, aux hommes la guérilla ». Au loin, une banderole proclame « Mon corps est à moi ».

Voilà Sylvie, enfin. Elle tient une pancarte « Nos désirs font désordre ». Poing serré, elle martèle des phrases sèches, aiguës :

– Il faut que vous compreniez, les filles, votre ventre est sous tutelle. On vous a livrées à la naissance avec votre stock d'ovules. Ils se sont mis à s'échapper, un par un, tous les mois, depuis vos premières règles, et ça jusqu'aux dernières, et vous êtes comme un entrepôt qu'on vide peu à peu jusqu'à ce qu'il ne reste qu'une coquille vide qui ne servira plus à rien, puisqu'on ne pourra pas la remplir : la remplir avec un pénis, la remplir avec un gosse. Après, il vous restera plus qu'à la remplir avec de la bouffe, jusqu'à votre mort.

Sa crinière brune se balance en rythme. Ses yeux verts de serpent Kaa hypnotisent deux jeunes filles jusqu'à ce que l'une d'elles se réveille en sursaut :

– Comment tu peux dire ça, moi je veux des enfants !

– Tu es conditionnée. Depuis ta naissance, avant ta naissance : baise, procrée, cuisine et tais-toi.

Solange adore cette réplique, elle fait mouche à tous les coups.

– Mais l'instinct maternel ? ose timidement l'autre fille.

– L'instinct maternel sent les couches sales et le Paic Citron. Les femmes en ont été affublées pour qu'elles acceptent les grossesses non désirées…

– Sylvie !

Coco l'attrape par les épaules, claque une bise sur sa joue.

– Tu vas faire peur aux jeunes recrues.

Les deux filles en profitent pour s'éclipser.

– Ah, les moutons… soupire Sylvie. On a encore du boulot. Qu'est-ce que vous faisiez ? Je commençais à me sentir seule. Ça va, ma biche ?

Solange se jette dans ses bras, s'attarde une seconde, en voudrait une autre, mais une grande fille tout en longueur et une femme enceinte déboulent. Nicole et Danielle. Laurel et Hardy, pense Solange. Il manque encore Marie-Claude et Anna pour que le groupe soit au complet.

Cette manif, elles la peaufinent depuis des jours. À quelques semaines du vote de la loi sur l'avortement promise par Giscard, il faut mettre la pression. Hier, comme souvent, le petit deux-pièces-cuisine où Solange et Coco vivent toutes les deux était bourré à craquer. Une trentaine de copines squattaient là, jusqu'à épuisement du stock de cigarettes, de camembert, de vin rouge et de paroles. C'est Coco qui a eu l'idée d'organiser l'enterrement des avortements clandestins pendant la manif. Histoire d'en finir une fois pour toutes. Elles ont préparé un faire-part géant : « Ci-gisent les avortements clandestins » et un grand cercueil en carton peint en noir, qu'elles vont brûler tout à l'heure.

Solange a adoré découper les fleurs en papier crépon de la couronne mortuaire. Elle a eu le droit de rester, cette fois. Pas comme la semaine dernière. Contrôle de maths le lundi, la barbe. Coco veut toujours qu'elle soit en forme quand il y a un contrôle, c'est sa seule concession à l'ordre établi. Ces soirs-là, Solange reste dans sa chambre mais elle ne s'endort que lorsque la porte de l'appartement se referme sur la dernière des dernières. Souvent Sylvie.

C'est comme ça depuis quatre ans. Depuis que Coco a vu cette affiche, rue des Canettes, frappée de ces trois lettres : MLF. Quelques jours plus tard, Coco a emmené Solange à une AG, aux Beaux-Arts. Des dizaines de femmes inconnues, beaucoup de jeunes, d'autres de l'âge de Coco. Solange était la seule enfant, elle avait onze ans. Les femmes parlaient de ce dont on ne parlait jamais nulle part : du copain qui ne ramasse pas les miettes, de la mère qui veut un gendre avec situation, du patron qui demande toujours son café quand on part aux toilettes, du mari qui n'a jamais donné un biberon, du fils qui ne sait pas retrouver ses affaires, de l'amant qui jouit trop vite. En rentrant ce soir-là, Coco a serré Solange dans ses bras à l'étouffer, puis elle a murmuré : « Tu te rends compte, on était ensemble, entre nous, entre femmes, et on était d'accord. D'accord. C'est la première fois que je vois ça. J'ai rencontré des sœurs. »

Ces sœurs ont peu à peu colonisé leur petit cocon. Marie-Claude la cheftaine, Nicole la gauchiste, Danielle la bourgeoise, Anna l'ouvrière, et enfin Sylvie, la pasionaria. « Il y a de la place pour toutes », dit Coco. Son cœur s'est agrandi, ses bras se sont multipliés. Solange est devenue la mascotte du groupe. Et « Coco », ce diminutif qui remplace « maman », autrefois réservé à Solange, circule à présent sur toutes les lèvres.

– Vous voilà enfin ! Mais où est le cercueil ?

– Bonjour Marie-Claude, entonnent les copines, en chœur.

– Bonjour, oui, pardon. Alors, le cercueil ?

– C'est Anna qui doit l'apporter.

– Anna est toujours en retard, ronchonne Marie-Claude en tournant les talons.

Sylvie claque un salut militaire, Solange éclate de rire. Marie-Claude, c'est la plus ancienne. Elle était là, en août 1970, à l'Arc de Triomphe : l'acte de naissance du MLF. Elles n'étaient que dix. Les unes portaient une gerbe de fleurs, les autres des banderoles. Elles criaient : « Il y a plus inconnu que le soldat inconnu, sa femme ! » Les flics les ont embarquées et elles ont fait la une de *France-Soir*.

Le cortège s'ébranle, tant pis pour Anna et le cercueil. Danielle a gonflé son ballon « Nous sommes toutes des avortées ». Son gros ventre fait son effet auprès des passants. En bordure de manif, la vie continue. Les terrasses de café sont pleines, un couple s'embrasse dans un coin, une mère, l'air pressé, pousse un énorme landau. Du seuil de sa boutique, une coiffeuse au brushing impeccable toise les manifestantes. Solange passe la main dans ses cheveux roux emmêlés. « Ma sauvageonne », dit Coco. Pas d'horaires, pas de contraintes, pas de politesse. Elles vivent comme ça. Elles emmerdent le monde depuis toujours, et encore plus depuis qu'elles ont rencontré Sylvie.

Sur le trottoir, les hommes sont perplexes. « Plutôt marrante, cette manif. » « Ces bonnes femmes dans la rue, c'est un peu ridicule. » L'un d'eux leur lance :

– Vous êtes toutes des bonnes à rien.

– Comment, monsieur, j'ai élevé seule deux enfants et je suis une bonne à rien ? réplique Danielle.

Le mec ne trouve rien à répondre, Danielle jubile. Aux fenêtres d'un immeuble, hommes et femmes sont à la lutte pour le premier rang du spectacle. Coco hurle :

– Les femmes, dans la rue, pas dans la cuisine !

Une mamie rentre de ses courses avec un cabas bien rempli, Coco la prend par le bras, l'entraîne dans le cortège, la dame suit en riant et lui confie à mi-voix :

– Je n'aurais pas cru ça possible, il y a cinquante ans que j'attends ça.

Coco sourit. Elle dit souvent qu'elle est née à trente ans, que Solange a bien choisi son moment pour devenir une femme. Solange se dit qu'elle n'a pas choisi grand-chose.

Une vieille revêche s'écrie :

– Elles ont qu'à pas baiser !

– Vous avez pas baisé, vous ? répond Coco.

– Si, mais on faisait attention ! Elles ont qu'à pas être aussi feignantes. Hop, on se lève, on se lave et puis c'est tout !

Solange éclate de rire. Coco lui a tellement expliqué comment on ne fait pas les bébés qu'elle pourrait donner une bonne leçon à cette vieille sorcière.

Sylvie montre un groupe de mecs :

– Qu'est-ce qu'ils font dans la manif, ceux-là ? Qui leur a dit de venir ?

Coco hausse les épaules. Le groupe des révolutionnaires est le seul mouvement qui est resté solidaire du MLF.

Les trotskistes, maoïstes et autres -istes les ont lâchées. Pour Sylvie, c'est niet, ils n'ont rien à faire là. Marie-Claude est furieuse. Coco explose :

– Arrêtez un peu, vos quelques mecs, est-ce que c'est grave ? Regardez, le monde !

– Forcément, tu es hétéro, ça te pose pas de problème que les mecs soient là, rétorque Marie-Claude. Au fait, ça te gêne pas de baiser avec ton ennemi principal ?

Solange déteste quand elles se disputent. Le problème, c'est qu'elles adorent ça. Plus elles s'écharpent, mieux elles se réconcilient après. Aujourd'hui, Coco encaisse. Elle élude :

– On en parlera une autre fois, d'accord ? Là, l'important, c'est la contraception et l'avortement.

– Tu sais bien que l'avortement n'est qu'un préalable à la libération. Il faut renverser le patriarcat, le capitalisme, changer tout le système ! rétorque Sylvie.

Ces mots-là dansent dans sa bouche. Elle les roule soigneusement et semble s'en délecter, comme quand elle déguste un bonbon à la framboise, ses préférés. Les mêmes que Solange.

Coco soupire, fronce les sourcils. Cette tête-là, elle l'avait souvent avant de rencontrer les copines. Elle avait presque disparu, mais depuis quelques semaines, elle revient. Coco s'inquiète pour le mouvement. Il se déchire entre les anciennes, les historiques, membres du Planning familial, et les nouvelles, celles du Mlac, qui pratiquent des avortements en dépit de la loi. Et puis il y a les radicales, comme les copines lesbiennes de Sylvie et Marie-Claude, qui veulent une révolution. « On est près du but, il faut tenir », rabâche Coco à chaque conflit.

Solange décide d'intervenir :

– Vous allez quand même pas vous engueuler aujourd'hui ! On a réussi, regardez !

L'avenue, hérissée de pancartes et de slogans, bruissante de leurs chansons, ressemble à une fête échevelée.

2.

La manif a pris son rythme de croisière, les slogans ronronnent un peu, Solange est seule, à la traîne. Quelques mètres devant, Sylvie sautille, passe de l'une à l'autre sans se préoccuper d'elle. Soudain, elle se retourne et montre : un Prisunic.

Le Prisu, c'est leur secret. Elles se retrouvent de plus en plus souvent, rien que toutes les deux, au supermarché du Quartier latin pour leurs « expéditions », comme dit Sylvie. Elles commencent par traîner dans les rayons, prennent une plaque de chocolat, essaient du maquillage. Sylvie cache du rimmel et du rouge à lèvres dans ses manches, Solange lance un « bonjour, madame » ensoleillé à la caissière, Sylvie tend sa petite pièce, Solange prend le chocolat et elles se ruent vers la sortie pour ne pas éclater de rire. Sylvie dit que c'est pour le bien de la révolution, qu'il faut baiser le capitalisme avant qu'il nous baise. Solange adore ça.

Mais ce que Solange préfère, c'est après, quand Sylvie raconte.

Petite, Sylvie ne comprenait pas pourquoi c'étaient les garçons qui grimpaient aux arbres et qui jouaient au foot. Elle ne voulait pas être sage, ni bien coiffée, ni bien élevée. On la traitait de garçon manqué, elle se dit fille réussie. La lutte, c'est sa vie. Elle est étudiante depuis un peu trop longtemps, elle boit, mange, danse, chante, transpire le féminisme. Et, quand elle l'écoute, Solange se sent comme de la pâte à modeler que Sylvie malaxe et façonne à sa guise.

Quand Sylvie joue de la guitare, ses chansons font planer Solange, presque autant que ses souvenirs, quand elle raconte les premiers baisers en colo, entre filles, les langues qui se mêlent sous les draps, en cachette des monitrices. Solange aimerait savoir ce que ça fait, quel goût ça a. Le soir, quand elle repense à ces mots-là, ses doigts se glissent dans son pyjama, explorent des chemins nouveaux, humides et doux, qui la font grimper vers des sommets inconnus.

Sylvie s'approche :

– On commence à s'ennuyer non ?

Le son des cloches d'une grande église couvre les chants des manifestantes. Une foule endimanchée attend la sortie de la messe sur le parvis.

– Un mariage ! Regarde ! chuchote Sylvie.

Un clin d'œil, elle s'élance :

– Libérez la mariée !

Solange doit en être. Elle arrache un paquet de tracts à une fille sur le trottoir, saute par-dessus une plate-bande et rejoint Sylvie qui a harponné deux bourgeoises à chapeaux :

– On est du MLF, mesdames, le Mouvement de libération des femmes. Les hommes sont des usurpateurs, il faut renverser le patriarcat… Ah, te voilà, ma biche ! dit-elle en apercevant Solange.

Soudain, derrière elles, un cri :

– La mariée, avec nous !

Trois mecs révolutionnaires s'engouffrent dans l'église, des filles sont à leurs trousses.

– Elle s'est fait baiser, la mariée !

Sylvie les suit, Solange bondit, elle se faufile entre les invités, se jette dans l'église.

– Mariage, piège à cons !

L'orgue bourdonne dans l'obscurité. Un flot ininterrompu de filles traverse une mer de chaises tendues de velours écarlate pour rejoindre les mecs déjà parvenus devant l'autel. La mariée est en larmes, sa couronne de travers, dans les bras de son mari. Il la lâche et attrape un révolutionnaire par le col. Une voix grave s'élève. Le curé.

– Qui êtes-vous ?

Solange est arrêtée net. Sylvie réplique :

– Le Mouvement de libération des femmes.

– Qu'est-ce que c'est ?

– Les femmes.

– Quelle tendance politique ?

– Les femmes.

– Ah bon, les femmes, vous avez raison.

– Vous n'avez rien à dire vous, l'Église, vous avez toujours rejeté et méprisé les femmes.

– C'est vrai mais ça va changer.

– Alors on pourra être papes ?

– Voyons ça non, ce n'est pas possible.

– Alors tant pis, adieu.

Sylvie retourne vers la porte de l'église, Solange sur ses talons, un révolutionnaire les intercepte :

– T'as vu la tête des bourgeois ?

Il éclate d'un grand rire sonore en brandissant son poing gauche. Sylvie se plante à cinq millimètres de son nez :

– Vous n'avez rien à faire là, dégage.

Elle s'enfuit, furieuse, laissant Solange fichée là, dehors, devant la porte de l'église, incapable de bouger. Une voix perce son brouillard :

– Joli coup, les filles, bravo. Je pensais pas m'éclater autant à ce mariage.

Un garçon de son âge, chemise pelle à tarte et cheveux bouclés, l'air hilare. Solange ne sait pas quoi répondre, elle hausse les épaules.

– Je te connais, on est dans le même lycée, poursuit le garçon.

– Ah bon ? Je t'ai jamais vu.

– Moi oui.

Sa peau est caramel. Solange adore le caramel. Il ne ressemble pas aux bellâtres du lycée que Solange ignore soigneusement. Une indifférence absolument réciproque. Depuis son entrée en seconde, elle n'a adressé la parole qu'à une seule personne, sa copine Lætitia, et ça ne va pas changer aujourd'hui. Elle plante le garçon pour rejoindre la manif.

Sylvie a disparu, Solange remonte le cortège et finit par tomber sur Coco, qui la serre dans ses bras :

– Tu es là ! Je t'avais perdue !

Toujours le même mélo : larmes aux yeux et vibrato dans la voix. Comme quand Solange avait disparu, de longues minutes, sur la plage, à Saint-Malo, un été. Ou quand elle revenait de l'école avec du chewing-gum collé dans les cheveux par les autres élèves. Ou quand elle lui avait dit au revoir, sur le quai de la gare, la seule fois où Solange était partie en colonie de vacances. Solange n'a plus huit ans. Elle ne supporte plus quand Coco dégouline. Elle se dégage doucement. Sylvie déboule, furieuse et ravie :

– Des bourgeoises ont quitté la manif. Perturber un mariage, un sacrilège, elles ont dit ! Un coup de génie, oui !

Elle embarque Solange vers la tête du cortège. Audace, fierté, joie se répandent dans tous les groupes. Le mythe s'élabore d'oreille en oreille, et Solange a vu, Solange y était et pourra raconter : les grondements de l'orgue, la nuit noire de l'église, la force de la vague rouge et le curé mouché par Sylvie. Elles ont pris la rue, ont forcé la porte du temple, renversé les idoles. De vraies lionnes. Sylvie ne lâche pas sa main.

Elles finissent par retrouver le cercueil. Anna a mis du temps à remonter toute la manif avec. Coco, Danielle et Nicole les rejoignent. Sylvie sort son briquet, le carton se racornit doucement sous les flammes. Elle met le feu à un torchon au bout d'un bâton, et le brandit au son des youyous, du tambourin et de l'hélicoptère de la préfecture.

Levons-nous femmes esclaves
et brisons nos entraves
debout debout
debout debout

Solange a les yeux qui piquent. Ce doit être la fumée. Coco à sa gauche, Sylvie à sa droite, elles chantent, les bras levés, les doigts joints en forme de vulve.

La place de la Nation se remplit peu à peu. Les ballons s'envolent. Des filles ont grimpé sur la statue, d'autres font des rondes, jouent de la guitare ou du tam-tam. Les flics sont là, pas loin. L'avortement, c'est interdit, profaner une église aussi, mais aujourd'hui, tout est possible.

Mais Marie-Claude rejoint le groupe avec sa tête des mauvais jours :

– Vous auriez jamais dû suivre ces mecs dans l'église. Vous allez voir, demain. Les journalistes jubilaient en pensant à leurs titres : « Des féministes perturbent un mariage. » Et nos messages, nos combats vont encore passer à la trappe. Et cette pauvre mariée ? Vous avez pensé à elle ? C'est l'une de nos sœurs, elle n'a pas mérité ça. Cette manif, c'était une fête, une fête de femmes, qu'une poignée de mecs nous ont confisquée.

Sylvie s'énerve :

– Faudrait savoir : tu veux la révolution, oui ou non ?

Solange renchérit :

– En plus Sylvie a mouché le curé et l'un de ces mecs, justement !

– Vous avez *suivi*, Solange, tu comprends, suivi ? rétorque Marie-Claude.

C'est vrai. Mais c'était drôle quand même. Sylvie rassure Solange d'un sourire. Rien ne peut assombrir cette journée.

Elles rentrent chez Coco toutes les trois, ouvrent une bouteille de vin, font bouillir de l'eau pour les pâtes et les dévorent nature, il n'y a même pas un bout de beurre dans le frigo. Sylvie sort sa guitare, susurre en imitant la voix aiguë du chanteur des Rubettes : « *Sugar baby love, sugar baby love, I didn't mean to make you blue* », Coco fait les « shoo-wap » et Solange fait les « ouh-ouh-hou ». Elle finit par s'assoupir sur le canapé, bercée par la mélodie d'un slow, sent Coco la prendre dans ses bras, tanguer jusqu'à sa chambre, la border et l'embrasser en murmurant : « Je t'aime, ma grande fille. »

3.

Le lundi, au lycée, Lætitia raconte à Solange le déjeuner du dimanche chez ses grands-parents, dans leur pavillon de Nogent-sur-Marne. Elle est fière d'elle : elle a réussi à surmonter sa nausée devant le rosbif pas cuit et les remarques nauséabondes de son grand-père sur les « melons » qui volent le travail des Français. Quand elle parle, Lætitia remonte ses lunettes d'un doigt entre les deux yeux. Solange adore ce geste, il lui rappelle leur rencontre.

Leur amitié s'est scellée dans le sang, le jour de la rentrée. À la première récré, Solange s'était réfugiée aux toilettes. Envie de parler à personne. Trop décalée dans ce bahut de bourgeois. La veille, Sylvie lui avait donné une cigarette et une jolie boîte d'allumettes : « Une Gitane, elle va te porter bonheur pour ton premier jour au lycée. Avec elle, rien ne peut t'arriver. Elle va leur jeter des sorts, à tous ces fils à papa. »

Solange soufflait des ronds de fumée, comme Sylvie lui avait appris, quand elle a entendu un sanglot étouffé. Elle a regardé par en dessous : une fille se tenait le ventre, pliée en deux, la tête contre la porte. Petite, menue, bien coiffée, elle ressemblait à toutes les autres, celles qui toisaient Solange de haut en bas, désapprouvant ses cheveux en bataille et sa tunique fleurie.

– Ça n'a pas l'air d'aller, a dit Solange.

– Tu m'as fait peur, a dit la fille en voyant sa tête à l'envers.

– Tu as mal au ventre ?

– Un peu oui mais… C'est pas ça, je peux pas ressortir.

– La porte est coincée ?

– Non, je peux pas ressortir, les Anglais ont débarqué, et j'ai pas de… !

– Ah, c'est ça, c'est rien. Attends, j'ai une serviette dans mon sac.

Solange a pris une dernière bouffée, jeté la cigarette dans les toilettes et passé sa serviette sous la porte. Les Anglais, les ragnagnas, les trucs, ces mots-là, Coco les a rejetés en bloc le jour des premières règles de Solange, en célébrant ce qu'elle appelle ses lunes. Elles ont fêté l'événement avec une magnifique tarte aux fraises.

La fille a fini par ouvrir la porte, gênée :

– Merci, vraiment, je sais pas comment je m'en serais sortie.

Ses lunettes étaient pleines de buée, son rimmel avait coulé, deux grandes traces noires striaient ses joues rebondies. Elle a remonté ses lunettes avec son doigt, lissé ses cheveux et dit :

– Au fait, je m'appelle Lætitia et toi ?

Depuis, elles ne s'étaient plus quittées.

– Eh oh, tu m'écoutes ? Et toi, ton week-end ?

Solange sursaute. Elle n'a pas envie de parler de la soirée avec Sylvie et Coco. Encore moins de la matinée du dimanche. Sylvie était là au petit-déjeuner, elle avait dormi à l'appartement. Toutes les trois, elles ont dévoré quatre croissants chacune en se léchant les doigts. Solange se contente du récit de la manif, sans en rajouter, mais, raté, Lætitia prend son air de Droopy :

– La chance ! J'aimerais bien venir avec vous la prochaine fois. Tu pourrais demander à ta mère ?

Ça recommence. Solange a déjà connu ça au collège, avec les rares filles à qui elle parlait. Les fabuleuses aventures de Solange sont fascinantes. Après *Martine à la ferme*, *Martine à la montagne*, *Martine petite maman*, *Martine petit rat de l'opéra*, voilà *Solange en AG*, *Solange en manif*... Car Solange a toujours suivi Coco partout, même là où les petites filles ne vont pas.

Août 1970, Solange au concert de l'île de Wight. Juchée sur les épaules de Coco, elle ne voyait qu'un petit point au loin sur la scène. Joan Baez, toute seule avec sa guitare, chantait *Let It Be*. Leurs corps se balançaient en rythme, épuisés par le voyage en train, en ferry, à pied, en stop, avec leurs sacs à dos. Elles n'ont rien vu, rien entendu, six cent mille voix couvraient la musique, mais il paraît que Jim Morrison a chanté *Light My Fire* les yeux fermés, sous la lumière verte. Elles ont passé la nuit dans leur tente canadienne, ce soir-là, tandis qu'autour d'elles, les cris de plaisir et d'ivresse faisaient écho à ceux de Hendrix, quelques heures plus tôt. Coco n'a pas couvert les yeux de Solange devant ceux qui se défonçaient au LSD, vomissaient leurs bières ou faisaient l'amour en public, à peine cachés sous une couverture.

Pas d'interdits, pas de tabous. Coco explique tout, les plaisirs et les dangers. Et Solange écoute Coco qui sait tout, elle qui pourtant n'a jamais pris de drogue, s'est au plus retrouvée éméchée dans quelques soirées et ne semble pas avoir de relations sexuelles avec qui que ce soit. Coco sait tout sans avoir jamais goûté à rien. Et Solange, elle, aimerait goûter.

– Je demanderai à Coco pour la prochaine manif, promis, finit-elle par répondre à Lætitia.

Ce n'est pas à Coco qu'il faudra demander, pense Solange. Elle reprend :

– Au fait, je t'ai pas dit : sur le parvis de l'église, il y avait un mec qui est au bahut. Je ne l'ai jamais vu mais il me connaît.

– Il est comment ?

– Normal. Le teint mat, rien de spécial, ment Solange en repensant à sa peau caramel.

Machine arrière. Si Solange en dit plus, Lætitia va partir dans son discours habituel sur les garçons. Elle a déjà flirté et se délecte de mots dégueulasses comme : rouler un patin, rouler un palot, une galoche, une pelle, peloter, tripoter. Tout le contraire des mots de Sylvie : embrasser, clitoris, caresser, vulve...

– Hey, salut !

C'est lui.

– Ça va depuis samedi ? Vous êtes passées dans le journal avec votre manif ! Tu sais qu'on s'est bien marrés après ?

Solange meurt d'envie d'en savoir plus mais hors de question de le montrer.

– Enfin, on est que quelques-uns à s'être marrés... les vieux étaient furax et les mariés, je te raconte pas. Au fait, je m'appelle Jim, et toi ?

Jim, comme Jim Morrison.

– Moi c'est Lætitia et elle c'est Solange, interrompt Lætitia.

Jim plante ses yeux dans ceux de Solange :

– Si ça vous dit, on va se faire un baby au café avec des copains.

Solange n'a jamais compris l'intérêt d'actionner des tiges d'acier munies de figurines de footballeurs pour pousser une balle en liège dans des buts. Elle répond d'une voix ferme, totalement neutre et assurée :

– Merci, non, j'ai un rencard.

Lætitia la regarde d'un air implorant – Droopy encore – mais face à la fermeté neutre et assurée de Solange, finit par s'incliner.

Jim répond simplement :

– Une prochaine fois !

Il s'éloigne, aérien dans ses Stan Smith, Lætitia est furieuse, Solange réprime un fou rire. Son rencard, ce soir, il est sous ses draps, avec les mots de Sylvie, mais ça, personne ne doit le savoir.

4.

Le 18 novembre, toutes les copines sont entassées dans le salon de Marie-Claude pour voir Simone Veil passer à Actuel 2. Colette prend la main de Solange.

Ma grande fille, je ne sais pas si tu te rends compte. Plus que quelques jours avant l'examen du projet de loi pour l'IVG à l'Assemblée nationale. On touche au but, ma chérie.

Générique. Deux coups sur une grosse caisse et le présentateur énonce d'une voix grave :

– L'avortement. Ce n'est pas la première fois que nous abordons ce problème, difficile, souvent dramatique, dans notre émission Actuel 2. Ce projet de loi va venir devant l'Assemblée nationale, le 26 novembre, les députés vont-ils l'adopter ou non ? Beaucoup sont contre…

– Ouhouhou ! crie Sylvie

– Chut ! répliquent les autres.

– Avant la dixième semaine de grossesse, c'est la femme qui décidera, poursuit le présentateur. Elle sera avertie, par un médecin, des risques médicaux et futurs qu'elle encourt…

– Risques mon cul ! s'esclaffe Anna.

Quand c'est bien fait, c'est sans risque, Solange. Il faudrait que je te raconte, chez Nicole. Flora, une copine de copine, qui avait entendu parler de nous. On avait mis un peu de musique classique, installé des coussins. Avec Danielle, on s'était mises de chaque côté de Flora pour lui prendre la main. Entre ses jambes, Anna parlait d'une voix douce, expliquant chacun de ses gestes. Elle a introduit la sonde dans l'utérus, aspiré le contenu avec sa pompe. La méthode Karman. Rapide, sans trop de douleur. On a pris un thé, après, toutes ensemble. On a discuté, longtemps.

Le présentateur poursuit :

– Cette interruption de grossesse ne sera pas remboursée par la Sécurité sociale…

Elles se mettent toutes à siffler.

L'angle de la caméra bouge. Simone Veil apparaît. Grave, tête baissée, dans un tailleur rouge. Une chroniqueuse prend la parole :

– À l'heure qu'il est, la loi sur la contraception de M. Neuwirth n'est toujours pas votée en dernière instance. Si le Parlement, qui comporte quatre cent quatre-vingt-deux hommes et huit femmes seulement, dénature votre projet…

Elles sont toutes debout. Elles entendent à peine Simone Veil, d'un calme olympien, annoncer que le mari pourra, non pas donner son autorisation, mais se rendre avec la femme au centre de consultation.

Stop ! Ça suffit. Et puis quoi encore ? Est-ce qu'elle sait, elle, ce que ça fait ? Aucune émotion, elle est là, face à des millions de téléspectateurs, comme si elle discutait dans son salon, une tasse de thé à la main. C'est une femme pourtant.

L'émission se termine. Marie-Claude rappelle les troupes à l'ordre :

– Il faut qu'on s'organise. Qui peut aller à l'Assemblée le 26 novembre ? Les cathos ont prévu des sit-in. Il faut qu'on soit en masse devant mais aussi dedans.

Toutes les mains se lèvent.

Il faut que tu voies ça, ma chérie. Tant pis pour le lycée.

Le 26, Colette se lève à l'aube pour se préparer. Solange dort encore, elle entrouvre la porte.

Encore cinq minutes, ma grande fille, d'accord.

Encore cinq minutes pour te raconter, sans pouvoir te le dire.

Je voudrais te décrire cette jeune fille de province qui faisait la fierté de ses parents. Père menuisier, mère au foyer. La première fille de la famille qui allait au lycée, qui ferait des études, trouverait un bon travail, institutrice par exemple, un beau métier pour une femme.

Je voudrais te raconter ma mère qui entre dans ma chambre, serviettes à la main : « Tu n'en as pas sali ce mois-ci… » J'étais en train de réviser mon latin. J'ai refermé brusquement mon Gaffiot, clac, pour me donner une contenance, et aussi faire du bruit, un roulement de tambour avant l'annonce. J'avais répété dix fois devant mon miroir, les mots sont sortis tout seuls : « Oui, je suis enceinte. – Mais de qui ? » a murmuré ma mère.

Je voudrais te dire, tous les samedis soir, le mur, pour aller au bal, sentir le rythme de la musique s'imprimer à mes hanches, descendre entre mes cuisses. Je n'aimais pas les regards braqués sur moi. Seins généreux, taille fine. Mais je voulais qu'on m'invite à danser. Quand un garçon me faisait tourbillonner, les yeux fermés, j'oubliais tout le reste. Après le bal, dans un coin sombre, je me laissais faire. Tu dois te demander pourquoi. Je ne savais pas dire non ? Je voulais essayer pour voir ? Faire plaisir aux garçons ? Me donner de l'importance ? Me prouver quelque chose ? Prouver quelque chose à mes parents ? Un peu tout à la fois. Je n'ai pas pu dire la vérité à ma mère : « Je ne sais pas qui est le père. » J'ai répondu : « Ça ne te regarde pas. »

Je voudrais te faire entendre le silence de mon père. Il savait mais n'en a jamais dit un mot. C'était une affaire de femmes. Faire comme si cela n'existait pas. Les femmes allaient régler ça entre elles. Ma mère a tout tenté pour en savoir plus, retrouver ce garçon, voir si on pouvait « arranger les choses », s'il pouvait « réparer ». J'ai tenu bon. Elle a pris rendez-vous dans une institution, pour que je poursuive le lycée en attendant la fin de ma grossesse. Après l'accouchement, ils prendraient le bébé en charge. J'ai fait comme si. La veille de mon départ, j'ai embrassé ma mère, ma valise au pied du lit, « Bonne nuit maman ». Je suis partie seule, le matin, à pied, jusqu'à la gare. J'ai pris le premier train pour Paris, avec toutes mes économies, en laissant un petit mot : « Je pars, ne vous inquiétez pas pour moi. » Je ne les ai jamais revus.

Je voudrais que tu rencontres toutes ces femmes. D'abord celles qui savaient comment ne plus être enceinte. Mais il était bien trop tard, c'était trop dangereux. Et les autres, celles qui savaient comment faire pour s'installer à Paris, gagner un peu d'argent avec de petits travaux à domicile, dans une chambre de bonne, en attendant l'accouchement. Elles savaient aussi ce que j'aurais pu faire du bébé, après.

Mais je ne l'ai pas fait.

Il est l'heure, réveille-toi, ma chérie.

Solange s'étire comme un petit chat. L'Assemblée nationale les attend.

Devant le palais Bourbon, les cathos égrènent des « Je vous salue Marie », à genoux, chapelets en mains. Les copines sont déjà là, Sylvie en tête. Elles fanfaronnent en entrant mais finissent par marcher lentement, en silence, derrière les huissiers, sous les ors de la République.

Impressionnées malgré elles par le décorum et la solennité du moment, elles s'installent, observent l'hémicycle se remplir de costumes sombres, de têtes chenues.

– Des mâles, de vieux mâles blancs bourgeois, le patriarcat dans toute sa splendeur, murmure Sylvie à l'oreille de Colette.

Et puis c'est le tour du ministre.

« Le ministre » alors que c'est une femme ! Est-ce que toi, ma chérie, tu verras ça, un jour, une ministre ?

Elle monte à la tribune dans son uniforme de bourgeoise, robe bleue, collier de perles, chignon impeccable. Le silence s'installe.

Ça monte, tu n'aimes pas quand je pleure, donne-moi ta main, ça va aller mieux.

Simone Veil énonce, d'une voix forte, posée :

– Je voudrais vous faire partager une conviction de femme. Je m'excuse de le faire devant cette assemblée presque exclusivement composée d'hommes. Aucune femme ne recourt de gaieté de cœur à l'avortement...

Des applaudissements retentissent dans les rangs des députés.

Tu dois savoir. On n'y recourt pas de gaieté de cœur. Mais ce n'est pas un drame. Le débat est faussé. Ils vont introduire cette fichue notion de détresse pour limiter ce droit. C'est un choix. Point. Un choix.

Les orateurs se succèdent à la tribune. La loi serait provisoire, votée pour cinq ans seulement. Nicole dit que ce serait déjà ça. Sans cette condition, les députés de la droite ne voteront pas. Et sans la droite, la loi ne passera pas.

Une loi au rabais.

Mais une loi.

Le lendemain matin, Colette allume le poste de la cuisine pour écouter le journal de 7 heures. La loi a été votée.

Loi provisoire.

Mais votée.

Colette essuie ses larmes. Elle entrouvre la porte pour réveiller Solange.

5.

La loi est passée depuis trois semaines, elles ont un peu la gueule de bois, comme dit Coco. Les réunions s'espacent, Danielle a besoin de souffler, Marie-Claude corrige les partiels de ses étudiants, Nicole a un nouveau boulot, toute la famille d'Anna a la grippe : la vie ordinaire reprend ses droits. Sauf pour Sylvie, qui passe désormais quasiment toutes ses soirées chez Solange et Coco. Au début, le cœur de Solange bondissait à chaque fois. Mais Sylvie et Coco se lancent désormais dans d'interminables discussions qui laissent Solange à l'écart. Elles partent dans de grandes envolées, se délectent de débats à n'en plus finir, lisent à voix haute des passages de livres passionnants qui ne passionnent qu'elles. Les soirées se terminent rarement en chansons, la guitare reste dans son étui. Surtout, elles ne sont pas retournées au Prisu depuis une éternité.

Noël approche, les guirlandes lumineuses scintillent à travers les gouttes d'un décembre pluvieux. Solange déteste cette période. « Fête mercantile », dit Coco. Le père Noël n'existe pas, c'est une invention de Coca-Cola, Solange le sait depuis ses six ans. Le Prisu doit regorger de nouveautés alléchantes, maquillage pailleté pour les fêtes, gloss au goût fruité, boules de Noël et décorations de table féériques. Une expédition s'impose.

Un soir, ça sort tout seul :

– Sylvie, demain on irait pas au Prisu ?

Une demi-heure que Coco et Sylvie s'écharpent sur une obscure théorie américaine. Coco se retourne, presque étonnée de la présence de Solange :

– Tu as dit quoi, ma grande fille ?

– Je serais bien allée au Prisu, demain. Tu m'accompagnes, Sylvie ?

Sylvie se tortille un peu sur sa chaise :

– Mais bien sûr, ma biche, j'ai des courses à faire, ça tombe bien. Je finis à 16 heures, on se retrouve devant.

Un *truc*. Dans sa voix un *truc*, pas comme d'habitude. Empressée de répondre, pas naturelle. Solange file se coucher. À travers la porte, elle entend chuchoter. Des voix d'adultes qui parlent de ce que les enfants ne doivent pas entendre. Depuis quand les enfants ne peuvent pas tout entendre ? Solange colle son oreille à la porte. Impossible de comprendre quoi que ce soit. Il y a un *truc*, c'est sûr.

Le lendemain, Sylvie est à l'heure devant le Prisu. Solange invente une histoire tarabiscotée de sapin de Noël en papier pour décorer l'appartement, un symbole païen et éphémère, elle sait que ça va plaire à Coco.

– Pas de problème, trop fastoche, dit Sylvie.

Elles entrent, Sylvie file au rayon épicerie, Solange côté papeterie. Deux belles pochettes de papier de toutes les couleurs rejoignent subrepticement son cartable, et elle se plonge dans un livre en attendant que Sylvie passe la chercher. Un clin d'œil : c'est bon. Elles passent en caisse, sortent et attendent de tourner le coin de la rue pour se parler :

– Tu as eu ce que tu voulais ? chuchote Sylvie en souriant.

Solange est sur un nuage :

– Impec ! On rentre à la maison faire les guirlandes ?

– Ce soir je ne peux pas, j'ai un truc, répond Sylvie. Demain ?

Un *truc*, oui.

Solange découpe ses bandes de papier, les colle et assemble les anneaux. Coco rentre du bureau, dépose un baiser un peu trop appuyé sur son front. Elle s'assoit, caresse un anneau de papier rouge :

– Ça va, ma chérie, c'était bien ta sortie avec Sylvie ?

– Oui, mais elle pouvait pas rester ce soir.

– Oui, je sais. Je voulais qu'on soit toutes les deux. Je voulais… Enfin, tu as sûrement remarqué que quelque chose avait changé, ces derniers temps.

Elle parle distinctement, trop. Solange attend.

– Je voulais te dire… Sylvie et moi… nous nous aimons.

S'aimer. Bien sûr qu'elles s'aiment, elles s'adorent, même, toutes les trois. Le mot met du temps à perforer la boîte crânienne de Solange. Puis les images arrivent. Cette main qui s'attarde sur une hanche, ces regards appuyés, complices, qui la tiennent à l'écart. Elles *s'aiment*. Comme ces couples au cinéma, mais pour de vrai, avec la langue, comme Marie-Claude et ses copines, qui s'embrassent parfois à pleine bouche en fin de soirée. Coco *fait ça* avec Sylvie. Sa *mère* fait ça avec Sylvie. Solange sait, Coco rabâche : plus de carcans, de péchés, de tabous. Couples d'hommes, couples de femmes, homosexuels, lesbiennes, bisexuels, à plusieurs, toutes les combinaisons sont possibles. Mais sa *mère* ? Avec Sylvie ? Ce mot, *mère*, lui saute à la figure. Elle reste sa mère. Une adulte. Qui couche avec sa copine, Sylvie, *leur* copine. Sylvie a choisi Coco. Solange est non désirée. Depuis toujours.

Ça remonte. Solange inspire, comme lui a appris Coco. *Non désirée*. Elle souffle. Comme quand elle était petite dans la cour de récré, au square, dans la rue, sur la plage. Les enfants jouaient entre eux, au loup, à chat, faisaient des pâtés, des roulades. Solange les regardait, Coco l'encourageait. Elle y allait, parfois ça se passait bien, jusqu'à ce que la question vienne : « Il est où ton papa ? » Solange inspirait. Elle soufflait. Elle partait. Parfois, elle y retournait. « Ta mère, ma maman a dit que c'était une marie-couche-toi-là. » Solange inspirait. Elle soufflait. Elle n'y retournait pas. *Non désirée*. Peu à peu, elle a préféré rester seule. Les autres la trouvaient *bizarre*, mais la laissaient tranquille.

Solange inspire, elle souffle. L'air abaisse son diaphragme. Elle peut enfin ouvrir la bouche. Coco ne doit pas savoir, Solange articule :

– D'accord, pas de lézard.

Ça marche. Coco ne voit pas, ne sent pas. Elle doit penser qu'elle a réussi son éducation, toujours tout dire, tout expliquer. Le « parler vrai » cher à cette psychanalyste, Françoise Dolto, qu'elle a lue récemment.

Solange continue ses guirlandes, comme si de rien n'était. Coco la prend dans ses bras, embrasse sa tempe, à la racine des cheveux.

– Qu'est-ce que tu fais de beau, ma chérie ?

– Oh rien, un sapin.

Solange poursuit ses collages.

6.

Elles vont voir.

Solange fait les cent pas dans sa chambre.

Sylvie ne veut pas d'elle ? Peu importe, d'autres sont intéressés. Et même un garçon. Elles vont voir. Problème : elle a passé des semaines à éviter Jim, au grand désespoir de Lætitia. Comment faire pour sortir avec lui ? Il lui faut un plan.

L'anatomie féminine, l'anatomie masculine, Solange sait tout. Coco a expliqué : « Tu sais, le petit bouton, là, entre tes jambes, c'est le clitoris, un organe qui donne beaucoup de plaisir. Tu as le droit de te caresser, mais personne n'a le droit de te toucher sans que tu en aies envie, tu as bien compris ? » Seule avec ses doigts, Solange est experte. Techniquement, elle est au point, mais il manque tout le reste. Comment on s'y prend, concrètement, pour que ça arrive avec un garçon ? Elle n'a pas les codes.

Le lendemain matin, elle annonce la nouvelle à Lætitia qui saute de joie. Conquérir un garçon, ça s'apprend, et elle est experte en la matière. Principe de base : le laisser venir, afin qu'il se croie maître de la situation. Pour ce faire, susciter l'intérêt d'un battement de cils ou d'une moue mutine, et utiliser ses « appâts » : maquillage (celui que Solange volait était pour Sylvie), coiffure (Solange n'a jamais utilisé un peigne), maintien (elle s'assoit toujours comme elle veut), vêtements (elle n'est jamais allée faire les soldes entre filles). Solange se retrouve avec une pile de magazines sensés tout lui révéler. Ils vont vite tenir compagnie aux minons sous son lit.

Solange finit par décider de laisser tomber la manière classique. Elle construit sa stratégie, tous les soirs, dans sa chambre où elle s'enferme après dîner pour ne pas voir Sylvie et Coco. Au bout d'une semaine, elle est prête.

Phase 1 : l'approche. En arrivant au lycée, repérer l'objectif. Facile, Jim a ses habitudes. Plus difficile : l'isoler. Il est encore bien entouré aujourd'hui et il ne doit sûrement plus se souvenir d'elle. Elle pourrait compter sur son aura. En passant tout près du groupe, la lumière qui dansera dans ses cheveux roux frappera la rétine de Jim : il sera si ébloui qu'il abandonnera sur-le-champ toute sa petite cour. Lætitia a une meilleure idée : c'est elle qui ira parler à Jim. Vu son expérience, Solange peut lui faire confiance. Lætitia s'approche de lui, quelques secondes de discussion, c'est fini, elle est de retour, remonte ses lunettes :

– Il a dit qu'il fallait que tu lui demandes toi-même.

Solange inspire, souffle. Lætitia dit que c'est l'attitude classique de la proie qui se laisse désirer. Il faut qu'elle passe à la phase 2 : l'attaque. Solange s'élance, tendue vers l'objectif, situé à 11 heures. Elle balaie d'un revers de main les regards moqueurs ou interrogatifs des copains et balance :

– Ça te dit de prendre un café après les cours ?

Il sourit. Une très longue seconde s'écoule avant qu'il réponde :

– OK, à tout à l'heure.

Objectif atteint. Qu'est-ce qu'il faut faire maintenant ?

Phase 3 : le retrait (ou la débandade). Elle pourrait se redresser pour se donner une contenance, se dandiner d'un pied sur l'autre avec un regard en dessous, un regard *entendu*, elle pourrait juste tourner les talons et marcher bien en ligne pour soigner son déhanché, elle pourrait faire une moue boudeuse, hausser les épaules et répondre « OK, bye » d'un air indifférent.

La sonnerie retentit et vient, par miracle (ils existent, peut-être), inciter le groupe à se disperser, non sans que Jim l'ait gratifiée d'un petit geste de la main.

Une longue journée de cours plus tard, ils sont au café, assis l'un en face de l'autre en compagnie d'un silence gêné. *Il devrait prendre la parole*, diraient les magazines. Solange, elle, se demande pourquoi elle a fait ça. Elle regarde son diabolo menthe, ses yeux glissent sur les mains de Jim, ses doigts aux ongles rongés, comme les siens. Elle a gardé son manteau, un truc informe de couleur indéterminée, tricoté à la main par Coco, qui cache sous la laine ses formes rondes, ses seins lourds. « La rousse ? ce boudin ? » ont sûrement dit les copains de Jim. Mais il est là.

Dave beugle sa *Vanina-ha-ha* à la radio, Solange saisit la balle au bond :

– Tu aimes ?

– Dave ? Pas trop, non, je suis pas chanson française de toute façon.

– Ah bon ? Même pas Joe Dassin ? Annie Cordy ? Carlos ? Ils rient, ensemble.

– Je suis plutôt Mireille Mathieu en fait, reprend Jim.

– Et moi Nicoletta.

– Allez, pour de vrai, tu écoutes quoi ?

Pour de vrai. C'est mignon. Elle n'a pas utilisé cette expression depuis ses cinq ans et demi. Pas vraiment le moment de lui raconter l'île de Wight, quant aux Rubettes, c'est un terrain glissant qui risquerait de mener à Coco et Sylvie. Elle botte en touche :

– Un peu de tout, des vieux trucs...

– Stones ou Beatles ?

Elle se jette à l'eau :

– Beatles !

– Moi aussi !

Et les voilà partis. *Hey Jude*, *Here Comes the Sun*, *A Day in the Life*, *While my Guitar Gently Weeps*, leurs mains se rapprochent. *Come Together*, elles se frôlent. *Let It Be*, ils s'éloignent, un peu gênés. *I Want To Hold Your Hand*, Solange fredonne et ouvre ses doigts, Jim y pianote *All You Need Is Love*. Ils sont ridicules, elle rit *Twist and Shout*, recule, et il réplique *Get Back*. Ils devraient s'embrasser, Solange n'arrive pas à faire le premier pas, Jim non plus, et les Beatles ont écrit deux cent vingt-sept chansons. Solange doit se reconcentrer sur l'objectif. Elle se lève, se penche par-dessus la table, renverse le reste de son diabolo menthe dans un grand bruit de verre.

Jim rit. Un rire franc, joyeux, chaud.

– Il faut que je rentre me changer, maintenant !

Puis, soudain grave :

– Tu m'accompagnes ?

Solange tremble un peu, mais rien ne semble pouvoir obscurcir le soleil autour de ce garçon. Même quand il est sérieux, il rayonne. Elle a lu *Jean de la Lune*, enfant, aujourd'hui elle suit Jim du Soleil. Ils montent les trois étages d'un petit immeuble très propre, avec un tapis rouge, retenu par des barres dorées sur les marches de l'escalier. Une lourde porte s'ouvre sur un appartement sombre, qui sent la Javel et l'encaustique. Solange voudrait s'enfuir. Que fait Jim du Soleil ici ? Elle a peur de découvrir sa chambre. Et s'il avait des mocassins cachés sous son lit, avec un foulard de scout et le bermuda qui va avec ? Impossible pour un garçon qui écoute *Lucy in the Sky with Diamonds*.

– Tu viens ?

Il ouvre la porte. Chambre bien rangée, très propre, impersonnelle. Jim voit son mouvement de recul. Il s'excuse en souriant :

– Ma mère est maniaque.

Il ferme la porte. Derrière, un poster. La pochette d'*Abbey Road*. John Lennon, barbu et chevelu, tout en blanc ; Ringo Starr et son costume noir ; Paul McCartney, pieds nus avec sa cigarette et George Harrison en jean, traversent la rue. Solange se détend. Jim enlève son pull tout collant de sirop, se dirige vers la commode pour en prendre un autre. Solange l'arrête. Il se retourne, elle se penche, lentement cette fois, et effleure sa bouche. Il ne bouge pas. Elle appuie un peu plus, sent la barbe naissante picoter ses lèvres, entrouvre la bouche. Comment on fait déjà ? Dans quel sens on tourne la langue ? Trop de questions, il doit savoir, lui ! Jim ne réagit pas. Solange panique. Et si elle ne lui plaisait pas ? Et s'il l'avait fait venir pour se moquer d'elle ? Pour tout raconter à ses copains après ? Ils se figent. Vite, Solange opte pour le côté gauche, leurs bouches s'emboîtent, la langue de Jim est épaisse, baveuse, elle aurait envie de tout arrêter mais ils sont là maintenant, il faut y aller. Elle a oublié : fermer les yeux. Elle se concentre sur la régularité du tour de langue. Il pose ses mains sur ses hanches, elle étreint ses épaules et attend. Il ne se passe rien d'autre, elle commence à avoir mal au cou, elle change de côté, leurs bouches se décollent un instant, il la serre un peu. Elle veut que ça s'arrête. C'est trop dégueulasse. Elle se détache :

– Je… Il faut que je rentre maintenant.

– Attends, tu veux pas écouter un disque ?

– Non, je dois y aller.

Jim du Soleil s'est éteint. Il lui fait de la peine. Elle ne le pense pas mais elle arrive à balbutier :

– À demain ?

Jim retrouve le sourire.

– D'ac', je te raccompagne à la porte.

Solange descend l'escalier au tapis rouge retenu par des barres dorées.

7.

À la maison, ce soir-là, tout est comme d'habitude. Coco rentre du travail, elle envoie Solange acheter une salade verte, elles grignotent en écoutant un disque puis vont se coucher. Coco ne doit rien savoir. C'était un entraînement, un coup d'essai ; au saut en hauteur, on en a trois. Solange se relève pour boire une gorgée d'eau. Elle n'arrive pas à oublier cette sensation de langue baveuse dans sa bouche. Elle est certaine qu'avec Sylvie ça aurait été mieux.

Le lendemain, Solange arrive en retard au lycée pour être sûre de ne pas croiser Jim. Lætitia la harponne :

– Alors, alors, alors ?

– Alors quoi ? répond Solange.

– Tu ne veux pas me dire ? murmure Lætitia, inquiète.

Solange la serre fort dans ses bras, d'un coup, sans prévenir.

– Il s'est passé quelque chose ? dit Lætitia.

– Non, je te trouve vraiment chou, c'est tout.

Solange n'a jamais eu de véritable amie. Avec Lætitia, elle n'est plus la rousse sans père, elle n'est plus *bizarre*.

– Je vais te raconter mais tu promets que tu rigoles pas, d'accord ?

Lætitia écoute, ne peut s'empêcher de sourire au moment des Beatles et de faire une moue dégoûtée à l'évocation de la bave.

– Voilà, c'est tout, lâche Solange.

– Ah, pardon, j'attendais d'être sûre que tu aies fini. Je peux rigoler un peu, maintenant ? pouffe Lætitia.

Elles éclatent de rire ensemble.

– Tu es vraiment bizarre !

Solange se tend.

– Non mais, tu crois que tu n'es pas normale alors qu'on a toutes pensé ça la première fois ! Bien sûr que c'est un peu dégueu. Mais tu vas t'y faire et après tu vas aimer ça, tu verras !

Solange soupire, finit par se lancer :

– Alors c'est pas parce que je suis homosexuelle, tu crois ?

– Pourquoi tu dis ça ? murmure Lætitia.

Solange ne peut plus revenir en arrière :

– Parce que je m'imaginais pas ça comme ça. J'en ai beaucoup parlé avec quelqu'un, une fille, qui avait embrassé une autre fille. Elle m'a dit que c'était tellement génial…

Lætitia rit, l'air soulagé :

– Moi j'ai essayé les deux, pour voir. Je peux te dire qu'une fille bave autant qu'un garçon !

Elle a embrassé une fille ? Rien n'est un problème avec Lætitia, qui poursuit, plus sérieuse :

– Tu veux quand même pas essayer avec moi ?

– Non ! rit Solange en la prenant par les épaules.

Elle marque un temps, prend son élan :

– En fait, je crois que j'avais envie d'embrasser cette fille-là, celle qui racontait ses baisers.

– Pourquoi tu ne l'as pas fait ?

– Parce que maintenant, elle est avec ma mère, lance Solange dans un souffle.

Lætitia a un mouvement de recul. Cette fois c'est fini, elle va faire comme les autres, Solange est trop bizarre. Mais Lætitia remonte ses lunettes sur son nez et lâche :

– Ah, je comprends mieux.

– Enfin, peut-être que ça lui passera, à Coco, enchaîne Solange. Elle aimait les hommes avant, la preuve, je suis là ! Excuse-moi, oublie ça, je t'ai rien dit, d'accord ?

Lætitia se ressaisit :

– Non, non, écoute... Je veux dire, je comprends mieux pourquoi on est amies. Je crois qu'il est temps que je te parle de Stéphane. C'est mon frère, il a dix-huit ans. Il est parti de la maison cet été. Il... il aime les garçons. On se voit en cachette, il ne parle plus à mes parents. On s'est toujours tout dit. Personne ne savait, au collège, mais ça se voyait. J'étais la sœur de la tapette. En arrivant au lycée, je me suis dit que j'allais pouvoir repartir à zéro. Quand je t'ai vue, le jour de la rentrée, je t'ai vraiment trouvée bizarre, c'est vrai. Mais je me suis dit qu'entre bizarres, on devrait s'entendre. Tu vois, je ne me suis pas trompée.

Solange la prend dans ses bras, respire sa bonne odeur de shampooing. Lætitia se dégage en souriant.

– Toi avec ton pédé et moi avec ma goudou, on était faites l'une pour l'autre, s'écrie Solange.

Elles rient.

– Bon, tout ça ne résout pas ton problème avec Jim, poursuit Lætitia. Tu vas faire quoi maintenant ? Tu as envie ou pas ?

– Envie de quoi ?

– De l'embrasser encore, qu'il te touche, il te faut un dessin ?

– En fait, tout ce que je veux, c'est qu'on le fasse, il faut que je sache comment c'est.

– Je crois surtout que tu veux te prouver quelque chose. Ou prouver quelque chose à la copine de ta mère. Mais tu n'as quand même pas envie d'aller au bout, si ?

– J'ai pas vraiment envie, non, mais j'ai décidé, je veux le faire.

– Fiouuuuu ! Tu carbures du ciboulot, toi, dis donc ! Faut vraiment que tu rencontres Stéphane, vous allez bien vous entendre, lui aussi il a un petit vélo qui pédale dans la tête. Il serait de bon conseil. Et puis il s'y connaît en mecs !

Je vois avec lui quand c'est possible, mais en échange, tu m'invites à une soirée chez toi avec les copines de ta mère. Tu m'avais promis !

C'est vrai. Il faudra juste trouver une soirée sans Sylvie. Hors de question qu'elles se rencontrent.

– OK, mais après ça, tu me promets que tu diras plus jamais ce mot ?

– Lequel ?

– Bizarre !

8.

Le samedi suivant, Solange attend Lætitia à l'appartement. Elle n'a eu que deux jours pour préparer son amie. C'est un peu précipité, mais Sylvie ne sera pas là, et elle veut en profiter. Le problème, c'est que ce qui va se passer ce soir ne se raconte pas vraiment, « ça se vit » comme dit Coco...

– Fais pas cette tête, ça va aller, lance Lætitia en arrivant.

Coco accueille Lætitia de deux grandes bises et prend sa voix aussi sucrée qu'un roudoudou à la fraise pour expliquer le déroulement de la soirée :

– Ce soir, c'est un peu spécial. On va faire une séance de *self-help*. Avec quelques copines, on a découvert un livre, écrit par des Américaines, *Our Bodies, Ourselves* : un vrai choc. Elles se sont réunies à plusieurs, ont monté des petits groupes, et elles ont partagé leur savoir sur leur corps. C'est ça que veut dire le titre : « Notre corps, nous-mêmes ». Elles se sont aperçues que, pour la plupart, nous ne savons pas vraiment comment nous sommes faites, et encore moins comment nous servir de notre sexe pour éprouver du plaisir, faire – ou ne pas faire – des bébés… Tu vois ce que je veux dire ?

Lætitia ne bronche pas. Elle remonte ses lunettes. La veille, elle a raconté à Solange les tapes sur les mains quand elle touchait sa « minette » ; sa grand-mère qui tirait sur ses jupes trop courtes ; le gant de toilette sur le bidet, pour se laver « la fesse » sans se toucher. « Au moins, cette séance servira à quelque chose », a ri Solange.

Colette poursuit :

– Les femmes ont été tellement dominées au cours de l'histoire qu'elles ont perdu le savoir de leur propre corps. Car quand on ne sait pas, on subit, et on subit quoi ?

– Le patriarcat ! s'écrie Solange, moqueuse.

Colette lui lance un sourire complice.

– Tu vois ce que je veux dire, Lætitia ? Solange t'a expliqué, je pense. Donc, notre idée, c'est de nous réapproprier notre corps. Savoir comment il fonctionne. Il y a des photos et des planches dans *Our Bodies, Ourselves*, c'est utile. Mais d'abord, il faut voir, toucher, sentir comment nous sommes faites, y compris à l'intérieur, et ensuite partager ça, entre femmes, par la parole. Est-ce que je peux te poser quelques questions ? Est-ce que tu as déjà tes règles ? eu des rapports ? vu un médecin pour parler de contraception, de problèmes gynéco ?

Lætitia frémit :

– Non, jamais. Enfin, oui j'ai mes règles mais je n'ai pas eu de rapport ni vu de médecin.

– Tu en as parlé avec ta mère ? des copines ?

– Ma mère ? Non, quelle horreur ! Avec Solange, oui !

– Elle t'en a déjà dit beaucoup, sûrement. Mais j'imagine aussi que tu as encore plein de questions. Par exemple : tu t'es déjà demandé si tu étais normale ?

– Ah ça oui !

– Je te rassure, j'étais pareille ! Avec les copines, on voudrait que vous, les jeunes, vous ne soyez pas comme nous. Que vous puissiez comprendre votre corps et l'aimer, que vous soyez libres d'en faire ce que vous voulez. Alors, tu es partante pour essayer ? On va s'allonger sur les coussins, là, par terre, les unes à côté des autres. On va enlever le bas, le haut aussi, si on en a envie ! Si tu préfères, on peut tendre un tissu à côté de toi, pour t'isoler, tu peux aussi juste regarder les autres. Sens-toi vraiment libre, personne ne te jugera, ça a été parfois difficile pour certaines, au début. Solange, pour le moment, a juste regardé sa vulve de l'extérieur, elle n'avait pas envie de voir l'intérieur, chacune va à son rythme.

Lætitia semble rassurée. Elle interroge Solange du regard. Elles ont envie d'essayer, ensemble. La sonnette retentit. Marie-Claude entre la première, puis Danielle, avec son nouveau-né, Nicole, Anna qui lance un « *hola guapa* » en serrant Coco dans ses bras.

– Les copines, annonce Coco, aujourd'hui, on accueille Lætitia, l'amie de Solange dont je vous ai parlé. Je lui ai tout expliqué, elle est d'accord.

– Tu nous laisses boire un coup quand même avant qu'on se montre notre chatte ? lance Anna en roulant des *r*.

– Celui-là a déjà commencé, rétorque Danielle, son bébé accroché au sein.

– Danielle, on avait dit pas de mecs ! rit Nicole. Bienvenue, Lætitia ! C'est super, les filles, que vous soyez là, ça rajeunit la moyenne d'âge !

Marie-Claude rétorque :

– Bon, on peut passer à l'ordre du jour maintenant ?

Nicole gonfle ses joues.

– Écoute bien la cheftaine, chuchote Solange à l'oreille de Lætitia, qui éclate de rire.

Marie-Claude ne se démonte pas :

– On a accompagné des femmes à la clinique, l'autre jour, avec Anna. Vas-y, raconte.

– Les filles, je pensais pas vous dire ça, il fallait une loi, c'est sûr, on pouvait pas continuer. Mais là, voir ces femmes seules, dans le couloir, en fauteuil roulant, se diriger vers le bloc… Un avortement, c'est pas un moment facile, mais c'est pas ça. On n'est pas malades. Les femmes sont dépossédées. Encore une fois, la médecine patriarcale s'approprie notre corps.

– Tu veux faire quoi ? Continuer les avortements, comme avant ? demande Coco.

– Au moins avec nous, les femmes étaient écoutées, on leur expliquait, elles pouvaient se toucher, comprendre, être actrices. Je ne sais pas, je me pose juste des questions.

Nicole rebondit :

– De toute façon, on aura encore les étrangères, qui n'ont pas le droit de se faire avorter, les mineures qui n'ont pas l'autorisation de leurs parents, celles qui n'ont pas les sept cents francs que ça coûte...

Solange murmure à Lætitia :

– La barbe, ces discussions, ça peut durer une éternité. Viens plutôt voir ma chambre.

Elle est toute petite, cette caverne tendue de tissus indiens, juste la place pour une bibliothèque bourrée à craquer, un sommier reposant sur des piles de livres, un tourne-disque sur une commode recouverte de poussière dont les tiroirs branlants ne ferment plus et débordent de vêtements. Lætitia chuchote :

– Tu m'inviteras à dormir, une fois ?

– Que si je rencontre Stéphane, tu as oublié ? la taquine Solange.

– Vous avez à peu près la même conception du rangement, vous allez bien vous entendre, réplique Lætitia en soufflant sur un minon voyageur. J'ai vu avec lui, on se retrouve demain après-midi, ça te va ?

Solange lève le pouce. Coco passe la tête dans l'entrebâillement de la porte :

– Les filles, vous venez ? On va commencer.

Coco leur donne une lampe de bureau flexible et un petit miroir chacune.

– Regarde, Lætitia, voici un spéculum : tu mets cette partie-là dans ton vagin et tu le tournes vers toi. Tu vas appuyer là et ça va te permettre d'écarter les parois de ton vagin. Ça ne fait pas mal si tu y vas tout doucement, comme tu le sens.

– Mais, je ne peux pas, balbutie Lætitia, gênée, je ne suis jamais allée avec un garçon, c'est bouché.

– Tu parles de l'hymen ? Regarde.

Colette montre un dessin :

– Tu vois, ce n'est pas bouché. Autrement, comment sortiraient les règles ? Il y a plein de formes différentes, c'est une membrane filandreuse, poreuse. Tu vas commencer par regarder l'extérieur, puis l'entrée de ton vagin, ensuite seulement, si tu en as envie, tu pourras utiliser le spéculum. Solange, toi, tu te sens prête aujourd'hui ?

Solange répond « oui » d'une voix ferme. Coco est parfaite. Solange la retrouve. Lætitia peut lui faire confiance. Les autres femmes s'installent. Anna et Coco vont de l'une à l'autre, dispensent des conseils, ajoutent un coussin. Toutes enlèvent le bas. Solange chuchote :

– Tu vas voir, on est toutes faites pareil... ou à peu près.

Elle dévoile en un clin d'œil une épaisse touffe de poils roux plantée entre ses cuisses. Lætitia enlève sa jupe, ses collants, sa culotte. Elle reste jambes serrées, incapable de regarder davantage que cette tache sombre sur son bas-ventre. Solange s'allonge, écarte les jambes, place le miroir et oriente la lampe.

– La lumière, là, c'est trop, je crois que je peux pas, souffle Lætitia.

Solange tourne la tête, pose la main sur son bras :

– Tu ne veux pas, finalement ? Tu veux que je te montre ?

Lætitia finit par se décider, s'installe trop vite et fait tomber le miroir. Colette arrive et chuchote :

– Ça va, les filles ?

– Je ne peux pas, je suis désolée, s'écrie Lætitia, au bord des larmes. C'est que… je ne suis pas normale ! C'est plus gros d'un côté, là en bas, je ne peux pas voir ça.

Colette pose une couverture sur ses jambes.

– Je suis sûre que tout va bien. Si tu veux me montrer, je te dirai.

Lætitia hoche la tête. Colette soulève la couverture, place le miroir entre les cuisses de la jeune fille. Elle montre sur le miroir :

– Là, c'est le clitoris, c'est un organe qui est ramifié, autour de ton vagin, à l'intérieur, il sert à éprouver du plaisir. De part et d'autre, les grandes lèvres, et ce que tu appelles une anormalité est juste une petite dissymétrie, très fréquente. Moi j'ai un sein plus gros que l'autre,

Nicole louche un peu, rien n'est parfaitement symétrique, dans le corps. Si tu veux, tu peux placer tes doigts, là, ouvrir légèrement tes grandes lèvres.

Lætitia ose. Colette poursuit :

– Tu vois, là, ce sont les petites lèvres, elles ferment l'entrée du vagin. C'est par là que s'écoulent les règles. C'est par là que passent aussi les bébés. Et c'est aussi là que peut entrer un sexe d'homme.

Lætitia retire ses mains comme si elle s'était brûlée. Colette lui caresse le front :

– Ça va ? Tu veux continuer ou arrêter ?

– Je crois que ça suffit pour cette fois.

– Tu as raison, écoute-toi. Et toi, ma grande fille, tu as envie de regarder dedans aujourd'hui ?

Solange veut rassurer Lætitia :

– Allez, j'essaie.

– Mets le spéculum, doucement, comme ça, tu t'arrêtes dès que tu as envie, tu respires bien, pas la peine de trop enfoncer, tourne-le, tiens, je te mets la lampe comme il faut. Tu as envie de me dire ce que tu vois ?

– C'est brillant, rond, avec un petit trou au milieu.

– C'est le col de l'utérus. Tu ne trouves pas ça beau ?

Coco a les larmes aux yeux, Solange a envie de lui sauter au cou.

Tandis qu'elles se rhabillent, les femmes commentent leurs découvertes. Danielle est contente d'avoir pu vérifier que tout allait bien. Son accouchement s'est bien passé mais on ne sait jamais… Marie-Claude raconte la première fois qu'elle s'est examinée, elle était tellement coincée qu'elle ne pouvait même pas baisser sa culotte. Nicole plaisante avec Anna, elle pensait être la seule à avoir goûté la cyprine. Devant la mine dégoûtée de Lætitia, elle s'écrie :

– Tu sais que notre vagin est autonettoyant ? Qu'il est plus propre que notre bouche ?

Lætitia sourit. Solange éclate de rire, elle se sent forte. Et fière.

9.

Le lendemain, sur le chemin qui mène à Montmartre, où habite Stéphane, Lætitia et Solange parlent longuement de la soirée.

– C'était vraiment bizarre, mais chouette aussi, se réjouit Lætitia. Et puis je t'ai jamais vue comme ça : un vrai petit poisson dans l'eau ! C'est dingue la relation que tu as avec ta mère. Quelle chance ! Pourquoi tu n'es pas à l'aise comme ça avec Jim ? Écoute-toi, comme dirait Coco. Si tu as envie de le revoir, vas-y, et sinon tant pis, mais tu lui dis, c'est tout !

C'est vrai, depuis hier, le *truc* s'est dénoué dans le ventre de Solange. Mais est-ce qu'elle serait capable d'aller jusqu'au bout ? Comment faire quand on a envie de quelque chose et, deux secondes après, du contraire ? Lætitia hausse les épaules, découragée.

Sous la porte de Stéphane filtre une musique aiguë et métallique. Elles frappent, personne ne répond. Lætitia finit par tambouriner franchement, le diamant raye le vinyle, la musique s'arrête dans un grand *scratch* et la porte s'ouvre sur un garçon immense et très maigre, cheveux en pétard, comme l'humeur qui se lit sur son visage.

– Tu m'as fait rayer mon disque, bon Dieu !

Lætitia le gratifie de deux bises sonores et se tourne vers Solange :

– Voilà ma copine, je lui ai fait l'article, sois à la hauteur pour une fois.

Il lui donne un faux coup de poing dans l'épaule, qu'elle esquive en entraînant Solange à l'intérieur. Les murs du petit studio sont recouverts de polaroïds décolorés, de coupures de journaux défraîchies, de photos découpées dans des magazines. La bibliothèque déborde de poches en piteux état. Au fond de la pièce, l'évier regorge de vaisselle sale. Lætitia avait raison, Solange ne se sent pas trop dépaysée.

Tandis que Stéphane prépare le café, les filles s'assoient par terre sur le tapis. Le frère et la sœur échangent quelques nouvelles de la famille. Stéphane parle un peu de son travail, à la boulangerie. Solange regarde la pochette du disque qui tournait à leur arrivée : un chanteur blond en combinaison bleue, le pied sur un carton, dans une rue sombre. En lettres jaune et rouge : David Bowie, *The Rise and Fall of Ziggy Stardust and the Spiders from Mars*.

– Tu connais ? demande Stéphane en interrompant Lætitia dans sa logorrhée. Écoute ça, et toi aussi, Læti.

Il sort un autre disque de la pile qui menace de s'écrouler. Une voix légèrement nasillarde s'élève :

Ground Control to Major Tom

Take your protein pills and put your helmet on

La batterie, en sourdine au début, prend son envol, Stéphane ferme les yeux, bat la mesure :

This is Ground Control to Major Tom

You've really made the grade

And the papers want to know whose shirts you wear

Now it's time to leave the capsule if you dare

– Tu connais pas ? Bowie ? s'écrie Stéphane. *Space Oddity* ? Chut, écoutez ça !

For here

Am I sitting in a tin can

Far above the world

Planet Earth is blue

And there's nothing I can do

Guitare, basse, batterie, sons venus de l'espace se mêlent, Solange ferme les yeux et voit une planète bleue flotter au milieu du vide. Stéphane lui tend un magazine. L'étrange créature est tantôt effrayante, pirate glamour au bandeau noir sur l'œil, tantôt drôle, pantin désarticulé juché sur des chaussures à talons immenses.

Stéphane allume une cigarette, leur en offre une. Ils fument en écoutant les dernières mesures du morceau.

– Alors Solange, Læti m'a dit que tu te posais des questions sur les mecs ?

Solange n'ose plus rien dire.

– Quand elle m'a parlé de toi, sans père, sans frère, sans copain, avec ta mère, sa copine, les féministes, tout ça, je me suis dit que tu traînais de bonnes casseroles. Mais bon, pas plus que tout le monde. Je sais pas ce que t'a dit ma sœur. Tu dois savoir que je ne parle plus à mes parents. Mon père a trouvé un mot d'amour que j'avais écrit à un copain l'année dernière. Ce jour-là, il m'a donné tellement de coups que le manche du martinet s'est cassé sur mon dos. J'aurais pu lui démonter l'épaule en arrêtant son bras si j'avais voulu. Au lieu de ça, j'ai attendu que ça passe, roulé en boule, et puis je suis parti. Je l'entends encore hurler « pédé » à travers la porte. Des années que j'étais pas dans la norme : trop sensible, trop « femmelette », trop faible. Et pourtant je suis un homme. C'est ça que je voulais te dire : avant d'être un homme ou une femme, homo ou hétéro, on est une personne. Fort ou faible, dominant ou dominé, ça a souvent à voir avec ce qu'on a entre les jambes, mais pas que. C'est pour ça que j'aime Bowie, regarde, il bouscule tous les codes : masculin et féminin, il couche avec des hommes, avec des femmes, il révolutionne la musique, se réinvente chaque fois. Et en même temps il ne revendique rien, ne veut pas être un porte-drapeau, ne marche pas pour une cause. C'est pas un modèle. Il nous ouvre juste des horizons.

Solange acquiesce. Elle n'arrive pas à effacer de sa mémoire l'image du martinet qui se casse sur le dos de Stéphane. Il y a quelque chose de Bowie dans ce long visage émacié, ni beau ni laid, troublant.

– Læti m'a dit aussi que tu te demandais si tu étais lesbienne ?

– Je me sentais vraiment attirée par une fille, Sylvie. Mais elle a préféré ma mère…

– Oui, pas facile. Lætitia m'a raconté. Mais la copine de ta mère, c'est une adulte ?

– Oui, enfin, elle est jeune, elle est étudiante…

– Ça reste une adulte. Crois-moi, elle t'a rendu service.

– Je sais pas… balbutie Solange.

Stéphane s'adoucit :

– Oublie-la. Sinon, si tu sais pas si tu es lesbienne ou hétéro, j'ai envie de te dire : arrête de te poser des questions et fonce. Essaie, par toi-même, fais ton expérience, et ne laisse personne, surtout pas moi, te dire ce que tu as à faire.

Il éclate de rire. Solange se détend un peu. Lætitia s'allonge entre eux, niche sa tête au creux de l'épaule de son frère :

– Alors, Solange, tu fais quoi lundi ? Tu te jettes sur Jim à la récré pour lui rouler un gros patin ou tu l'envoies bouler comme une vieille chaussette ?

– Ah toi, je t'adore ! s'écrie Stéphane.

Ils roulent sur le tapis en se pétrissant de chatouilles, Solange s'échappe, remet un disque sur la platine et ils se mettent en orbite, au son de *Starman* :

Let the children lose it
Let the children use it
Let all the children boogie

10.

Solange repasse le rouge à lèvres pour la troisième fois : elle a essuyé le premier essai qui avait débordé, le deuxième qui n'était pas symétrique. Elle commence à transpirer dans ce haut en Lurex trop petit. Lætitia frappe à la porte de la salle de bains, elle en a marre d'attendre. Quelle idée aussi, cette soirée... Solange n'aurait jamais dû accepter. Une fête chez un copain de Jim, dont les parents sont partis pour le week-end. Avec Coco, elles ne partent pas en week-end. Quand elles quittent Paris, c'est à la journée, à Fontainebleau, ou pour les vacances, dans une petite pension de Saint-Malo, où elles dépensent les économies de l'année. Avec Coco, elles ne vont pas à des soirées : elles vont à des meetings, des AG, des réunions, chez des copines. Et il n'y a pas de copains. Pourquoi elle a dit oui ? Pour éviter Sylvie, encore. Et puis c'est la faute de Lætitia. Elle est devenue hystérique quand elle lui a appris la nouvelle : invitées toutes les deux, à une soirée chez Matthieuuuuuu ! Visiblement, ce Matthieu a trois atouts de taille : beaucoup d'argent, des parents cools et un grand frère étudiant.

Deux heures qu'elles se préparent, tandis que Coco est partie à une réunion à Montrouge. Comme prévu, elle a accepté immédiatement, trop heureuse de refuser le rôle de la mère protectrice.

Solange ouvre la porte, Lætitia éclate de rire :

– Le rouge à lèvres, c'est pas possible, on dirait moi quand je piquais celui de ma mère, petite. Tu veux que je t'aide ?

– Laisse tomber, marmonne Solange en s'essuyant. Et puis je vais me changer, dit-elle à travers les mailles du Lurex qu'elle retire d'un coup sec.

– Dommage, ça mettait tes seins en valeur, lance Lætitia en clignant des faux cils.

Elle est marrante avec sa minirobe à fleurs orange et ses cheveux dénoués. Solange enfile son uniforme habituel : tunique, grande ceinture marron, jean, sous le regard réprobateur de Lætitia.

– Mets au moins un bandeau dans tes cheveux, là, comme ça, on verra tes yeux pour une fois.

Elles se regardent dans le miroir, prennent la pose un instant puis s'élancent. Coco ne leur a pas donné de « permission » : la confiance, toujours.

Au moment de franchir la porte de Matthieu, Solange a un mouvement de recul. Lætitia allume deux cigarettes, lui en fiche une dans le bec avec un clin d'œil et déclare : « Un peu de contenance, ma grande, on y va ! »

Personne ne remarque leur arrivée, noyée dans un nuage de fumée transpercé par la lumière des spots. Une boule à facettes dessine de petits polygones multicolores sur les formes qui s'agitent dans la pièce. Les meubles ont été poussés contre les murs, les tableaux sont recouverts de tissus. À droite, une bibliothèque court du sol au plafond, à gauche, d'immenses fenêtres. Partout des inconnus, filles bottées et casquées de cheveux lisses, garçons chemises ouvertes sur torses plus ou moins velus. Solange fait signe : il lui faut de l'air. Elle sort sur le balcon. À la lumière des réverbères, le Panthéon a l'air d'une maison hantée.

Une main sur son épaule, Solange sursaute. C'est Jim, il tangue un peu :

– Hey les filles, des heures qu'on vous attend !

Il passe son bras autour de Solange :

– Venez, je vous présente les copains.

Elle aimerait retirer ce bras. Il la promène de groupe en groupe, avec ce bras, qui pèse de plus en plus lourd. Il parle trop près de son oreille, le contact de ses lèvres la gêne. Ils arrivent au buffet : il ne reste que quelques chips mais les verres ne manquent pas. Jim enlève enfin son bras pour lui en offrir un. Elle a déjà bu de l'alcool, avec les copines de Coco, pour goûter. « Tu vas faire tes expériences, je préfère que tu les fasses en sécurité, et avec de bonnes choses », dit Coco. Solange sait que si elle boit ce verre, elle perdra cette lucidité qui lui donne l'envie de quitter cette fête à l'instant. Elle boit. C'est ce soir qu'elle va au bout. Ce soir qu'elle le fait. Elle a décidé.

J'ai encore rêvé d'elle...

Je rêve aussi...

Slow guimauve, parfait. Solange prend les verres, les dépose sur le buffet, accroche ses bras au cou de Jim et plante ses yeux dans les siens. Un peu surpris, il a une seconde d'hésitation dont elle profite pour l'embrasser.

Un quart d'heure plus tard, ils sont sur le canapé et Solange voudrait bien que ça avance. Elle prend la main de Jim, la fait remonter le long de son flanc, et ça dure encore de longues minutes avant qu'il ose enfin effleurer son sein droit. Solange le serre un peu, passe sa jambe sur la sienne, pas de réaction. Elle glisse la main sous son tee-shirt. Il sursaute et balbutie : « Tu me chatouilles ! »

Solange le regarde : il est vraiment mignon. Mais elle a un objectif, ce soir. Et visiblement, Jim n'a pas le même. Dommage, ça aurait été doux, une première fois avec lui. Ils seraient partis à la recherche d'une chambre vide dans le grand appartement, auraient entrouvert une porte en riant, se seraient affalés sur un lit très haut, auraient roulé l'un sur l'autre. Jim aurait embrassé Solange à travers ses cheveux défaits, elle lui aurait dit : « Viens, j'ai envie de toi. » Il l'aurait regardée dans les yeux : « Tu es sûre ? » Elle aurait répondu « oui », d'une toute petite voix. Il aurait alors déboutonné lentement son jean, elle aurait retiré le sien en pestant parce qu'il était trop serré. Il se serait couché près d'elle et elle aurait senti son désir contre sa cuisse. Troublée, elle aurait sursauté quand il se serait allongé sur elle. Elle aurait eu mal, un peu, quand il serait venu en elle, mais il aurait murmuré « Ça va ? » d'un air inquiet à son oreille et elle aurait juste fait oui de la tête. Elle aurait dit « Fais attention », il aurait dit « Je suis désolé », ce serait déjà terminé. Ils se seraient embrassés doucement, il aurait dit « Je dois rentrer, j'ai la permission de minuit » et elle serait restée allongée quelques instants dans le noir, à penser qu'elle était enfin devenue une vraie femme. Elle aurait pleuré, juste un peu.

Solange retire la main de Jim, elle a soif, il s'empresse d'aller chercher un verre. À son retour, il annonce gêné qu'il a la permission de minuit. Elle sourit, dépose un dernier baiser sur ses lèvres et parvient même à faire un petit geste pour lui dire au revoir quand il franchit la porte. Lætitia a disparu. Solange la retrouve assise dans un coin, en train d'embrasser un petit blond. Son amie lui fait un clin d'œil sans détacher ses lèvres de celles du garçon. Solange retourne sur le balcon, la fenêtre de la pièce d'à côté est ouverte. Elle entre, traverse une chambre, ouvre une porte. Dans l'obscurité, elle distingue un bureau, jonché de papiers. Partout des livres, sur les rayonnages, par terre, sur les fauteuils. *Clac*, la porte s'est refermée, elle sursaute :

– Qu'est-ce que tu fais là ?

Solange distingue une silhouette dans un fauteuil. Matthieu.

– Pardon, je cherchais les toilettes…

– Si mon père savait que tu es entrée dans son bureau, il serait furax… En même temps j'aime bien le rendre furax. Ça te plaît comme soirée ? Tu es la copine de Jim, c'est ça ?

Elle ne répond pas.

– Hé, c'est pas la Gestapo, de toute façon je m'en fous.

Elle répond d'un air aussi détaché que possible :

– Il est classe, le bureau de ton père. Il fait quoi ?

– Il écrit des trucs, contre l'exploitation du prolétariat, tout ça. Il y a des bouquins à lui, là, si tu veux voir.

Il soulève une pile de livres d'un fauteuil, les lui tend et s'affale à leur place. Solange s'approche de la fenêtre pour parcourir les titres. Marie-Claude en a plein, des comme ça. Matthieu allume une cigarette. Il laisse le briquet allumé un instant, la regarde.

– En fait, je m'emmerde dans ces fêtes. La musique est nulle et il y a même pas d'herbe à fumer. Un copain devait en apporter mais il n'est pas venu. T'en as pas toi ?

– J'ai une tête à avoir de l'herbe ?

– Avec ta dégaine de Katmandou, sûrement !

Sylvie en fume parfois. Elle dit qu'elle y prendrait vite goût, et puis elle a l'impression de jouer divinement de la musique après un joint.

– Non, désolée, finit par répondre Solange, tu vas devoir continuer à t'emmerder.

Matthieu soupire.

– T'as qu'à prendre un bouquin, lui balance Solange.

– Certainement pas. Mon père me lisait Rabelais et Montaigne tous les jours, quand j'étais petit, pendant que les autres étaient abonnés au *Journal de Mickey*. Mais il aime bien, de temps en temps, faire peuple : il va bouffer dans un resto de routiers, il va acheter un truc au Prisu. Après, il rentre dépité s'enfermer pour écrire un article contre le système dans je sais pas quel journal.

– Et ta mère, elle fait quoi ?

– Elle est à la maison.

– Ah bon ? Avec les idées avant-gardistes de ton père sur l'exploitation du prolétariat, je pensais qu'il en avait aussi sur le patriarcat.

Matthieu éclate de rire :

– T'es trop marrante, toi, t'as réponse à tout. Tu pourrais peut-être lui rabattre son caquet.

Il s'approche, rallume le briquet. Front fuyant, grand nez, cheveux longs, une tête de lévrier, racé. Solange est piquée au vif :

– Et pourquoi pas, invite-moi.

– Je crois que j'aurais plus envie de t'inviter dans ma chambre, en fait.

Matthieu éteint son briquet, elle sent son souffle sur sa joue.

– Mais tu es la copine de Jim…

– Je n'appartiens à personne.

Elle le veut. Elle le veut en elle, tout de suite. Elle a décidé que c'était ce soir, l'occasion est trop belle. Elle détache sa ceinture, il pose ses mains sur ses hanches, mordille son oreille. Elle tourne la tête, fait glisser son pantalon. Sûrement surpris, il marque un temps. Solange se sent forte, tout à coup, contre ce corps maigre. Elle pousse les livres du pied, prend les deux mains de Matthieu, le guide vers le sol. Il dit :

– Tu veux quoi ?

Elle pose un doigt sur ses lèvres. S'il parle, elle risque de faire machine arrière. Elle pousse doucement son buste, il s'allonge sur le dos. Elle retire son pantalon, son slip. Elle touche le ventre de Matthieu. Ce membre dressé, c'est là, elle n'ose pas. Il tâtonne à la recherche de son sexe. Elle sent son doigt la percer. Elle est sèche. Elle n'est pas excitée, pas assez mouillée. Ça va frotter. Elle le sait, elle sait tout, mais il faut aller au bout. C'est elle qui décide. Elle retire sa culotte, saisit le pénis dur et chaud. Elle le guide contre elle, le fait entrer. Les mots enceinte, pilule, Planning familial explosent dans sa tête. Elle se retire, elle brûle, elle sent le sperme de Matthieu contre son ventre.

Voilà, c'est fait.

11.

À son retour de la soirée, Solange trouve Sylvie et Coco, main dans la main sur le canapé en train d'écouter un disque.

– Alors cette surpat', ma chérie ? lance Coco en retirant sa main.

– Pas surpat' ! Une boum ! Super chiante, je suis crevée, à demain !

Solange claque la porte et s'effondre tout habillée sur son lit.

Le lendemain, elle attend que Sylvie sorte de l'appartement pour se lever. Coco lit le journal, assise à la table de la cuisine.

– Ça va, ma chérie ? Tu as l'air toute chiffonnée. C'était vraiment nul, cette boum ?

Coco ne devine pas et si Coco ne devine pas, c'est que ce n'est pas important. Solange a envie de hurler. Tout ça pour ça. Elle pourrait lui raconter, mais Coco se mettrait à pleurer. Une première fois sans amour, sans plaisir, le risque d'être enceinte. Tout ce que Coco a préparé depuis des années, cette transformation de Solange en jeune femme épanouie, son rêve, brisé en mille morceaux.

Alors Solange se tait. Pas trop longtemps, Coco va s'apercevoir de quelque chose. Solange inspire, expire. Elle est prête. Et elle raconte la musique, la déco, l'alcool, la fumée, les spots, elle en rajoute sur les machos lourdingues et les midinettes écervelées. Mais rien sur Jim. Et surtout rien sur Matthieu. Coco est aux anges.

– Et Lætitia, elle s'est bien amusée ?

– Je crois oui, je vais passer la voir tout à l'heure.

– Je pensais qu'on aurait pu aller se balader sur les quais toutes les deux, mais je comprends, ma chérie, profite de ta copine.

Solange court au métro, sort aux Abbesses et monte les marches de l'immeuble de Stéphane quatre à quatre. Personne. Il est peut-être encore au travail. Solange redescend, erre dans les rues sinueuses, trouve une boulangerie, demande si Stéphane y est employé, la boulangère la regarde comme si elle venait de Mars.

Elle remonte à l'appartement, sonne à nouveau. Personne.

Elle s'assoit le dos contre la porte, ferme les yeux.

– Mais qu'est-ce que tu fais là ?

Stéphane a encore un peu de farine sur les sourcils. Solange sourit.

– Tu veux un café ? Entre. Lætitia va arriver, elle s'échappe pendant que ma mère est à la messe.

Quand son amie arrive, Solange raconte. Les mots se bousculent, s'entrechoquent, finissent par se répandre en flux ininterrompus. Quand elle a terminé, Lætitia remonte ses lunettes, avale une grande goulée d'air frais avant de parler :

– Et tu n'as pas peur que Matthieu raconte tout à ses copains ? Tu vas passer pour une…

– Je m'en fiche !

– Dis pas ça, répond doucement Stéphane.

– Et Jim, tu vas lui dire quoi ? renchérit Lætitia.

– Je sais pas, fichez-moi la paix !

Solange se lève, Stéphane barre la porte.

– Viens là, arrête. On est avec toi.

Lætitia la prend dans ses bras. Solange a beau inspirer, expirer, les larmes montent, débordent, Stéphane murmure des choses à son oreille, elle ne comprend rien, elle n'entend que le son de sa voix, grave, qui l'enlace, l'apaise.

Il s'éloigne. Solange voudrait encore sa voix de basse. Il a mis un disque : violons, violoncelle, batterie, une voix, grave, comme la sienne. *You're the first, my last, my everything.*

Solange sourit à travers ses larmes.

Le lundi, au lycée, elle ignore Matthieu à la récré et il ne lui jette pas un regard. Elle attend Jim à la fin des cours. Il semble gêné. Est-ce que Matthieu a tout raconté ? Solange parle, vite, avant qu'il dise quoi que ce soit. C'est un mec chouette, elle l'aime bien, mais plutôt comme un copain. Mieux vaut en rester là. Il soupire, semble soulagé. Il répond :

– D'accord, mais on reste amis quand même ?

Solange aurait presque envie d'embrasser sa joue caramel. Elle se dépêche de rejoindre Lætitia, qui réclame – et obtient – son compte rendu détaillé.

Le soir, ça tiraille, Solange a mal au ventre. Coup d'œil au calendrier, ce serait la période.

Assise sur les toilettes, la tête entre les jambes, elle regarde le sang qui s'écoule le long de l'émail.

Tout est redevenu comme avant. Il ne s'est rien passé.

Un jour, deux jours, trois jours, Matthieu ne parle pas. Lætitia dit que Solange l'a échappé belle. Jim semble avoir retrouvé sa lumière. Coco ne remarque toujours rien. Elle voit Sylvie tous les soirs, et, tous les soirs, Solange reste dans sa chambre. Coco aurait dû venir s'asseoir au bord de son lit, lui prendre la main, lui demander, de sa voix roudoudou : « Alors ma grande fille, tu n'as pas l'air dans ton assiette, qu'est-ce qui se passe ? » Mais Sylvie prend toute la place.

En rentrant du lycée, un soir, Solange passe devant le Prisu. Elle entre, traîne dans les rayons, grignote un grain de raisin, prend un paquet de biscuits. Il y a du monde, une longue file devant la caisse. La caissière est une femme sans âge, brune, les cheveux tirés en queue de cheval. Son prénom, Jocelyne, brille sur son badge. Un homme en blouse lui fait signe. Sûrement le chef de rayon qui l'autorise à prendre sa pause. Jocelyne lisse ses cheveux, pose son petit panneau « caisse fermée ». Les clients râlent, se déplacent. Jocelyne monte un escalier. Le chef de rayon la suit. Solange change de file, mais la caissière est obligée de les faire attendre. Plus de rouleau, elle appelle au micro. Le chef de rayon descend les marches quatre à quatre. Sa blouse est déboutonnée. Sa braguette aussi. Solange rigole. Jocelyne descend à son tour. Solange n'avait pas remarqué son visage, tout à l'heure. Elle a dû être belle quand elle était jeune. Elle lisse ses cheveux, rajuste son chemisier, se rassoit.

Solange se précipite pour être la première dans sa file. Jocelyne la regarde, lui sourit.

– Bonjour, madame, lance Solange.

– Bonjour, mademoiselle, ça fera quatre francs cinquante s'il vous plaît.

Solange tend sa pièce de cinq francs, Jocelyne lui glisse :

– Ta copine n'est pas là aujourd'hui ?

Solange ne sait plus où se mettre.

– Et voilà ta monnaie, jeune fille, dit Jocelyne d'une voix ferme.

Solange sort en courant. Elle marche au hasard, en avalant ses biscuits un à un, méthodiquement, jusqu'à l'écœurement. Elle tourne en rond et finit par se retrouver à nouveau devant le Prisu. Jocelyne sort. Elle serre la ceinture de son manteau, se voûte contre le froid. Solange la suit. Au moment de rentrer dans la bouche de métro, Jocelyne se retourne :

– Qu'est-ce que tu veux ?

– Rien, je...

– Te sens pas mal, va. Je vous ai repérées tout de suite, avec ta copine, là, la grande brune. Vous avez eu de la chance. Le chef de rayon vous a jamais vues. Sinon...

– Je suis désolée, madame, je ne...

– Recommence pas. Je risque ma place, moi. Et j'ai besoin de ce boulot. Pourquoi tu fais ça ? T'as pas d'argent ? On dirait pas.

Impossible de lui dire le frisson, la tension qui monte, qui retombe, les rires, après, et les mots de Sylvie.

– Te mets pas dans cet état, va, allez, rentre chez toi, et recommence pas. J'ai déjà bien assez de soucis comme ça.

Cette nuit-là, Solange revoit Jocelyne, le chef de rayon, repasse le film de toutes les expéditions avec Sylvie, n'arrive pas à se souvenir. Elle n'a jamais regardé cette femme. Elle était transparente. Et cette femme a risqué de perdre sa place à cause d'elle.

Le lendemain, Solange retourne au Prisu après le lycée. Même heure, même manège, Jocelyne prend sa pause, le chef de rayon la suit, elle redescend un quart d'heure plus tard, Solange passe à la caisse, paie son paquet de gâteaux, Jocelyne lui sourit. Solange l'attend à la sortie.

– Qu'est-ce que tu fais encore là, toi, il est tard, tes parents vont s'inquiéter.

– C'est pas le genre de ma mère. Madame, je.... je voulais m'excuser, vraiment, je suis tellement désolée...

– T'es mignonne, c'est rien, va, traîne pas trop par là, tu vas te faire repérer par le chef... Allez, je suis fatiguée, faut encore que je prépare le dîner en rentrant, j'ai une lessive à faire, je suis pas couchée. Bonne soirée !

Solange la regarde s'éloigner. Elle revient le lendemain, et le surlendemain. Tous les soirs, elle guette la sortie de Jocelyne, parfois elle doit avoir d'autres horaires, parfois elles échangent quelques mots.

Au bout d'une semaine, Solange se lance :

– Je voulais vous dire... Ma mère, elle organise des soirées, entre femmes. Tout le monde peut venir. On parle de tout, de rien.

– Mais ça sert à quoi ?

– Juste à parler, être ensemble, essayer de partager les problèmes. Il y a de tout : des étudiantes, des femmes au foyer, des profs. Ma mère, elle est secrétaire, sa copine Anna travaille dans une usine. Je vous laisse l'adresse, samedi soir, vous pouvez venir quand vous voulez.

– Le samedi soir, on regarde Guy Lux à la télé avec mon mari. Enfin, quand je m'endors pas. Mais merci quand même ! rit Jocelyne en prenant le papier.

12.

Le samedi soir, la sonnette retentit. Solange sursaute. Personne ne sonne jamais, elles entrent toutes sans frapper. Coco ouvre la porte, Jocelyne montre Solange du doigt. Sylvie tourne à peine la tête, retourne à sa discussion. Elle ne l'a pas reconnue.

Solange se pousse un peu, fait une place à Jocelyne sur le canapé, et Coco lui sert un verre de vin en lui débitant son laïus de bienvenue habituel. Côte à côte, Jocelyne et Solange écoutent les autres. Solange se sent bien, près d'elle. Pour la première fois depuis des semaines, elle ne va pas se coucher. Elle reste jusqu'à ce que Jocelyne s'en aille.

Le lundi, au lycée, Lætitia demande :

– Qu'est-ce qui s'est passé ce week-end ? Je t'ai pas vue sourire comme ça depuis la soirée chez Matthieu. T'as rencontré quelqu'un ou quoi ?

– Oui. Une femme. Mais c'est pas ce que tu crois. Faudrait que tu viennes, samedi prochain, chez Coco. Je te la présenterai. Si elle revient !

Le samedi suivant, Jocelyne revient. Solange voudrait que Sylvie la reconnaisse, qu'elle lui parle, qu'elle s'excuse. Mais Sylvie ne la remarque pas. Jocelyne hausse les épaules. Elle dit qu'elle ne vient pas pour ça. Qu'elle est bien, là, à côté de Solange. Lætitia n'a pas pu venir. Elle a ramené un 5 en maths, elle est punie, elle enrage. Jocelyne dit que bien travailler à l'école c'est important, pour pas finir caissière. Coco répond en riant qu'elle lui interdit de dire ça. Solange les regarde. Elles sont complices. Elles se ressemblent.

Encore une semaine, et toujours le même rituel, tous les soirs, à la sortie du Prisu, qui remplace peu à peu les mots de Sylvie. Plus de frisson, plus d'adrénaline. De la douceur.

Le samedi, Lætitia est là, mais Jocelyne est en retard. Peut-être qu'un de ses enfants est malade ? Ou son mari a découvert son mensonge, ses fausses heures sup au magasin qui ouvre le soir à présent. Elle finit par arriver, l'air soucieux. Elle écoute à peine quand Solange lui présente Lætitia. Elle est ailleurs.

Au bout d'une heure, elle lève la main, comme à l'école, pour prendre la parole. Coco s'approche.

– Est-ce que je pourrais vous parler, je… j'ai besoin de vous raconter quelque chose.

– Bien sûr Jocelyne, mais par pitié, dis-moi « tu », d'accord ?

Coco s'assoit par terre devant elle. Danielle s'approche, Anna pose une fesse sur l'accoudoir du canapé. Sylvie poursuit sa conversation avec Nicole et cinq autres filles, les autres sont en cuisine.

Jocelyne lisse ses cheveux.

– J'ai entendu, ici, des femmes raconter. Leur travail, leur famille, tout ça. Je pourrais vous raconter moi aussi les avertissements quand on est en retard, les menaces en cas d'absence, les retenues sur salaires à la moindre erreur de caisse, la fatigue, le siège qui fait mal au dos, les gestes toujours les mêmes, les clients qui nous crient dessus. Quand j'ai recommencé à travailler, mon mari, il en était malade. Il était si fier quand on s'est mariés, il avait une bonne place, je pouvais tenir mon ménage sans m'inquiéter. Mais voilà, le petit dernier, il était pas prévu, alors quand il est arrivé, j'ai dit que j'irai, pas beaucoup d'heures, quand les grands seraient à l'école. Ma mère pourrait garder le bébé, et puis comme ça, on s'en sortirait.

Solange prend sa main, Jocelyne la serre un peu.

– Non, ce qui est dur… c'est le chef de rayon, Daulas, il s'appelle. Ça commence par un regard. Ce doit être un jour que t'as réussi à mieux te coiffer que les autres, ou que t'as mieux dormi parce que le petit n'a pas fait ses dents, tu dois avoir meilleure mine. Et puis après, il te fait un clin d'œil. Et là tu sais que ça y est. C'est ta pause et t'as pas envie de la prendre, ta pause, tu resterais bien là derrière ta caisse même si t'as tellement envie de pisser que ça te monte à la gorge. Mais t'as peur qu'il prenne la petite nouvelle à la place, il l'a repérée, elle a rien vu, elle, c'est normal, mais toi, tu sais. Alors tu y vas. Tu te dis que cette fois tu diras non, que ça suffit, puis après tu penses à tes gosses, au boulot que tu devras retrouver, plus loin, peut-être pire, en plus ils disent à la télé que c'est la crise, que le chômage augmente. Alors tu y vas. Il t'attend dans le vestiaire, il te parle, tu entends à peine ce qu'il te dit, des compliments sur ta coiffure ou ta mine, sûrement, mais il perd pas trop de temps. Il approche et toi, t'es même pas foutue de bouger, de le pousser ou de sortir en courant. Tu restes plantée là, il pose sa main sur ton cou, prend tes seins, et toujours il dit des choses, mais toi tu n'entends plus rien, tu fais juste attention à pas bouger pour qu'il ne descende pas plus bas, mais si, il le fait, il attrape tes fesses et te plaque contre lui, et tu sens qu'il est dur et tu sais que si tu voulais, si tu pouvais, tu pourrais lui donner un bon coup de genou, là, pour écraser ses deux couilles molles mais tu le fais pas, tu penses à tes gosses, à ton mari, à la petite nouvelle et tu attends que ça passe. Quand il arrête de se frotter contre toi, tu entends bien, cette fois, ce qu'il dit, à chaque fois : « Si tu parles, je dirai que tu m'as provoqué, tu seras virée, on veut pas d'histoires, tu comprends ? » Tu fais oui de la tête et tu vas enfin pisser. Dans les toilettes, c'est tous les liquides de ton corps qui sortent en même temps, mais tu essuies tout, tu te mets de l'eau froide sur la figure et tu retournes à ton poste.

Autour de Jocelyne, les conversations se sont tues, peu à peu. Toutes les femmes se sont approchées. Danielle essuie ses yeux, Lætitia remonte ses lunettes. Solange sent la main de Jocelyne se ramollir. Coco se penche vers elle :

– Merci pour tes mots, Jocelyne. Je sais combien c'est difficile. Merci pour ta confiance. Est-ce que tu voudrais qu'on fasse quelque chose ? T'accompagner pour porter plainte ?

– Surtout pas, je pourrais jamais raconter ça à des gendarmes. Et puis qui me croirait ? Non, ce serait pire, je pourrais perdre mon travail, et si mon mari l'apprenait…

Sylvie s'approche.

– Il y a une autre solution. Des copines ont fait ça, à Rennes. Mais on a besoin d'être toutes ensemble.

Elle regarde Solange. Ses yeux demandent. Solange regarde Jocelyne. Ça ne peut plus durer. Solange acquiesce, Sylvie se lance.

– Alors voilà le plan.

13.

Le samedi suivant, chacune est à son poste : Jocelyne est à sa caisse, Coco prend son temps pour choisir ses légumes, Nicole butine un peu au hasard. Danielle, cramponnée à sa poussette, arpente les allées du pas décidé de la mère de famille qui n'a pas de temps à perdre. Marie-Claude semble passionnée par les étiquettes des bouteilles de vin. Anna en est à son troisième passage devant les biscottes sans réussir à se décider.

Au rayon maquillage, Solange essaie du rouge à lèvres sur le poignet de Lætitia. Elle jette un œil à la pendule : 14 h 55, c'est bientôt l'heure de la pause de Jocelyne. Lætitia n'en mène pas large. Elle aurait préféré venir avec Stéphane. Solange a dit non : c'est leur action, pas de mec.

15 heures. Daulas monte au vestiaire. Jocelyne le suit. Solange, Lætitia, Coco, Danielle, Nicole, Marie-Claude et Anna arrivent aux caisses. Les deux autres caissières sont

au courant mais elles ne bougeront pas, elles ne veulent pas se mouiller, trop risqué. Sylvie entre dans le supermarché avec son gros cabas, qu'elle dépose à l'entrée. Elle sort un marteau, monte les escaliers et fait le signe convenu devant la porte des vestiaires.

Toutes s'élancent, bousculent les clients qui râlent contre ces malpolies trop pressées. Elles prennent les caddies, les poussent contre les portes, mais une grande silhouette longiligne se faufile : Stéphane. Pas le temps de tergiverser, les filles sortent les cadenas et les chaînes du sac de Sylvie. L'entrée est bloquée. Coco sort le mégaphone du cabas :

– Ne vous inquiétez pas, ceci n'est pas un braquage, nous occupons le magasin pour nos droits.

Jocelyne sort en courant des vestiaires, Sylvie referme la porte, la bloque et commence à la clouer. Daulas prend toujours son temps, aux toilettes, pour se finir après s'être frotté contre Jocelyne. Il ne s'est encore rendu compte de rien. Lætitia se jette sur Stéphane :

– Je t'avais dit non, qu'est-ce que tu fais là ?

– Je fais ça !

Il sort une caméra de son sac et commence à filmer. Nicole s'interpose.

– C'est mon frère, dit Lætitia, il est avec nous !

– Vous voulez avoir plus d'impact ? s'écrie Stéphane. Il faut que tout le monde voie ça !

Le directeur du magasin sort de son bureau :

– Qu'est-ce que c'est que ce b…

Anna et Danielle déploient la banderole « FEMMES EN LUTTE ». Sylvie descend les marches quatre à quatre avec Jocelyne :

– Nous occupons le magasin, annonce-t-elle d'une voix ferme.

– Mais qu'est-ce qui vous arrive, Jocelyne ? répond le directeur, un peu sonné.

– Il lui arrive qu'elle en a marre !

– Mais de quoi ? Et où est M. Daulas ? Vous êtes folles, enlevez-moi ça tout de suite !

Le directeur court de caddie en caddie, tentant de décrocher les chaînes :

– Messieurs dames, ne vous inquiétez pas, la situation est en mains…

Coco reprend le mégaphone :

– Messieurs dames, il faut que vous ayez connaissance de ce qui se passe dans ce magasin, comme dans beaucoup d'autres. Ici les conditions de travail sont épouvantables : les temps de pause ne sont pas respectés, les sièges sont inconfortables, les retenues sur salaires permanentes…

– Des feignasses, oui !

Un client replet, visiblement satisfait de sa sortie, cherche l'assentiment des autres. Solange a envie de lui balancer son paquet de chips à la figure.

– Mais ce n'est pas tout, reprend Coco. Dans ce magasin, règne un petit maître qui se croit tout permis. Vous ne le verrez pas, il est enfermé dans les vestiaires.

Le directeur sort son mouchoir pour s'essuyer le front, qu'il porte haut, avec les cheveux rabattus sur le côté du crâne, à la Giscard. On entend tambouriner à la porte :

– Au secours, ouvrez-moi, mais qu'est-ce qui se passe, ouvrez-moi, la porte est coincée !

– Pas coincée, clouée, rigole Sylvie, marteau en main.

– C'est bien joli mais je dois rentrer retrouver mes gosses à la maison, moi ! s'écrie une femme avec son bébé.

– Ça ne va pas durer longtemps, n'est-ce pas monsieur le directeur ? glisse Sylvie en souriant.

– C'est pas vrai, ces bonnes femmes. Et vous êtes qui, vous ?

– C'est des amies, monsieur le directeur, balbutie Jocelyne.

– Des amies ? Non mais je rêve. Dans mon bureau, Jocelyne, tout de suite !

– Je viens avec elle ! s'écrie Solange.

Elle s'avance.

– Et c'est qui cette gamine ?

Sylvie s'interpose :

– C'est moi qui viens avec elle, et vous avez pas le choix, compris ? menace-t-elle avec son marteau.

– Bon, bon, venez, dépêchez-vous !

Solange est furieuse. Sylvie a encore pris sa place. Elle avait promis à Jocelyne, elle serait là tout le temps, avec elle. Coco la raisonne : il faut se mettre les clients dans la poche. Elles commencent à distribuer leurs tracts, expliquent. Le petit homme replet boude dans son coin. Danielle rassure la mère de famille, elle sera la première à sortir.

Solange se glisse près de Stéphane :

– Ça te plaît comme spectacle ?

– J'adore ! J'ai téléphoné à un copain juste avant de venir, il est coursier à la télé. Il va en parler aux journalistes. Ça vous dit de passer sur la 2 ?

Lætitia remonte frénétiquement ses lunettes :

– Mais tu es fou ! Si les parents voient ça !

– Je ne te filmerai pas. Reste avec moi, tiens le magnéto, il faut du son aussi ! Vous êtes super fortes, les filles, vous voulez pas venir voir mon patron à la boulangerie ?

– Débrouille-toi, rit Lætitia.

Jocelyne et Sylvie sortent du bureau après une bonne demi-heure : le directeur ne veut rien entendre. Il est au téléphone avec son associé. Il doit consulter l'enseigne. Il faut se préparer à une occupation longue. Dehors, des gens commencent à dire qu'ils vont appeler les gendarmes.

Une sirène retentit, puis des coups contre la porte :

– Police, ouvrez !

Coco répond :

– Nous occupons le magasin, nous ne sortirons que lorsque nous aurons des garanties.

– Mais vous êtes qui ? Quel syndicat ?

– Pas de syndicat, juste des femmes en lutte !

Le directeur sort du bureau en trombe, il crie à travers la porte :

– Monsieur l'agent, ces femmes nous ont pris en otage, mon collaborateur est enfermé dans les vestiaires, faites quelque chose !

Une voix dubitative répond :

– Il n'y a que des bonnes femmes ? Elles sont armées ?

– Non, heu, oui, elles ont un marteau !

Pendant que le directeur parlemente avec la police, Sylvie raconte qu'il ne veut rien entendre sur les négociations sociales mais qu'il s'est troublé quand Jocelyne lui a dit ce que faisait Daulas.

– Je pense que c'est un exploiteur, pas un salaud, poursuit-elle. Il va tenir un peu mais au bout du compte, il sera obligé de céder. On doit rien lâcher, cette nuit, on dort ici, compris ?

Solange sent le frisson revenir. Elle n'avait pas imaginé ça. Et en même temps, elle en a terriblement envie. Lætitia panique un peu, elle doit rentrer.

Danielle chuchote :

– Ça va trop loin, là, il faut que je rentre moi aussi, déjà que mon mari râlait avant mais là…

Le directeur revient : si elles ne libèrent pas les clients, elles s'exposent à être qualifiées de preneuses d'otages. Il repart aussi sec. Coco interroge Sylvie du regard. Il faut garder le public de leur côté. Elles entrouvrent une porte, font passer les deux caissières et les clients un à un sous les chaînes. Dehors, des gens crient : « Bravo ! » Deux jeunes femmes ont décidé de rester, elles sont en pleine discussion avec Nicole. La dame avec son bébé se retourne avant de sortir et leur lance un grand « merci », les larmes dans les yeux.

D'autres voix se font entendre derrière la porte, c'est Antenne 2, Stéphane saute de joie. Les cris de Nicole et Sylvie fusent :

– La télé de Giscard, non merci !

Une tête passe dans l'ouverture de la porte :

– C'est Antenne 2 : où est le responsable de la grève ?

– Pas de responsable et pas de mec ici, rétorque Coco.

– Alors une porte-parole, chère madame, répond la voix, mielleuse.

– On va voir !

Elles se rassemblent. Elles savent comment les journaux télévisés rendent compte du mouvement. Elles se sont déjà fait piéger, sont passées pour des hystériques. Et puis avoir la télé, ce n'était pas leur idée, et comme par hasard, c'est l'idée d'un mec. Lætitia argumente :

– Il est avec nous, lui aussi il est contre le patriarcat, les hétéro-flics. Sous prétexte qu'il a un pénis entre les jambes, il pourrait pas nous aider ?

Marie-Claude est ferme, c'est hors de question. Sylvie pense que ce serait utile : certaines luttes sont invisibles, il est temps que ça change. Solange a envie de faire confiance à Stéphane. Mais il ne faut pas qu'on les reconnaisse.

Stéphane promet, enregistre Jocelyne, qui détaille les revendications. Elle parle de salaires, de conditions de travail. Elle ne parle pas de Daulas. Seul le directeur est au courant. Elle a trop honte, personne d'autre ne doit savoir. Stéphane fait quelques plans de dos avant de suivre Lætitia dehors, les précieuses bandes rangées dans son sac.

Le directeur réapparaît :

– C'est bon, j'ai bien entendu vos revendications, j'y travaille, je vous donnerai une réponse lundi, il faut partir, maintenant.

– Je crois que t'as pas bien compris, rétorque Sylvie. Ce soir, on dort ici, et toi aussi. Lui, là-haut, peut-être qu'il aimerait bien avoir un peu de compagnie, je te propose d'aller lui parler à travers la porte.

– Mais vous êtes folles, je rappelle la police tout de suite !

– Tu veux qu'on dise que le directeur du Prisu soutient un pervers ? Si j'étais toi, j'irais tranquillement me reposer dans mon bureau pour réfléchir.

Il bat en retraite, les yeux au ciel. Daulas ne fait plus un bruit. Solange va regarder par le trou de la serrure : il est assis dans un coin, prostré, résigné. Elle croise le regard de Coco, elle se lance :

– Bon, on fait quoi avec Daulas et le directeur ? S'ils en profitaient pour défoncer la porte, cette nuit, se tirer, appeler la police, on aurait l'air de quoi ?

– T'as raison, il faut les attacher, réplique Nicole.

– De mieux en mieux : vous voulez de la violence maintenant ? s'étrangle Coco. Faire comme les mecs ? Mais tout ce qu'on fait depuis des années ensemble, dans le groupe, tout ce qu'on essaie de construire pour changer la vie, ça sert à rien ?

Depuis le début de la conversation, Jocelyne se tait. Solange s'assoit à côté d'elle :

– Et toi, tu en penses quoi ?

– Oh moi, je sais pas, vous savez mieux que moi, vous autres, répond-elle doucement.

Solange se lève :

– Je vous rappelle qu'on est là pour elle. Pour elle et les deux autres caissières, qui sont chez elles, à faire la bouffe pour leur mari et leurs mômes.

Le silence se fait. Coco demande doucement :

– Tu en penses quoi, Jocelyne ?

– Moi, déjà, j'avais pas prévu de dormir là. Il faut que j'appelle mon mari, il va s'inquiéter.

Elle monte dans le bureau du directeur, redescend au bout de quelques minutes.

– Il m'a engueulée, j'ai dû lui passer le directeur pour qu'il lui explique. Il a été gentil, il lui a dit que c'était pas de ma faute. Mais quand j'ai raccroché, je lui ai dit, au directeur : je suis là parce que j'en peux plus, c'est moi qui ai décidé, les filles, là en bas, elles m'ont aidée, elles m'ont pas forcée. Alors merci d'avoir dit ça à mon mari, ça va le calmer, mais croyez pas que je vais abandonner.

Solange se jette dans ses bras.

– Merci, dit Jocelyne, c'est grâce à toi tout ça, tu m'as donné la force. Maintenant, ce que je voudrais, c'est juste qu'on se repose, parce qu'on sait pas de quoi demain sera fait.

Elles s'installent par terre. Coco prend la tête de Solange sur ses genoux, comme quand elles étaient sur l'île de Wight. Elle caresse doucement sa joue, Solange sent son ventre se dénouer. Coco murmure : « Je te retrouve, ma grande fille. On se retrouve. Je suis si heureuse de vivre ça avec toi. Et si fière. » Solange s'endort.

Au milieu de la nuit, elle se réveille en sursaut. Assise contre le mur d'en face, Sylvie semble l'observer. Elle lui fait signe de s'approcher.

– Vous êtes mignonnes, Coco et toi, quand vous dormez, vous avez la même moue, murmure Sylvie. Ça fait longtemps que je te regarde. Tu étais agitée, tu marmonnais. Je... On s'est pas parlé toi et moi depuis... Je voulais te dire... enfin, te demander pardon. Tu ne m'as rien dit, mais je sais ce que tu ressens pour moi. Je l'ai senti très vite. J'aurais dû réagir. J'ai déconné, je n'ai pas été claire, j'étais si contente de partager ces moments avec toi, au Prisu, on s'amusait tellement ! J'aurais dû tout arrêter tout de suite. Je n'ai pas d'excuse. Je sais bien que tu ne digères pas notre relation avec Coco. Je te demande pardon. Mais je voulais juste te dire... tu étais comme ma petite sœur, tu sais, la petite sœur que je n'ai jamais eue.

Sylvie regarde droit devant elle, perdue dans ses pensées. Solange la voit fragile, pour la première fois. Elle aurait envie de prendre sa main, il ne faut pas. Elle se lève, se recouche sur les genoux de Coco, toujours endormie, attrape sa main, la pose sous son menton et se rendort.

Le lendemain, le directeur descend de son bureau dès l'aube pour leur demander une dernière fois de partir. Il va appeler la police. Elles ne cèdent pas.

À midi, un appel d'Antenne 2 : un reportage sur elles va passer à la télé. À 14 heures, Stéphane tambourine à la porte. Ils ont diffusé le reportage, ça va faire du bruit ! Le téléphone n'arrête plus de sonner. Le directeur leur annonce que le PDG de l'enseigne Prisunic souhaite leur parler.

– Alors, on fait quoi ? demande Coco.

– On tient notre position, s'ils refusent, on continue, propose Jocelyne.

– Tu es sûre ? demande Solange.

– Oui, grâce à toi, je suis sûre.

– Alors on continue, s'écrie Solange.

Jocelyne et Sylvie redescendent du bureau une heure plus tard, le poing levé. Daulas est viré, les salaires augmentés et les conditions de travail vont être améliorées. Jocelyne siffle entre ses dents :

– Daulas, tu t'en tires bien. Mais crois pas que tu pourras recommencer ailleurs. T'as intérêt de te tenir.

Est-ce que ça suffira pour qu'il arrête ? Elles ne veulent pas y penser, pas maintenant. Elles ouvrent les portes, les caméras sont là. On va les reconnaître. Tant pis, elles ne craignent plus rien, elles ont gagné. Stéphane, Danielle et Lætitia, derrière le preneur de son, font le V de la victoire. Jocelyne lit un texte qu'elles ont écrit ensemble :

– Aujourd'hui, nous avons obtenu des augmentations de salaires, de meilleures conditions de travail et le licenciement d'un petit chef tyrannique. Mais c'est le système qu'il faut changer. Partout les femmes sont opprimées : au travail, à la maison. Prolétaires de tous les pays… qui lave vos chaussettes ?

Elles rient aux éclats. La police est là, à l'écart. Le directeur parle, il va minimiser, récupérer l'action pour faire la promotion de son magasin ou de Prisunic. Peu importe. Ce qu'elles ont gagné n'appartient qu'à elles. Lætitia rentre chez elle. Solange embrasse Jocelyne une dernière fois et rejoint Coco. Sylvie accourt, les prend par les épaules :

– Pas mal pour un début, non ? On essaierait pas d'inventer autre chose maintenant ? Faut que je vous parle d'un projet !

– Tu ne t'arrêtes jamais, rit Coco.

– Jamais ! crie Sylvie en levant le poing au ciel.

Solange se dégage de l'étreinte, Sylvie ne le remarque pas.

14.

En franchissant le portail du lycée, Solange a l'impression d'être en apesanteur. Ces deux jours au Prisu l'ont propulsée dans l'espace. Mais elle atterrit brutalement au milieu des chuchotements qui se répandent sur son passage.

À la récré, Lætitia propose de mener sa petite enquête. Elle revient catastrophée. Tout le monde a vu le reportage sur le Prisu à la télé, Solange a été reconnue.

– Et alors ? j'en ai absolument rien à fiche ! dit Solange.

– Le problème, c'est Matthieu, poursuit Lætitia en se tordant les mains. Il est en train de raconter à tout le monde ce que vous avez fait à la soirée, chez lui.

– Mais qu'est-ce qui lui prend tout à coup ? Il dit quoi exactement ?

– Solange, c'est horrible. Il a dit : « Elle faisait moins la maligne quand je l'ai fourrée l'autre soir. »

Ça doit glisser sur elle, ne pas l'atteindre.

Elle est libre.

Elle dispose de son corps comme elle l'entend.

Elle n'a de compte à rendre à personne.

La société n'est pas prête.

Mais les briques du discours emprunté aux copines de Coco se fissurent.

Qu'est-ce qui lui a pris ce soir-là ?

Elle n'a pas réfléchi.

Elle a été imprudente.

Elle s'est crue plus forte que tout le monde.

Lætitia la prend dans ses bras :

– Ma Solange, il faut aussi que je te dise, il vaut mieux que tu saches tout. Jim était là quand Matthieu a dit ça.

Solange se ressaisit :

– Laisse-moi deviner : il est en colère, il va se bagarrer avec Matthieu ?

– Non, répond doucement Lætitia. Je l'ai croisé tout à l'heure. Il avait les yeux tout rouges.

Solange lui a fait du mal.

Elle attend Jim à la sortie du lycée. Il passe devant elle sans la regarder, elle le suit, il finit par se retourner :

– Qu'est-ce que tu fais là, laisse-moi tranquille !

Sa voix déraille.

– Je veux te parler cinq minutes, Jim, s'il te plaît.

– J'ai rien à te dire.

– Ça tombe bien, je veux juste que tu m'écoutes.

Solange se surprend, elle est calme.

– Pourquoi tu m'évites ?

– J'ai plus envie, c'est tout. On s'était dit qu'on resterait copains mais c'est pas possible, j'ai pas envie.

– Pourquoi c'est pas possible ?

– Je peux pas, tu comprends ?

– Non je comprends pas, je veux que tu me dises.

– T'es au courant de ce qu'a dit Matthieu ?

– Oui, Lætitia m'a raconté. Je m'en fous. J'ai fait une connerie un soir, on va pas en faire une maladie.

Jim la dévisage.

– T'appelles ça une connerie ? Mais ça te fait rien de passer pour une salope ?

– J'avais envie de coucher avec lui, je l'ai fait. Tu ne peux pas comprendre. Pas grand monde peut comprendre en fait, parce que vous êtes tous encore empêtrés dans vos schémas de petits-bourgeois, assène Solange d'une voix ferme.

Sylvie parle par sa bouche. Mots appris, phrases fabriquées, sans appel, auxquelles elle aimerait adhérer totalement, auxquelles elle croit, presque. Il ne doit pas savoir.

Jim répond :

– Je ne te crois pas. Ça fait toujours du mal quand quelqu'un nous traite comme ça.

– Qu'est-ce que tu en sais, toi ? T'es un mec. Est-ce qu'une fille t'a déjà fait ça ? Bien sûr que non.

– T'as pas pensé à moi ce soir-là. Je comptais pas pour toi, dit-il en détournant les yeux.

– Tu comptais. Mais pas comme ça.

Solange s'éloigne avant qu'il soit trop tard. Elle marche vers la Seine sans se retourner, longtemps. Les mots de Jim s'effacent peu à peu. Place Dauphine, elle s'effondre sur un banc, à bout de souffle. Elle ferme les yeux. De petites pattes courent sur son bras : une coccinelle s'est égarée là. Elle l'attrape, la laisse marcher sur sa paume, la touche, l'insecte se met en boule, dégage une odeur métallique pour se défendre. Solange attend qu'elle se remette sur ses pattes et la dépose délicatement sur le banc.

Elle ne veut plus pleurer à cause de Matthieu, de Jim, de Sylvie ou de Coco. Elle voudrait juste arrêter de penser. Elle s'allonge sur le banc, les derniers rayons du soleil la réchauffent. Elle entend Lætitia : « Mais c'est comme ça depuis trop longtemps, ça va pas changer en un jour ! » Elle entend Sylvie : « On ne peut pas baiser avec notre ennemi principal. »

En fait, elle est bien toute seule.

Solange se redresse.

Elle voudrait juste qu'on lui fiche la paix.

Elle rentre, s'allonge, s'endort.

À son retour du travail, Coco découvre Solange couchée, touche son front : elle a un peu de température, elle ne pourra peut-être pas aller au lycée demain. Une journée seule dans son lit, Solange en rêve. Le lendemain matin, elle passe le thermomètre sous l'eau chaude, se blottit sous les couvertures pour se faire transpirer. Le soir, Coco trouve Solange encore au lit. Lætitia appelle, Coco répond, Solange fait mine de dormir pour ne pas lui parler. Coco s'inquiète, mais ça ne l'empêche pas de se rendre à une réunion chez des copines de Sylvie. Solange se délecte. Elle ne fait rien de la soirée, ne prend même pas un livre ou un magazine. Elle ne sait plus si elle a vraiment de la fièvre ou si elle fait semblant, elle goûte juste au plaisir d'être allongée là, de ne parler à personne.

Coco rentre de sa réunion à 22 heures. Elle entrebâille la porte, s'assoit sur le lit.

– Quelle soirée ! On a reparlé du Prisu encore ce soir. C'est tellement chouette ce qui s'est passé ! Et toi, comment tu te sens, ma grande fille ?

– Mieux, c'est pas encore la forme, mais ça va mieux.

– Au fait, ça a été au lycée hier ? Tu ne m'as rien dit.

Elle pourrait se confier, se répandre, écouter les conseils de Coco. Mais non. Stop. Fini, elle ne veut plus parler, elle ne veut plus écouter. Personne. Même pas Lætitia, même pas Stéphane, même pas Jocelyne. Seule, elle est bien toute seule, petite coccinelle qui se pelotonne dans son odeur métallique. Elle marmonne :

– Non, rien de spécial.

Coco paraît surprise. Mais Solange ferme les yeux, comme prise d'un nouvel accès de fièvre, alors Coco se tait, et embrasse doucement sa main. Solange rouvre les yeux, Coco s'engouffre. Elle raconte, au bureau, les réactions des collègues, de son chef après le reportage d'Antenne 2. Puis elle prend une grande respiration, comme un élan avant de sauter. Solange sait que Coco prépare une annonce qui ne va pas lui plaire. Elle voudrait qu'elle se taise, elle voudrait qu'elle parte.

– Tu sais, ma grande fille, on a parlé d'autre chose encore avec les copines ce soir, poursuit Coco. Juste un mot et après je te laisse te reposer. C'est important.

Solange détend ses jambes, remonte la couverture, referme les yeux.

– Ma chérie, on en reparlera mais... J'aimerais bien qu'on déménage.

Solange ouvre les yeux d'un seul coup. Coco hésite :

– Sylvie a une vieille tante qui lui a légué une maison, à Montrouge, une grande maison. Ce serait bien si on allait habiter dedans.

– Toutes les trois ? s'écrie Solange.

– Non... à plusieurs, vivre en communauté, toutes ensemble, avec d'autres copines, leurs enfants... Une communauté de femmes, de féministes, vivre entre nous, pour réinventer la société. C'est une chance unique !

– Mais avec qui ? Comment ? On aurait juste une chambre dans la maison ? Et puis c'est où, ça, Montrouge ? c'est en banlieue ?

Solange a déjà entendu parler de ces communautés, des gens qui partent en Ardèche élever des chèvres, il y a des petites annonces dans *Libération*.

– Ma chérie, c'est juste une idée, on en reparlera, on décidera ensemble, ce serait vraiment chouette...

Toutes ensemble, tous les soirs, jamais seule. Et avec Sylvie. Solange inspire, expire, ça ne marche pas. Elle referme les yeux. Elle marmonne :

– On en reparle.

Coco s'en va sur la pointe des pieds.

Solange attrape son oreiller et le bourre de coups de poing.

15.

– Læti, tu dors ?

– Mmmm.

– J'arrive pas à dormir, il faut que je te raconte.

– Viens, dit Lætitia en soulevant son drap. Qu'est-ce qu'il y a ? Ça s'est bien passé ce soir, j'avais un peu peur mais j'ai trouvé que mon père s'était pas trop mal comporté.

Solange quitte son matelas pour se blottir contre Lætitia dans son lit. Solange n'avait que ça en tête depuis une semaine : dîner chez elle, avec ses parents, et y dormir. Lætitia ne comprenait pas. Quel intérêt, franchement ? Aider sa mère à tout préparer, dîner devant la télé, devoir supporter les questions de son père, se coucher tôt sans pouvoir s'en griller une… Depuis le départ de Stéphane, ses parents n'avaient plus reçu personne. Parfois, Lætitia surprenait sa mère en train de s'essuyer les yeux d'un revers de gant de vaisselle. Personne ne prononçait plus jamais le prénom de son frère. Ils avaient posé un couvercle sur tout ça depuis un an. Mais Solange avait tellement insisté que Lætitia avait cédé.

– Il faut que je te raconte, je t'ai pas tout dit, murmure Solange. Je voulais venir chez toi parce que j'en peux plus… La semaine dernière, on a déménagé avec Coco. Une nouvelle lubie de Sylvie. Une tante lui a légué une maison, elle a proposé à Coco et aux autres copines du groupe de s'y installer.

– Mais pourquoi tu m'as rien dit ?

– C'est un essai. Coco a dit : on garde l'appartement, on y va une semaine pour voir et si ça ne te plaît pas, on revient.

– Quand même, tu aurais pu me dire, et aussi m'inviter, je croyais que je faisais un peu partie du groupe, moi aussi…

– J'attendais juste de voir ce que ça donnerait, parce que je savais d'avance que ce serait un fiasco.

– Mais comment ça ? La chance ! Vivre avec ta mère, toutes les autres copines, dans une maison en plus ! C'est où ?

– C'est à Montrouge, super loin de tout, la maison tombe à moitié en ruine, l'humidité décolle le papier peint et ça sent la mémé qui se néglige.

Lætitia rit doucement. Solange poursuit :

– Si c'était que ça, ce serait pas le plus grave, le ménage, on s'en fiche et on dort n'importe où, avec Coco. Non, le problème, c'est que Sylvie, Coco et les autres ont décidé de fonder une communauté.

– Je ne comprends rien, c'est quoi, une communauté ?

– Par exemple, mettre tout l'argent en commun pour aider celles qui gagnent le moins. Limiter les corvées : une journée par semaine, une personne fait tout ce qu'il y a à faire : lessive, courses, repas, vaisselle, ménage. Les autres font ce qu'elles veulent pendant ce temps-là.

– C'est chouette, ça !

– Oui, sauf que tout partager, ça veut dire *vraiment* tout partager. Les vêtements sont collectivisés : on met tout dans une pièce commune et chacune se sert comme elle veut.

– Génial, j'ai toujours rêvé d'emprunter la veste en mouton de Nicole !

– Mais on partage tout, même les culottes !

– Quelle horreur ! À part ça, rien de grave. Je pourrais venir, dis ? J'ai trop envie de voir !

– Tu peux venir quand tu veux : la maison est ouverte. On ne refuse aucune femme de passage, pour une heure ou une nuit, plus s'il le faut. Deux étudiantes étrangères sont venues. On a eu la visite de Jocelyne. Son mari n'a pas supporté de garder les gosses pendant la grève, il trouve qu'elle a changé depuis qu'elle fréquente « ces femmes-là ». Elle est rentrée fissa l'autre soir.

– Mais je suis sûre que vous faites la fête tous les soirs ! J'en rêve !

– Oui, Sylvie sort la guitare, ça joue et ça discute jusque tard dans la nuit.

– Tu dois être crevée, mais quelle chance ! Demain, je te raccompagne.

Solange s'arrête un instant.

– Qu'est-ce qu'il y a ? s'inquiète Lætitia. Tu ne veux pas que je vienne ?

Solange ne peut pas tout dire. La nuit, là-bas, toutes les nuits un matelas différent, on se couche où on veut, avec qui on veut. Une pièce, en haut, est réservée à celles qui veulent s'isoler pour faire l'amour. Le premier soir, Sylvie est montée avec une étudiante américaine, Solange l'a vue depuis un petit coin qu'elle s'est trouvé, sous l'escalier. Coco a dormi dans le salon avec quelques autres. Le deuxième soir, elle est montée avec Sylvie. Le troisième soir, elle a daigné s'apercevoir de la présence de Solange. Elles se sont installées ensemble dans la chambre du bas. Coco ne s'arrêtait plus de parler, elle n'avait pas été aussi heureuse depuis longtemps. Solange, elle, ne s'était jamais sentie aussi mal.

Le silence prend soudain toute la place dans la petite chambre de Lætitia. Elle se lève, attrape une peluche sur une étagère :

– Touche ça. Je fais ça quand ça va pas. Quand Stéphane est parti, je suis allée prendre son ours dans sa chambre, avant que maman donne toutes ses affaires au Secours catholique. Cette communauté, moi, j'en rêve. Vous au moins, vous vous êtes choisies. Tu as vu ma famille ? Et c'est pareil pour tout le monde : regarde Jim, son père a une double vie…

– Comment tu sais ça ?

– On s'est parlé, quand tu étais malade, c'est vraiment un mec bien.

– Il te plaît ? Prends-le, je te le laisse.

– Tu as vu comment tu parles, Solange ? Tu es de pire en pire. Je suis pas ton chien !

Lætitia semble au bord des larmes. Solange se redresse, s'assoit. Elle n'aurait pas dû venir chez elle. Elle ne fait rien de bien en ce moment.

Lætitia repose l'ours sur les genoux de Solange :

– Prends-le : pleure dessus, frappe-le, balance-le contre le mur, il en a vu d'autres.

– Non Læti, je te le rends. Il faut que je trouve mon truc à moi. Pardon, je suis à côté de la plaque. Je vais rentrer chez moi.

– Quoi, maintenant ? Mais il est au moins minuit, il n'y a plus de métro, et puis qu'est-ce que je vais dire à mes parents, moi, demain matin ?

– Invente un truc, je suis partie à l'aube parce que je voulais faire une surprise à ma mère, débrouille-toi. J'ai besoin d'être un peu toute seule.

– Solange, c'est dangereux. Tu vas où ? À Montrouge ? C'est trop loin !

– Je vais rentrer à l'appartement, j'ai gardé la clé, j'en ai pas pour longtemps.

– Tu me le promets ? Tu rentres directement ?

Lætitia allume sa lampe de chevet. Dans la lumière rose de l'abat-jour, elle est livide. Solange la prend dans ses bras, son pyjama en pilou la griffe comme du papier de verre.

16.

La rue est déserte. Solange rajuste la bretelle de son sac. Un dernier regard à la fenêtre, Lætitia lui fait signe : ses parents ne se sont pas réveillés. C'est le printemps, il fait bon, la lumière des réverbères est douce. Solange part en direction de l'appartement puis, dès qu'elle est hors de la vue de Lætitia, prend la direction opposée.

Place Saint-Michel, la fontaine s'est tue pour la nuit. Une silhouette enivrée parle toute seule, une bouteille à la main. Solange fait un écart. L'homme reste à divaguer sans la remarquer. Solange redresse les épaules. Un cri rauque. Elle sursaute sans se retourner. Elle se concentre sur la semelle de ses chaussures, talon, plante. Elle développe le pied, le pas, s'approprie l'asphalte. Elle passe son sac sur l'épaule, en sent le ballottement dans le dos. Le pouce à la ceinture du jean, les autres doigts rythment les pas contre son pubis.

Carrefour de l'Odéon, deux hommes marchent dans sa direction. Elle hésite, continue sa route. Elle passe à côté d'eux, le dos bien droit, indifférente. « C'est dommage, t'as un gros cul, sinon tu serais pas mal. » Le poing dans sa gueule reste enfermé dans la poche du jean. Elle entend les rires dans son dos s'éloigner. La Seine est là. Les bouquinistes sont fermés. Elle ne passera pas place Dauphine, il faut éviter les parcs à cette heure-ci, tant pis pour la coccinelle. Place du Châtelet, un taxi : « Hep ma jolie, je peux vous emmener quelque part ? Il fait pas bon se promener seule la nuit. – Non merci » chuchoté. Elle n'a besoin de personne.

Boulevard de Sébastopol, Solange accélère un peu. Par intermittence, les phares des voitures projettent de longues ombres sur les façades. Elle entend des pas derrière elle. Elle devrait jeter un œil, discrètement, par-dessus son épaule, faire mine de remettre son sac, ou d'attacher son lacet, pour voir qui se rapproche. Cataclop de talons ferrés qui griffent le goudron, ils sont deux et ils la rattrapent. Elle ne tournera pas la tête. Elle change deux fois de trottoir. Petits pas feutrés de souris pressée. Elle se souvient : les talons hauts des autres mamans, à l'école, les jambes gainées de nylon, les jupes droites, sous le genou. Les entraves. Avec son pantalon elle peut courir, mais elle ne doit pas. Les yeux baissés, les écoutilles fermées, ne pas se faire remarquer, grise sur le gris du trottoir.

Place de la République, les pas s'éloignent. Ils ne lui font pas peur. La statue veille toujours sur le carrefour. Indéboulonnable. La manif pour l'avortement paraît si loin. Solange part vers le canal puis bifurque en direction de Belleville. Elle veut se perdre, veut de l'inconnu. Elle ne croise personne dans un dédale de rues décrépites et sombres comme le tunnel qu'emprunte le Lapin blanc du pays des Merveilles, mais elle n'est pas Alice et elle ne suit personne. Elle se sent légère, tout à coup, attentive au moindre bruit : souffle d'air dans les feuilles naissantes des marronniers, glouglou à peine perceptible d'un caniveau, ronronnement des voitures qui passent sur les boulevards, loin de ces ruelles. Quelques marches entre de hauts murs, elle prend de la hauteur, observe les rares fenêtres encore allumées. Une ombre passe, elle se cache. Tout en haut, elle se retourne, distingue les masses sombres de Notre-Dame, du Panthéon et de la tour Eiffel au loin. Elle respire. Elle s'assoit sur un banc, s'appuie sur son sac. Elle ne peut pas dormir, si elle s'endort, c'est dangereux, mais elle est si fatiguée.

Juste un peu.

Sylvie, Nicole, Anna, Danielle, Coco et Jocelyne sont dans la maison de Montrouge. Elles rient, chantent, boivent des verres assises en cercle et Solange les regarde, depuis sa tanière, sous la cage d'escalier. Elles sont grandes, toutes, Solange est obligée de lever la tête pour les regarder, leurs mains sont immenses, leurs voix sont fortes, il y a trop de bruit, trop de fumée, ça pique les yeux. Solange voudrait dormir mais elle ne peut pas, elle se lève, s'approche de Coco et s'agrippe à son genou :

– Maman, je voudrais aller me coucher.

– Mais oui, ma chérie, il est tard, viens.

Coco l'emmène dans une chambre recouverte de matelas où dorment à poings fermés des dizaines d'enfants, ceux de Danielle, de Jocelyne, d'autres qu'elle ne connaît pas. Il n'y a pas de place pour elle. Solange dit :

– Maman, je veux dormir avec toi.

– Bien sûr, ma chérie, répond Coco, d'une voix douce, mais regarde ici, les copains et les copines, tout le monde dort ensemble, nous sommes toutes tes mamans, et tous les enfants sont nos enfants, tu as de la chance, plusieurs mamans, et autant de frères et sœurs, on est tous ensemble, regarde comme on est bien, on ne sera plus jamais seules…

Solange sent quelque chose sur son épaule. Elle rajuste son sac. Ça insiste. Elle ouvre un œil, deux. Elle est sur un banc, dehors, elle a rêvé. Elle se redresse d'un coup. Il y a quelqu'un près d'elle. Elle se lève, attrape son sac. Un homme fait un bond en arrière. Petit, maigre, vieux, il a une tête bizarre, ridée. Il est chauve, il n'a pas de lèvres. Il semble aussi effrayé qu'elle.

– Pardon, petite, je voulais pas te faire peur. Il faut pas rester ici, c'est mal fréquenté, j'ai surveillé, toute la nuit, pour que personne ne vienne, tu n'aurais pas dû dormir là, il y a des hommes, ici, ils sont méchants.

Il parle avec un accent chantant, roule les *r*, accentue les gutturales. Il n'a plus beaucoup de dents. C'est un vieil Arabe.

– Merci, monsieur, je ne voulais pas m'endormir, je vais rentrer.

– Oui, rentre chez toi, ici c'est pas une bonne place pour une jeune fille, rentre dans ta maison, maintenant il fait jour, passe par la rue, là, la grande rue, pas les escaliers, il y a des drogués ici, des voleurs, il faut pas rester ici.

Le soleil se lève sur une légère brume qui teinte les toits de rose. Solange voudrait rester un peu, elle est bien. Paris est à elle, rien qu'à elle. La ville n'a pas encore déployé ses bruits, ses habitants, ses menaces. Solange appuie sa nuque au dossier du banc. Le ciel s'éclaire, Vénus s'attarde, brillante. Le vieil homme la montre du doigt : « Zohra. » Solange répète : « Zora. » Il fait non de la tête : « Zohhhrrra. » Solange rit. Elle aime la rondeur de ce *r* aspiré. Ils restent encore quelques minutes à attendre que Vénus-Zohra disparaisse.

Soudain inquiet, il rompt le silence :

– Il faut rentrer, tu as une maison ?

– Je ne sais pas, répond Solange.

Les premiers rayons du soleil réchauffent la peau du vieil homme, qui passe du gris au brun. Il demande :

– Tu veux un thé ? Je vais te chercher un thé chaud si tu veux, après tu pourras rentrer.

Il monte l'escalier d'un petit immeuble à la façade si penchée qu'il semble prêt à s'effondrer. Il redescend avec un plateau portant deux verres d'où s'échappe une délicieuse odeur de menthe. Ils sirotent le thé brûlant en silence.

Elle va rentrer. Solange est prête. Elle n'ira pas à Montrouge. Elle se lève, pose le verre sur le plateau, murmure « merci » avant de dévaler la colline jusqu'au métro.

Arrivée à l'appartement, elle ne parvient pas à mettre la clé dans la serrure. La porte s'ouvre, c'est Coco, le visage creusé, les yeux rouges.

Solange recule :

– Je voudrais juste dormir, s'il te plaît, balbutie-t-elle.

À son réveil, elle trouve Coco assise par terre à côté de son lit. Solange n'a pas envie de parler, elle écoute la voix fébrile : hier soir, Lætitia a appelé l'appartement, elle est tombée sur Assia, qui a prévenu Coco.

– Qui c'est, Assia ?

– Mais tu sais bien, la femme algérienne à qui j'ai prêté l'appartement. Ma chérie, je…

Solange avait oublié. Elle ne sera jamais seule. Jamais. Elle se lève. Dans le salon, une femme grande, très mince, en strict tailleur gris, lève la tête. Ses yeux bleu clair soulignés de noir sont durs et doux à la fois.

Assia dit d'une voix rauque :

– Venez, on va prendre le thé.

17.

Assia se tait. Elle écoute Coco questionner Solange, s'énerver, pleurer, se reprendre parce qu'elle ne veut pas s'énerver, chercher à comprendre encore et encore. Elle écoute les réponses elliptiques de Solange et ses mouvements de tête : « Non il ne s'est rien passé, j'ai juste marché toute la nuit, je n'ai parlé à personne, personne ne m'a fait de mal, tout va bien, je ne sais pas pourquoi j'ai fait ça, c'était comme ça. »

Assia garde le silence, jusqu'à ce que mère et fille, épuisées l'une par l'autre, se taisent enfin. Alors elle prend la parole :

– Je vais vous laisser. Vous êtes chez vous ici.

– Non ! s'écrie Solange.

Il faut qu'elle reste, cette femme rocher, cette femme barrière, contre le déferlement de Coco. C'est son dernier rempart.

– Solange, va dans ta chambre, s'il te plaît, dit Coco d'une voix blanche, je dois parler à Assia.

Solange n'essaie pas d'entendre cette fois. Elle aurait dû accepter la peluche de Stéphane, pour la massacrer. Au lieu de ça, elle étouffe ses cris dans son oreiller.

Le conciliabule dure longtemps. Puis la porte d'entrée claque. Assia a dû partir. Solange se précipite. Assia est là. C'est Coco qui est partie.

– Tu veux un autre verre de thé ? propose Assia.

Solange s'assoit.

– J'ai dit à Coco que vous aviez besoin de prendre un peu de recul, toutes les deux. Elle est repartie à Montrouge. Il faut que tu restes un peu seule, je crois, pour réfléchir. Je vais dans la chambre.

Assia se lève.

– Non ! Tu peux rester un peu ?

L'odeur de la menthe, le léger accent d'Assia, la couleur de sa peau mate, ses yeux bleus, Solange est bien, comme sur son banc, là-bas, à Belleville, avec le vieil homme. Petit à petit, ça sort : la discussion chez Lætitia, l'envie de s'enfuir, la nuit sur le banc, son rêve, surtout. Assia écoute, sans l'interrompre. Parfois, les petites rides qui tressautent au coin de sa bouche un peu pincée trahissent ses émotions. Assia est un vase, sobre, lisse, où peuvent se déverser les paroles de Solange, ses souvenirs de la nuit, le vieil homme, et même Zohra.

– Tu restes ici cette nuit, dit enfin Assia. Je vais parler à Coco. Tu vas au lycée demain. Mange un morceau et va te coucher.

Après le repas, Solange s'allonge, vidée. Elle s'endort d'un sommeil sans rêve.

Le lendemain, Lætitia se jette sur Solange à la récré :

– Qu'est-ce qui s'est passé hier ? J'ai appelé pour vérifier que tu étais bien rentrée et je suis tombée sur une femme, tu n'étais pas là !

– Rien, j'ai passé la nuit dehors, c'est tout.

– Toute la nuit ?

– Oui, et alors ? Je fais ce que je veux, qu'est-ce qui t'a pris de téléphoner ? Assia a appelé Coco, c'était le drame, et moi j'en peux plus de tout ça, je veux juste qu'on me foute la paix, tu comprends ?

– Mais...

– Fous-moi la paix, c'est tout.

Solange attrape son sac et monte directement en salle de français sans attendre la sonnerie.

Le soir, Assia est là. Elle demande :

– Tu veux retourner à Montrouge ?

Solange répond non de la tête et file dans sa chambre. Assia appelle Coco, ça dure longtemps. Elle raccroche, passe la tête dans l'entrebâillement de la porte :

– Ta mère est d'accord. Tu restes ici.

Le surlendemain, et tous les autres jours, pendant un mois, les mêmes rituels : Assia se lève avant Solange, rentre tard, ne se préoccupe pas des repas, de l'appartement. Solange est livrée à elle-même. Elle adore ça. Elle ne parle plus à Lætitia, qui finit par flirter avec Jim. C'était inévitable, elle est contente pour eux.

Assia lui raconte parfois ses journées au labo, avec son directeur de thèse, ses recherches qui lui serviront, à la rentrée prochaine, pour ce nouveau poste qu'elle obtiendra grâce à ce doctorat, au ministère de l'Énergie, en Algérie. Le reste demeure mystérieux, lâché par bribes discrètes, presque à regret : son mari, ses trois enfants, dont une fille de l'âge de Solange, Yasmine. Assia est l'exact contraire de Coco, aussi froide que Colette est ardente. À son contact, Solange s'apaise.

Une nuit, elle recommence. Reprend le chemin, jusqu'à son banc et attend que le vieil homme apparaisse. Il pose des questions, essaie de la dissuader de revenir. Elle reparaît quelques jours plus tard, puis presque toutes les nuits. Elle met son réveil à 4 heures du matin, pour pouvoir y être au lever du soleil. Elle rentre par le premier métro, après le thé brûlant. Le vieil homme ne pose plus de question.

Un soir, Assia passe un très long moment avec Coco au téléphone. Le lendemain matin, son timbre de voix plus aigu que d'habitude la trahit :

– Qu'est-ce que tu vas faire cet été ? Moi je vais rentrer en Algérie. Coco part camper avec ses amies. Elle aimerait que tu viennes avec elle.

Des flashs jaillissent : soirées autour du feu, tentes communes, corps nus, offerts au soleil, chansons entonnées en chœur. Solange prend une grande respiration pour les chasser et murmure :

– Elle a demandé, moi, ce que j'aimerais ?

– Oui, elle a demandé.

– Je voudrais rester seule ici.

– J'ai autre chose à te proposer... Viens avec moi en Algérie.

Sa voix est si naturelle, ça semble si simple.

– Colette est d'accord, bien sûr. Mais il faut que tu saches : là-bas, c'est très différent d'ici. Je suis différente aussi. Et puis j'ai ma famille, on ne sera pas seules.

Solange l'interrompt d'un « chut ». Elle ne veut rien savoir. Juste partir.

Le dernier jour de classe, Lætitia vient la voir :

– Salut Solange, dit-elle en remontant ses lunettes.

Solange pourrait lui dire qu'elle regrette, qu'elle lui manque mais elle ne sait pas si c'est vraiment ce qu'elle ressent.

– Salut Lætitia, tu vas bien ?

– Oui, ça va. J'ai vu Stéphane, il m'a donné ça pour toi. B... Bonnes vacances.

– Bonnes vacances à toi aussi.

Solange ouvre le mot :

Solange,

Je crois que ça ne va pas fort. Je suis passé par là, je comprends. En tout cas, sache que ma porte est grande ouverte. Quand tu veux.

Stéphane

Solange replie soigneusement le petit morceau de papier et l'enferme dans son porte-monnaie.

Le jour des vacances, sur le quai de la gare, Solange revoit Coco. Elle promet d'écrire, devant le regard implorant. Ce regard que Coco n'avait pas, avant cette nuit-là, sa première nuit à elle, Solange, à elle toute seule.

Ce regard où se lit la peur, une peur qu'elle ne lui a jamais connue, pas la coléreuse, celle qui surgissait quand elle traversait la route sans regarder, pas la rieuse, celle des manèges et des plongeons trop hauts, non, la peur qui fait transpirer acide, qui plombe l'haleine et fait flageoler les jambes.

Ce regard où se lit le manque, manque de la peau contre la peau, manque du repas partagé à la table de la cuisine, du shampooing qui mousse sur les cheveux fins, du rire qui réveille à l'aube, du livre lu chaque soir ensemble, une phrase sur deux.

Ce regard où se lit l'espoir déçu, celui des luttes partagées, de l'idéal qui ne deviendra jamais commun, de l'autre monde rendu impossible, de la vie qui ne sera pas vraiment changée.

À cette peur, Solange répond « J'ai envie d'autre chose », à ce manque, elle répond qu'elle est trop pleine, à cet espoir déçu, surtout, elle répond que ce n'est pas le sien.

Alors Coco lui offre le plus beau et le plus douloureux cadeau que peut faire une mère : une séparation.

18.

Solange regarde Assia, Assia regarde Alger. La côte se découpe au loin sur le ciel clair, au-dessus du bastingage. Solange fait demi-tour. Sur le pont arrière, personne, l'étendue bleue de la Méditerranée, le sillage du bateau. Elle s'assoit sur un coffre, se laisse étourdir par l'odeur de gasoil, poisseuse d'embruns.

Comme sur son banc, là-haut, à Belleville, il y a un mois, ses poumons se remplissent vraiment, ici. La mer lui ouvre un horizon encore plus vaste que la ville. Elle décide : elle n'écrira pas à Coco.

Le sillage du bateau se brouille, s'élargit, il doit être en train de ralentir. Solange se retourne, Assia est là, sa valise à la main.

– Viens.

Le port d'Alger, comme celui de Saint-Malo, est hérissé de grues, ponctué de paquebots blancs et de bateaux militaires, et signalé par un phare, au bout de la jetée. La ville, elle, ressemble à Paris, avec ses arcades de pierre, ses grands balcons de fer forgé sur l'alignement des façades, ses lampadaires dorés sur la corniche, l'odeur d'essence et de goudron qu'exhale une grande ville en été. Mais différent le ciel si bleu, qui se reflète sur les volets, les grilles des docks, la lanterne du phare. Différents les murs blancs, éblouissants écrins pour les palmiers s'élançant à l'assaut du bitume, plus fiers que le plus fier des platanes parisiens.

Comme en France, les familles pressées, le père et ses valises, la mère et ses gosses, chaque main occupée, qui courent vers l'arrêt de bus. Pareilles certaines femmes, lunettes de soleil sur le nez, cheveux au vent, jupe courte ou jean. Différentes, d'autres femmes, cachées sous un tissu blanc qui les fond dans le blanc des murs, sans parvenir à éteindre leurs yeux cerclés de noir. Assia les désigne : « Elles portent le *haïk.* » Elle fend la foule avec sa valise, Solange suit.

Au loin, à droite du port, sur la colline, un enchevêtrement de terrasses, de hauts murs : la ville arabe, tortueuse, dressée face à la ville européenne qui n'en imite que la blancheur. Assia montre : « La Casbah. » Cette lumière, ce blanc, ce bleu aveuglent Solange qui ferme les yeux pour entendre les bruits de la ville décuplés : moteurs de voitures, de bateaux, de bus, de motos. Les rires des enfants répondent aux cris des parents, en français, en arabe, dans une autre langue, encore. Assia dit : « Le tamazight, la langue des Kabyles. » Elle montre une femme en robe blanche brodée de fils multicolores, un foulard rouge sur la tête : « Le costume traditionnel kabyle. »

Assia parlemente en arabe avec le chauffeur de taxi. Sa voix est différente, plus grave, affirmée, tout comme sa démarche. Elle est ici chez elle. La voiture se fraie un chemin à grands coups de klaxon et parvient enfin sur la corniche. Assia montre : la Grande Poste, ses arceaux, ses galeries, son escalier en marbre et ses portes ouvragées. Le Palais du gouvernement qui domine la ville et la baie, au-dessus d'un jardin. Au milieu d'un rond-point, une statue à cheval brandit son sabre. La voiture s'éloigne du port et s'engage dans les grands boulevards d'Alger Centre qui défilent à toute allure.

Le taxi s'arrête devant une épicerie, une pub pour La Vache qui rit côtoie quelques mots calligraphiés en noir sur une affiche blanche. La porte de l'appartement d'Assia s'ouvre sur trois pièces vides, toute la famille est en Kabylie pour les vacances. Elles partiront demain, le temps qu'Assia règle quelques affaires. Dans le salon, par terre, le long des murs, des matelas et des coussins chatoyants. Solange a envie de s'allonger là, tout de suite. Mais d'abord une bonne douche ! Assia se trouble, elle explique : les pénuries d'eau potable, les nuits où il faut se réveiller quand l'eau arrive pour remplir les bidons, les réservoirs installés sur les terrasses pour récupérer la pluie, quand elle tombe. Elle montre, dans la cuisine, ses réserves, explique qu'il faudra se laver au gant pour économiser car personne ne sait quand l'eau reviendra. Solange la sent gênée, pour la première fois.

Assia sort faire quelques courses et Solange reste seule, allongée dans la pénombre. Les persiennes légèrement entrouvertes laissent passer un air encore brûlant. Elle sort sur le balcon. Dans l'immeuble d'en face, une femme qui étend son linge lui fait un signe de la main. En bas, dans la ruelle, deux petits garçons jouent aux billes sur le trottoir. Solange sent la sueur couler entre ses seins jusqu'à son ventre. L'air est si chaud qu'il semble solide. Elle cherche l'horizon, au-delà des toits et des fils électriques tendus entre les immeubles, aperçoit la mer, restée invisible depuis qu'elles ont quitté le port. Solange s'assoit par terre, dos au mur et laisse les gouttes de sueur imprégner sa tunique sans bouger. La lumière finit par baisser. Une radio grésille, une conversation entre deux hommes dans la rue monte jusqu'à l'étage, soudain retentit un chant inconnu commençant par « Allah », bientôt relayé par d'autres similaires et pourtant différents, qui s'élancent depuis tous les coins de la ville et se rejoignent. « L'appel à la prière, le muezzin », entend Solange. Assia est rentrée. Elle tient un paquet fumant entre ses mains et soudain Solange a une faim de loup. C'est salé, épicé, fondant, dans une pâte dorée, grasse et croustillante – « La coca », dit Assia –, et elles mangent par terre, sur le balcon, en regardant la pénombre envahir la rue, les lampadaires s'allumer et les télévisions éclairer quelques appartements.

Assia laisse échapper un petit rire :

– Je n'ai jamais mangé sur ce balcon, figure-toi ! La vue est bien mais on a mal aux fesses. Viens, je vais faire un thé.

Solange rêve d'une glace ou d'une limonade bien fraîche, mais Assia rétorque qu'il faut boire chaud et sucré par cette température. Elle sourit :

– Depuis ce matin, j'ai l'impression d'être une guide touristique. Ça fait drôle, c'est pas vraiment mon truc, le patrimoine… et le folklore encore moins, qu'est-ce que ça va être demain !

– Tu n'es pas obligée de tout expliquer, je regarde, j'écoute. Si je veux savoir, je demande.

– Tu es comme mes enfants. Nous, quand on avait votre âge, on voulait tout savoir. On avait été privés de ça pendant si longtemps, quand on a pu aller à l'école, c'était comme une soif qu'on ne pouvait pas étancher. On a bu, bu, trop d'eau glacée, au lieu de siroter du thé brûlant. Après, on était trop pleins, il fallait que ça éclate.

Elles s'asseoient dans le salon, laissent entrer un peu de fraîcheur par la fenêtre grande ouverte mais restent dans le noir pour ne pas attirer les moustiques.

Assia semble songeuse. Elle finit par se décider :

– Qu'est-ce que tu connais de mon pays, dis-moi ? Je n'ai jamais parlé de ça avec des jeunes Françaises.

Solange entend un tremblement dans sa voix. Elle a appris l'Empire français en histoire, le prof a un peu parlé de la décolonisation, mais c'est vraiment abstrait. Assia vient à son secours :

– Je vais te raconter. Pas de cours d'histoire, si tu veux en savoir plus, tu liras des bouquins, tu interrogeras d'autres gens. Moi je veux juste que tu comprennes ce que ça fait. Tu imagines la petite Assia. J'ai dix ans, je suis l'aînée de six frères et sœurs. Mes parents ont quitté la Kabylie pour venir vivre à Alger avant ma naissance, mon père travaille dans une usine, ma mère est à la maison. J'ai de la chance : mon père pense qu'il faut nous éduquer, qu'il faut apprendre, même les filles, alors il nous encourage pour l'école. Je suis la seule « indigène » de ma classe. Je suis très bonne élève, mon institutrice est une femme formidable, elle m'a repérée et veut que j'entre au collège, elle me prépare au concours de la bourse. À l'école, je n'ai pas d'amies, les autres filles ne jouent pas avec moi dans la cour de récréation, elles me tolèrent. Ma mère ne sait pas lire, ne connaît pas le français, mon père ne le parle qu'à l'oral. Quand je rentre le soir, je ne fais pas mes devoirs, j'aide ma mère au ménage. Depuis tout petits, on est habitués aux mots bicots, melons, mouquères… Notre colère est rentrée, cachée tout au fond, elle ne doit pas sortir.

Solange ne distingue pas les traits d'Assia dans la pénombre. Le rythme de ses mots est haché, le débit rapide, ses *r* roulent davantage, les aigus s'accentuent, comme si elle retrouvait sa voix de petite fille.

– Un jour, en 1945, à Sétif et Guelma, deux villes de l'Est, la rage des anciens combattants est sortie. On leur avait promis des choses en échange de leur engagement. Les promesses n'ont jamais été tenues, ils se sont mis en colère, ils sont descendus dans la rue, le 8 mai, et on leur a tiré dessus. Alors, nous, on garde notre colère pour nous et on attend. On attend le jour de la revanche, comme celui où je gagne le concours de la bourse, devant une Française qui pique une crise de nerfs. J'ai treize ans quand les premiers attentats du FLN éclatent en 1954. Ce soir-là, mon père est rentré du travail avec un air plus soucieux que d'habitude, mais aussi avec une lumière nouvelle dans les yeux.

Assia se tait. Elle verse deux nouveaux verres de thé avant de reprendre :

– Pendant deux ans, il y a eu des attentats, la France a riposté, envoyé l'armée. Hors de question d'accorder l'indépendance. L'Algérie, c'était le joyau de l'empire colonial, trop de richesses, une terre fertile, et un million d'Européens installés là. Au début, ils ont appelé ça des « événements » mais nous, on était en guerre. Les Français d'Algérie ne lâcheraient pas leurs privilèges comme ça. Il faudrait leur arracher la libération. Attention, ils n'étaient pas tous pareils, il y avait des libéraux. À l'usine de mon père, il y avait des communistes qui aidaient le FLN. Mais c'était un système qu'il fallait abattre, tu comprends ?

Solange réagit au quart de tour :

– Comme le patriarcat : tous les hommes ne sont pas des machos mais la société est machiste.

– Je vois que tu connais tes bases.

Un sourire complice dans sa voix. Elle poursuit :

– Tu as l'âge que j'avais le 30 septembre 1956. Tu te souviens, la statue à cheval tout à l'heure, au milieu du rond-point ? C'était Abd el-Kader. Avant, c'était le général Bugeaud qui trônait là, celui qui a conquis l'Algérie en 1830. À l'indépendance, les Français ont rapporté la statue chez eux et nous on a mis à la place celui qui avait résisté à Bugeaud. Je ne sais pas si tu as vu, à droite, une devanture de café ?

Solange ne voit pas. Toutes ces dates, ces noms inconnus… Coco ne parle jamais du passé, elle est tournée vers le présent qu'il faut changer, l'avenir qu'il faut construire. Alors qu'avec Assia, le passé ressurgit, vivant, et la bouscule. Assia reprend :

– Sur cette place, il y avait un café, le Milk Bar, très fréquenté par les Européens. C'était un dimanche, la veille de la rentrée des classes, j'étais allée me promener sur la plage avec des copines, j'ai entendu un grand *boum* et j'ai vu de la fumée. J'ai couru jusqu'à l'appartement, je pensais bien que c'était un attentat des frères. Les frères, c'est comme ça qu'on appelait les combattants du FLN, qui luttaient pour l'indépendance. Quand je suis arrivée, ma mère était en pleurs, elle n'a rien voulu me dire. En rentrant du travail, mon père nous a dit que la bombe avait été posée par deux jeunes filles : Zohra et Djamila.

Zohra, la dernière étoile de la nuit, un beau nom pour une poseuse de bombe, pense Solange. Assia poursuit, ses mots se bousculent :

– Mon père nous a dit qu'il appartenait à leur réseau, qu'il devait partir au maquis, sinon on serait en danger, on viendrait peut-être fouiller chez nous. Ma mère a pleuré toutes les larmes de son corps. Mais moi je n'ai retenu que ça : deux filles avaient posé une bombe. Elles avaient vingt et un ans et vingt-deux ans, c'étaient des combattantes, des *moudjahidate*. Et moi, je voulais en être. J'ai attendu que tout le monde aille se coucher, je me suis relevée et j'ai trouvé mon père, à la table de la cuisine, la tête entre les mains. Je lui ai dit : « *Vava*, je veux venir avec toi. »

C'était ça, cette pudeur, ces silences, ces réticences à parler de sa vie en Algérie. Au maquis, Assia a dû apprendre à se taire. Solange voudrait poser une question qui lui brûle les lèvres, mais elle a peur d'entendre la réponse. La violence. Ce repoussoir sans cesse agité par Coco : pas de cris, pas de coups, jamais, la règle absolue. Même envers les salauds, comme Daulas. Depuis le témoignage de Jocelyne, depuis Matthieu, Solange connaît la violence des gestes, celle des mots. Pas celle qui blesse et qui tue. Elle voudrait demander mais elle ne peut pas, pas encore. Solange reste avec sa question en suspens, Assia est perdue dans ses souvenirs. Elle murmure :

– Je n'ai jamais posé de bombe. Mais j'ai porté une arme, j'ai combattu. Un jour, je te raconterai.

Un bruit métallique s'échappe de la salle de bains.

– L'eau revient !

Assia se précipite, ferme la bonde de la baignoire, place un bidon sous le robinet et regarde couler le précieux liquide.

– Je te laisse te laver en premier, vas-y profites-en, et après, au lit, demain on a un long trajet.

Cette nuit-là, Solange rêve de Zohra, la dernière étoile de la nuit.

19.

Au petit matin, elles prennent le train pour Tizi Ouzou. Assia est plongée dans un livre, Solange observe le paysage. Les faubourgs d'Alger égrènent un chapelet d'usines et de petits immeubles vétustes, puis c'est la campagne, une grande plaine avec des champs de blé ou des vergers à perte de vue. Les montagnes se dessinent au loin et, après Lakhdaria, le train franchit des viaducs vertigineux avant de s'enfoncer dans d'étroits tunnels. En contrebas, Solange distingue une rivière qui se fraie un chemin entre les falaises de pierre dorée et la végétation. Le train ralentit, rythme sa respiration qui s'apaise au son des *tatac-tatoum* réguliers. Assia l'arrache à sa rêverie :

– Les gorges de Palestro.

Solange murmure « C'est beau » en espérant qu'elle se taise mais Assia poursuit :

– Ici, un jour, le FLN a tendu une embuscade à l'armée française.

Solange n'a pas envie d'imaginer les combattants cachés sur les crêtes, les soldats français au fond, piégés dans la souricière. Elle ne veut pas que le bruit des mitrailleuses couvre celui du train. Elle ferme les yeux. Assia a compris, elle se tait.

Au sortir des gorges, les montagnes sont partout, quelques nuages s'y accrochent, les premiers que voit Solange depuis la France. Au loin, des villages avec leurs maisons cubiques sur quelques éperons. La gare de Tizi Ouzou est en vue, en tout point pareille à celle d'une petite ville française. Solange s'arrache à regret à son wagon.

Sur le quai, Assia fait signe à un homme grand, brun, émacié. Iguem, son mari. Ils ne se touchent pas, seuls leurs regards se rencontrent, ils se saluent, sans que Solange ne comprenne leur langue. Elle ne sait pas s'il faut faire la bise, serrer la main, dans le doute, elle se contente d'un hochement de tête qui semble convenir. Dans la voiture, ils continuent leur conversation dans leur langue, sans se soucier d'elle, ce qui la ravit. Par une route escarpée, ils parviennent à un village où les maisons anciennes en pierres côtoient des constructions récentes, inachevées pour la plupart, en briques ou en parpaings. Les toits de tuiles roses tranchent sur le vert des arbres. Quelques gamins accourent et les saluent, Iguem les chasse d'un geste et se fraie un chemin jusqu'à une maison moderne et pimpante.

Trois femmes en sortent et se précipitent sur Assia qui les présente comme ses tantes. Elles l'embrassent, la palpent, prennent son visage dans leurs mains, avant de se tourner vers Solange et de reproduire les mêmes gestes en l'abreuvant de paroles incompréhensibles. Un peu gênée, Solange se laisse faire, réchauffée par les mains noueuses, les seins cachés sous les robes chatoyantes qui se pressent sur sa poitrine. Iguem reprend sa voiture et s'éloigne.

Elles montent à une petite chambre, sous les toits. Assia peine à ouvrir la porte, quelque chose coince. Elle finit par donner un grand coup de pied, se glisse dans l'ouverture et dégage le passage. Le sol est jonché de vêtements et de papiers. Au mur, des dessins superposés dans tous les sens, au crayon, parfois agrémentés de touches de couleur.

– Je lui avais pourtant dit de ranger sa chambre, Yasmine n'écoute jamais rien ! Désolée, Solange, je vais te faire un peu de place.

– Ne touche à rien, je vais me débrouiller !

Solange se sent intruse et pourtant chez elle, dans ce bazar foisonnant qui lui rappelle l'appartement de Paris. Sous le désordre apparent, il y a une logique : à gauche de la pièce, des dessins d'enfant – grosses têtes, bras filiformes –, puis le trait s'affirme, on devine des maisons, des scènes plus construites, les visages s'allongent, pour aboutir à des compositions complexes, paysages urbains, personnages aux attitudes incongrues. Par terre, des figures grotesques, des corps disproportionnés, des cases et des bulles. Assia insiste pour dégager le lit, se contente de fourrer tous les dessins qui le recouvrent sous l'autre matelas, tire les draps et pousse les vêtements sur une étagère. Elle finit par se décourager :

– OK, je laisse tomber, vous verrez ça ensemble. Yasmine est à la plage avec les garçons. Tu as faim ?

Solange réalise que oui, elles n'ont rien avalé depuis le petit-déjeuner. Elles descendent à la cuisine, les trois tantes sont très affairées, c'est un ballet réglé au millimètre autour de la cuisinière où mijotent trois grosses marmites. L'une des femmes, la plus âgée, est assise par terre, un immense plat en terre entre les jambes. Elle roule entre ses doigts de petits grains jaunes, verse une louche d'eau dessus et dessine dans le plat des volutes incessantes, ajoute un peu de farine, recommence. Soudain, la tante s'arrête, verse les grains dans une sorte de panier rond et les roule le long de ses stries, jusqu'à obtenir la consistance désirée.

– Tu as déjà mangé du couscous ? demande Assia. Non ? Alors tu as de la chance, ton premier couscous, le meilleur de toute l'Algérie !

Elle traduit en kabyle pour les tantes qui éclatent de rire. Assia sort un pain rond d'un placard, des olives, des tomates.

– En attendant, on va se faire un petit casse-croûte.

Les tantes et Assia papotent, Solange ne comprend rien mais, bizarrement, elle ne se sent pas exclue, elle est à sa place, parmi ces femmes. Elle voudrait sortir, elle ne sait pas si elle peut demander. Elle voudrait aider, elle ne sait pas comment. Mais personne ne fait attention à elle, alors elle attend et observe : l'une des tantes porte des lunettes assorties au foulard noué sur l'un des côtés de sa tête. Une autre a deux losanges tatoués sur le visage. La dernière, assise par terre, a les pieds nus, recouverts de dessins d'une teinte orange foncé.

Brusquement, Assia semble se souvenir de la présence de Solange :

– Viens, on va faire un tour avant que tout le monde arrive.

Elles se promènent parmi les ruelles. Assia ne peut faire un pas sans saluer un homme de la main, adresser la parole à une femme occupée à étendre son linge dans son jardin ou à nourrir ses poules. Elle avait raison, en Algérie, Assia est une autre femme. Le mystère qui l'enveloppait à Paris semble s'effilocher. La pudeur que Solange aime tant n'a pas disparu, mais elle se colore de tendresse, d'attention. Solange réalise qu'Assia était une étrangère à Paris. Comme elle ici : bizarre, aux yeux des villageois, sûrement. Elle voudrait rentrer, retrouver les tantes et la chaleur de leur cuisine.

Mais Assia poursuit la visite. Dans les hauteurs du village, les maisons sont basses, les fenêtres minuscules. Assia veut lui montrer celle de ses grands-parents, où vivait son père quand il était petit. Elle pousse la porte en bois, Solange distingue dans la pénombre le sol en terre battue, les murs en pisé, où sont creusées des niches. Quelques ustensiles de cuisine sont encore là.

– Toute la famille vivait dans la même pièce, raconte Assia. Les bêtes à côté, pour se tenir chaud en hiver. Regarde la mangeoire, elle donne directement dans la pièce. Pas d'électricité bien sûr, elle est arrivée il y a à peine trois ans au village. Pas d'eau courante, ils allaient la chercher au puits. Tu vois, on a encore du travail pour construire ce pays !

Elle s'assombrit :

– Pendant la guerre de libération, les Français ont regroupé les villageois pour mieux les contrôler, ils se sont entassés ici. Moi j'étais au maquis, je n'ai pas vu, on m'a raconté. Mon père a fait construire la nouvelle maison tout de suite après l'indépendance. Ils sont morts avec ma mère, sans pouvoir en profiter. Mon frère en a hérité mais il ne vient jamais, alors c'est moi qui l'occupe, pendant les vacances.

Solange est soulagée que la visite se termine. De retour à la maison, elle demande à s'isoler un peu dans sa chambre. Comment Coco aurait-elle réagi face à cette vue spectaculaire sur les montagnes, ces couleurs brutes, cet air pur ? Elle serait sûrement restée accoudée à la fenêtre longtemps, comme à Saint-Malo quand elle regarde la mer, perdue dans ses pensées, avant de sursauter et de proposer une longue promenade revigorante. Et Lætitia ? Elle aurait pouffé devant la drôle de coiffure de la tante ou les chèvres sur la route. Et Sylvie ? Qu'aurait-elle dit de ce moment entre femmes, tout à l'heure, dans la cuisine ? Aurait-elle hurlé à l'esclavage domestique ? Aurait-elle au contraire sorti sa guitare pour accompagner le fredonnement qui s'échappait parfois de leur bouche ? Solange se sent seule, loin. C'est pourtant ce qu'elle voulait. En bas, des cris joyeux retentissent, les enfants d'Assia qui rentrent de la plage, sûrement. Solange est soulagée de ne pas assister aux retrouvailles. Elle ramasse les dessins par terre, un à un, essaie de comprendre s'ils se répondent ou se suivent. Elle tente de deviner qui est Yasmine. Les styles sont si différents, tantôt mine tendre, fusain estompé au doigt, tantôt trait affirmé, hachures précises.

La porte s'ouvre d'un coup.

– Qu'est-ce que tu fais ?

Tranchante, la voix fait sursauter Solange. Cheveux, regard, tout est noir. Solange bafouille, Yasmine éclate de rire :

– Je t'ai eue ! T'aurais vu ta tête ! Si je voulais cacher mes dessins, je les aurais pas laissés traîner. Ce sont que des brouillons, de toute façon. Les vrais, je les garde pour moi. Allez, tu descends ? On mange.

Elle ressemble à un petit elfe sombre. Elle s'échappe et crie, depuis l'escalier :

– Alors tu viens ?

20.

La première nuit, Solange ne dort pas. La Kabylie, le village, la famille d'Assia se bousculent dans sa tête sans vouloir en sortir. Elle se concentre sur le souffle régulier de Yasmine, contrepoint au tourbillon symphonique du dîner, et finit par s'apaiser.

Le deuxième jour, Solange observe le ballet parfaitement réglé des corps dans la maison : les petits frères qui s'échappent toute la journée avec les autres gamins du village, Iguem qui n'est là que pour manger, les tantes à la cuisine, beaucoup, mais aussi dans le moindre recoin de la maison, serpillière ou plumeau en main. Assia travaille à sa thèse dans son bureau et n'en sort qu'aux heures des repas. Yasmine reste dans sa chambre à dessiner. Solange passe inaperçue, les heures s'étirent entre les repas, où les conversations mêlent français, arabe et tamazight, sans qu'elle parvienne à recoller les morceaux de ce puzzle linguistique. Alors elle regarde Yasmine et Assia, toujours côte à côte, leurs visages presque identiques, qui rient ou s'assombrissent à l'unisson.

La deuxième nuit, le souffle de Yasmine ne s'apaise pas, celui de Solange non plus.

– Solange, demain, ça te dit d'aller marcher ? J'en ai marre de rester dedans avec les tantes et ma mère, pas toi ?

Sortir, marcher, seules. Oui.

Le lendemain matin, Solange se lève la première, prend son petit-déjeuner en regardant la montagne s'effacer dans la brume. Sac au dos, chaussures de marche aux pieds, Yasmine descend l'escalier en trombe.

– Matinale ? C'est bien, ça ! Par contre la tenue, pas terrible. La prochaine fois, évite le jean, tu vas crever de chaud. Et t'as que ça comme godasses ? Ah, la Parisienne ! Pire que les Algéroises. Mais j'ai rien à te prêter, ça fera l'affaire, dit Yasmine en préparant une gourde, du pain et des olives, qu'elle glisse dans son sac.

Les ruelles du village sont encore désertes, la rosée laisse flotter dans l'air une odeur d'herbe. Yasmine montre un pic, Solange trouve que c'est loin, mais Yasmine est déjà partie, et marche sans se retourner.

C'est un cabri qui saute de rocher en rocher, monte toujours plus haut sans se soucier de Solange. Farfadet des montagnes, elle s'élance, retombe, pousse des cris aigus, marche en silence, aussi, quand la pente se fait raide, le sentier caillouteux.

Solange suit, elle observe Yasmine qui se dérobe, s'échappe, l'attend, enfin, parfois, au détour d'un chêne vert, d'un buisson de laurier, en criant « bouh », « pardon », « je t'ai fait peur, pardon », avant de repartir, en riant aux éclats.

Elles marchent pendant des heures, en quête du sommet, jusqu'à ce que Yasmine dise : « On s'arrête ! » Elles s'assoient, boivent de longues rasades d'eau fraîche au même goulot. Des lézards dorment sur les rochers brûlants, les oiseaux, immobiles, restent cachés à l'ombre d'un creux.

« On y va ! » Elles repartent, parviennent enfin au sommet. L'effort, l'altitude, la beauté leur coupent le souffle. Yasmine sort le pain, les olives, elles boivent encore, rattachent leurs cheveux. Yasmine s'allonge sur un rocher plat, il n'y a pas beaucoup de place, elle se pousse un peu. Côte à côte, elles regardent les nuages. Yasmine s'écrie : « Regarde, là, la tante Fatima, avec son grand nez droit ! » Elles ferment les yeux, goûtent le vent léger, doux, frais, puis Solange réclame « De l'ombre, par pitié », alors elles redescendent de l'autre côté, trouvent un piton bienfaisant. Yasmine enlève son tee-shirt, s'adosse contre la pierre : « Vas-y, tu vas voir, ça fait du bien. » Solange sent la pierre fraîche contre son dos, son bras nu contre celui de Yasmine.

Le lendemain, elles repartent, vers les criques cette fois. Solange a des ampoules, elle transpire dans son maillot de bain une pièce, s'aveugle au soleil brûlant. Yasmine sort un grand chapeau de paille de son sac : « Faudrait pas que tu fasses une insolation, avec la peau que tu as. Nous, les moricauds, on craint rien ! »

La crique apparaît enfin, la mer est turquoise, transparente. Yasmine se déshabille derrière un rocher, enfile son bikini et plonge sans se retourner : « Elle est super bonne, viens ! »

Solange saute, l'eau est fraîche, délicieuse, une caresse. Yasmine fait la planche, le dauphin, la baleine, et soudain, plonge sous l'eau, attrape Solange par les pieds. Solange coule, se débat, refait surface, Yasmine est hilare. Solange riposte, appuie de toutes ses forces sur la tête de Yasmine, l'enfonce sous l'eau, Yasmine remonte en toussant : « Tu m'as eue ! » Le sel ronge les ampoules de Solange, brûle ses yeux, elle s'en fiche. Yasmine remonte sur les rochers : « Attention aux oursins, ça pique dur. » Elle fouille dans son sac, en sort deux masques, replonge. Elle crache dedans (« Pour la buée ! »), ajuste la lanière de Solange et l'entraîne au fond : « Prends ta respiration, encore, tu peux faire plus ! » Enfin l'apnée s'allonge. Yasmine montre du doigt, remonte et nomme tout : les sars à tête noire, les girelles rayées, les mulets, les oblades, les rascasses, les rougets. Elle cherche dans les creux, finit par trouver, une murène qui sort de sa cachette et mord dans le vide.

Le lendemain, elles repartent en montagne, trouvent d'autres crêtes, d'autres pitons, et ça dure une semaine, un jour sur deux, la montagne, la mer. Parfois elles s'endorment sur les dalles de pierre, parfois, à mi-voix, elles se racontent.

Yasmine dit sa Kabylie, la nature, les odeurs, le myrte, le thym. Solange dit son Paris, la ville, ses lumières, son immensité vue d'en haut.

Yasmine dit son village, les gens qui se marient entre eux, tout le monde se connaît, depuis toujours, elle dit le qu'en-dira-t-on, le poids des conventions. Solange dit les foules anonymes, indifférentes, qui passent sans un regard et la rendent libre.

Yasmine dit Yemma, maman, en kabyle, la froideur d'Assia, qui n'est que façade, ruse pour se protéger des hommes, des jalousies, des regards des autres femmes. Elle dit l'exigence : « Tu seras la meilleure en tout, tu n'as pas le choix, dessine si tu veux, mais sois Picasso, ou rien. » Solange dit Coco, jamais elle ne voudrait qu'on l'appelle maman, ses trémolos, ses rires, ses caresses. Elle dit l'injonction « Sois libre, sois toi-même » et la difficulté d'être.

Yasmine dit les liens du sang, du clan, indéfectibles, la famille immense, les tantes, les oncles, les cousins et cousines. Elle dit la présence d'Assia, même quand elle n'est pas là, l'absence d'Iguem, même quand il est dans la pièce. Elle dit les petits frères qui sont déjà dans l'autre monde, celui des hommes. Solange dit pas de père, aucune famille, Coco et elle seules contre le monde entier, jusqu'au MLF, les copines, la presque sœur, Lætitia, l'amitié coup de foudre pour Stéphane, Jocelyne, le vieil homme de Belleville et Zohra, la dernière étoile de la nuit. Elle ne raconte pas Sylvie.

Yasmine dit avec son carnet, son crayon. Elle dessine les motifs géométriques berbères, les fleurs des robes, la rondeur des poteries, les villages, les mosquées, la Grande Poste d'Alger et le palais du Dey, les drapeaux brandis à l'indépendance, les *moudjahidate* en armes. Solange en veut toujours plus, « Dessine-moi les femmes en *haïk*, dessine-moi la *coca* », et toujours Yasmine s'exécute, puis s'arrête d'un coup : « Et toi ? – Moi je ne sais pas », répond Solange, alors Yasmine prend sa main, la guide sur le papier et elles rient des gestes maladroits. Yasmine la dessine en manif, en train de courir dans l'église, d'occuper le Prisu. Elles inventent, elles en rajoutent. Parfois Solange se tait, se repose, et Yasmine la dessine endormie. Solange fait semblant de dormir pour faire durer le plaisir le plus longtemps possible. Parfois elle s'endort vraiment, au bruit du crayon qui gratte le papier.

21.

La mariée va sortir. Solange se hisse sur la pointe des pieds, tire sur sa robe qui lui tient trop chaud. Yasmine la foudroie du regard. Il ne faut pas se faire remarquer : les filles qui ne sont pas encore mariées ne devraient pas faire partie du cortège, cela pourrait leur porter malheur.

– Imagine, on pourrait ne jamais trouver de mari, pouffe Yasmine.

Une semaine que le village est en ébullition. Les femmes ont roulé le couscous en chantant, elles ont préparé la mariée, ont lavé son corps avec de l'eau où trempent des orties : « Pas pour la piquer, a rit Yasmine, pour qu'elle soit plus éveillée que son mari ! » Les femmes l'ont habillée : robe, bijoux, broche, ceinture, bracelets de pieds et de mains en argent sertis de corail et d'émail bleu, vert et jaune.

Les youyous retentissent, Solange aperçoit la mariée sous la pointe du burnous, le visage dissimulé sous un voile doré. Le cortège s'ébranle lentement, le corps souple de Yasmine bouge en rythme. Le foulard noir brodé de festons multicolores, les couleurs chatoyantes de la robe, le khôl qui souligne ses yeux sont faits pour elle. Solange, elle, a l'impression d'être déguisée.

– Un vrai mariage kabyle, rien que pour toi, Solange, dit Assia d'un air sombre.

– *Yemma*, qu'est-ce qu'il y a ? dit Yasmine.

– Les tantes m'ont dit qu'elle aurait droit au drap. La famille du mari est traditionnelle. J'ai essayé de parler à sa belle-mère, pas moyen de la faire changer d'avis.

Yasmine s'assombrit à son tour.

– C'est quoi le drap ? dit Solange.

– Les femmes vont vérifier qu'elle est vierge, qu'il y a du sang sur les draps après la nuit de noces, répond Assia.

– Tu as eu ça, toi ?

– Non, mais ma mère, oui. On y arrivera jamais, siffle Assia, dents serrées.

Yasmine pose sa main sur son bras. Solange n'arrive pas à le croire :

– Et la fille est d'accord ?

– Tu crois qu'elle a le choix ? réplique Yasmine.

Solange repense à *Notre corps, nous-mêmes*, aux dessins de l'hymen, à sa première fois, avec Matthieu. Elle n'a pas saigné.

– Et si elle ne saigne pas, il se passe quoi ?

– On s'arrange, une petite fiole de sang de poulet, et ni vu ni connu, rigole Yasmine. Fais pas cette tête ! Ici, les femmes s'arrangent toujours.

– Ou pas, assène froidement Assia. On va pas parler de ça maintenant, venez !

Au fond d'une pièce richement décorée, les mariés sont assis en hauteur sur des coussins.

– La fille rayonne, chuchote Solange. Elle ne sait pas ce qui l'attend ?

– Si, mais c'est le plus beau jour de sa vie, rappelle-toi, rétorque Assia. C'est la reine de la fête. Et puis elle est moderne, elle a choisi son mari.

Yasmine se penche à son oreille :

– Peut-être même qu'ils ont déjà couché ensemble.

Solange se sent rougir. Qu'est-ce qui lui prend ? Depuis deux semaines qu'elle est ici, elle ne pense plus à Paris, à Jim, à Matthieu, à Sylvie. Surtout, elle n'a plus jamais envie d'être seule, ou plutôt, elle n'a plus jamais envie d'être sans Yasmine. Elles ne se séparent que pour faire un brin de toilette, et encore, seulement les jours de montagne. Les jours de mer, elles aiment garder le sel sur leur peau.

Un homme frappe un tambour, un autre une petite percussion dans le creux de son bras, un troisième souffle dans une sorte de cornemuse. Le son nasillard perce les tympans de Solange, les percussions résonnent dans sa poitrine, les chants des femmes s'élèvent d'un ton. Yasmine a disparu. Solange a chaud, elle étouffe, l'air est lourd de parfums, poisseux. Elle sort.

La nuit est enfin tombée, la fraîcheur s'installe. Solange monte vers les hauteurs du village, jusqu'à ce que la musique ne soit plus qu'une berceuse. Elle retrouve l'ancienne maison des parents d'Assia. Dans le jardin, un vieux figuier, aux branches imposantes, dont l'une pousse presque à l'horizontale. Elle s'assoit dessus, allonge ses jambes, enlève son foulard, s'adosse au tronc. Elle s'endort.

Quand elle se réveille, Yasmine est assise en tailleur par terre, et dessine à la lueur d'une bougie. Solange referme les yeux. Après quelques longues minutes, le grattement du crayon s'arrête. Solange sent une main sur son bras. Elle n'ouvre pas les yeux. Elle attend. Mais la main reste là. Solange ne dit rien, si elle parle, la main risque de se retirer. Elle ouvre les yeux. La lueur de la bougie dessine des ombres sur le visage de Yasmine. Solange pose une main sur sa nuque, l'attire à elle. Leurs bouches se frôlent. Yasmine recule, se retourne. Il n'y a personne, mais Solange comprend. Elle se lève, descend lentement jusqu'à la maison, Yasmine la suit, en silence. La fête bat son plein, le village est désert. La musique traditionnelle a laissé la place aux tubes du moment. Elles montent jusqu'à leur chambre.

Elles s'assoient, l'une contre l'autre. Yasmine enlève son foulard, passe ses cheveux d'un côté de sa nuque. Un morceau de peau, là, sous la clavicule, Solange veut ce petit morceau, juste celui-là. Elle touche. C'est doux, chaud, humide. Ça pulse. Yasmine la regarde. Les doigts de Solange poussent un peu plus loin, sous la robe, et Yasmine la regarde toujours, immobile. Solange explore encore, pas de soutien-gorge pour barrer la route jusqu'à la naissance du sein, à peine perceptible, petit renflement qui mène directement au mamelon dressé. Solange retire sa main, surprise. Yasmine détache sa ceinture, prend les deux mains de Solange et les pose sur ses seins.

Solange les veut dans sa bouche, tout de suite. Elle soulève la robe, ferme les yeux, elle ne veut pas voir, juste sentir, juste goûter, elle cherche à tâtons. Un, deux baisers avant de les trouver. Yasmine a un goût salé, acide. Il lui faut ce goût-là dans sa bouche, s'en remplir, Solange enroule sa langue autour du téton. Yasmine se cambre, passe ses doigts dans les cheveux de Solange, la guide sur un sein, puis l'autre. Leurs hanches s'emboîtent, Solange attrape la cuisse de Yasmine entre les siennes.

Pas tout de suite. Solange prend le visage de Yasmine entre ses mains, approche sa bouche, c'est doux, chaud, fondant. Salive, sueur, leurs fluides se mélangent. Yasmine tente de détacher la ceinture de Solange. Le nœud est trop serré, ses doigts trop humides, elle voudrait l'arracher mais le tissu résiste. Elles rient. Yasmine s'agenouille, pose ses lèvres sur la malléole de Solange, remonte doucement, déguste chaque centimètre carré de peau, Solange frissonne au passage de la langue sur le creux de son genou, elles sourient.

À son tour, Solange s'agenouille, remonte la robe de Yasmine, s'attarde à l'intérieur des cuisses, écarte doucement le tissu trempé de la culotte, découvre une petite fourrure tiède, comme la sienne, mais si brune. Yasmine soulève ses hanches, Solange explore, les yeux fermés, elle ne peut pas regarder encore, si elle regarde, ça peut tout gâcher, la ramener au réel, la faire décrocher, elle veut juste être là, tout entière dans ce doigt qu'elle passe lentement sur le mont de Vénus. Elle en explore les contours, la base, caresse une lèvre, la deuxième, Yasmine gémit, Solange reste là, à l'entrée du vagin, dedans-dehors, attend que les mouvements du bassin de Yasmine lui donnent le tempo.

D'un coup, Yasmine passe sa robe par-dessus sa tête, tire celle de Solange. Elles connaissent leurs corps, se sont observées à la dérobée, là-bas, dans les criques ou dans la montagne. Elles enlèvent leurs culottes. Solange dessine du doigt la marque laissée par le maillot de bain sur la peau mate. Yasmine enfouit sa tête entre les seins de Solange, sa main descend vers son sexe, ses deux doigts enserrent son clitoris, lentement, doucement, puis la pénètrent.

Comment elle sait que Solange aime ça ? Yasmine se relève, plante ses yeux dans ceux de Solange et guide sa main vers son sexe, lui montre le rythme qu'elle aime : « Là, fort, et toi ? » Solange obéit, ne répond pas, elle ne veut plus parler, ne peut plus parler.

Elles jouissent, ensemble : leurs ondes se transmettent, se réfléchissent comme dans un miroir, et leurs ventres vibrent en même temps, d'un même mouvement.

Ensemble.

Elles aimeraient s'endormir dans les bras l'une de l'autre mais elles sont montées trop haut, n'arrivent pas à redescendre. Elles se touchent à peine, l'air est encore brûlant. Yasmine prend son crayon, appuyée sur un coude, elle commence à dessiner sur les mains de Solange.

– Arrête, tu me chatouilles !

– Les mariées doivent porter le henné. Un cercle avec un point au milieu, la femme ; la spirale, l'harmonie éternelle ; le triangle pointe en bas, c'est l'eau, la féminité. Tu dois apprendre le *tifinagh*, l'alphabet. Commence par *yaz*, ⵣ, le symbole des *Imazighen*, ça veut dire « les Hommes libres ».

– Et les femmes ?

– *Imazighen* ce sont les hommes et les femmes, les personnes, si tu veux.

– OK, comme quand on dit « les Hommes », avec une majuscule. Tu sais, il y a des copines de Coco qui féminisent tout : l'une d'elles a inventé une histoire avec des héroïnes qui s'appellent Clito, Risse et Utérine.

– Comme ça ?

Yasmine attrape son crayon et dessine trois petites femmes nues et replètes en train de s'embrasser mutuellement la vulve.

– Déchire ça, rit Solange, si ta mère tombe dessus !

– Ma mère, ce ne serait pas très grave, mon père en revanche… Il a beau être moderne, athée, il y a des choses qui ne passeraient pas. Quoique, tu es une fille, ça ne compte pas, je suis toujours vierge !

Elle se jette sur Solange :

– Eh toi ! Montre-moi le drap, il est blanc, tu n'es pas vierge, viens là que je te punisse !

Elle attrape Solange par les cheveux, fait mine de la secouer, Solange se dégage en riant.

– Je ne suis pas vierge, tu as raison.

Yasmine s'arrête, soudain grave. Solange poursuit :

– J'ai couché avec un garçon cette année. Je voulais savoir ce que ça faisait.

Yasmine devient froide, raide.

– C'était sans intérêt. Je ne sais pas pourquoi on en fait tout un foin !

Yasmine éclate de rire :

– Attends ! Ça me donne une idée !

Elle dessine un garçon en train de besogner une botte de foin. Solange rit. Puis le sommeil les gagne enfin. Elles s'endorment, sans avoir vu que l'aube, déjà, se lève.

22.

Elles sont seules au monde. Elles retournent dans les criques, dans la montagne, goûtent d'autres sels, à même leur peau, dans chacun de leurs plis. Parfois, elles arrivent à étancher leur soif jusqu'au soir, parfois non. Elles attendent alors la fin du repas qui s'éternise, sans que personne ne devine, sous la table, leurs sexes gonflés. L'amour entre filles est un impensé.

Yasmine brunit. « Mon petit pruneau », la surnomme Solange. Son corps brindille s'assouplit, abandonne sa sécheresse. Solange, elle, garde son teint de lait, protégé par son chapeau à larges bords et ses tartines de crème solaire. Ses seins, ses hanches, ses fesses s'arrondissent. « Mon petit loukoum », dit Yasmine.

Un soir, après le dîner, les marches de l'escalier qui monte à leur chambre grincent sous des pas, préviennent les amoureuses qui recomposent la scène : deux amies bavardent, allongées sur leur lit. Comment Assia ne sent-elle pas la moiteur qui persiste ?

– Solange, une lettre de Coco pour toi !

Le ton est un peu trop enjoué pour être sincère. Assia a reçu quelques lettres de Coco depuis leur arrivée, presque une par jour. Chaque fois, elle a demandé ce qu'il fallait répondre, et chaque fois Solange a dit : « Tout va bien, j'écrirai plus tard ! » Solange prend la lettre du bout des doigts, la met sous son oreiller. Assia poursuit :

– Ce serait bien que tu la lises, et peut-être que tu répondes.

Solange acquiesce.

– Je compte sur toi. On ira la poster demain à Tizi. On en profitera pour aller au hammam. Regardez-moi ces cheveux emmêlés, ces ongles de sorcières ! Vous êtes répugnantes. Bonne nuit !

Assia referme la porte. Yasmine imite Assia en détachant les syllabes « ré-pu-gnantes ! » et mordille l'épaule nue de Solange :

– Mmm, délicieuse oui. Tu n'ouvres pas la lettre ?

– Non, vas-y, toi !

– Certainement pas. C'est ta mère, tu devrais la lire.

– Demain.

– Tu vas pas la laisser dormir sous ton oreiller quand même ?

Yasmine attrape son carnet et commence un dessin de Coco avec un énorme postérieur en train de se cacher sous le coussin. Solange cède, elle ouvre la lettre.

Ma chérie, ma grande fille,

J'espère que tu vas bien. Assia me donne régulièrement de tes nouvelles, et je vois que tu t'es fait une nouvelle amie, ce qui me réjouit. Quelle chance tu as de pouvoir découvrir ce pays qui a l'air fascinant.

Ici, les nouvelles sont bonnes, même si l'atmosphère à Montrouge n'est pas toujours au beau fixe. Sylvie passe ses journées à refaire le monde avec toutes celles qui viennent et quand je rentre le soir, il n'y a pas souvent grand-chose à manger. Du coup je râle, je fais ma mégère, et je m'en veux, car après tout on s'en fiche... On me traite souvent de cheftaine, un comble ! Abandonner nos vieux réflexes n'est pas facile. Je crois aussi que je suis irritable, car tu me manques tellement, ma chérie ! Mais j'arrête là mes jérémiades car je ne veux pas te gâcher tes vacances.

J'ai sous-loué l'appartement à quelques étrangères de passage. L'une d'elles, Margaret, une Anglaise, m'a proposé de l'accompagner dans un camp féministe sur une petite île du Danemark appelée Femø (prononce « fémeu », tout un poème, non ?). Il restait une place dans leur voiture. Je suis partie sur un coup de tête, abandonnant Sylvie et les autres qui avaient prévu d'aller à la campagne.

Imagine, une petite île pimpante, un port minuscule rempli de bateaux de pêche. Un air de Bretagne parfois ! Mais surtout, ce qui est extraordinaire, c'est ce camp : six cents femmes, de tous les pays ! La journée était rythmée par des conférences toutes plus passionnantes les unes que les autres, des ateliers artistiques (je me suis mise à la poterie, au tissage). Toute la nourriture était faite en commun, en petits groupes. J'ai remangé du pudding, mais bien plus délicieux que celui de l'île de Wight, tu te souviens ? Et les soirées : des chansons à n'en plus finir, jusque tard dans la nuit. Mais surtout, les échanges avec les copines, on se parlait avec un mélange d'anglais, de français et de gestes, qu'est-ce qu'on rigolait ! Tellement de situations différentes et pourtant les mêmes questions, les mêmes constats sur le patriarcat, et la même envie d'en découdre !

C'était sensas. Depuis le retour, j'ai un peu le blues. Et puis je m'aperçois des erreurs que j'ai faites avec toi. J'aimerais que nous en parlions quand tu rentreras. En attendant, profite bien de toutes ces nouvelles expériences, j'ai hâte que tu me racontes.

Je t'embrasse très très fort,

Je t'aime,

Coco

Solange replie lentement la lettre. Coco est de retour, avec sa tendresse étouffante. L'enthousiasme débordant a cédé la place à la mélancolie, mais Solange ne se laisse plus submerger.

– Alors, ça va à Paris ? demande Yasmine.

– Plutôt bien oui, elle a fait une escapade dans une île paumée du Danemark, un camp de femmes où elles ont passé leurs journées à refaire le monde.

– Le rêve !

– Tu rigoles ?

– Pas du tout. Toi, tu baignes dedans depuis des années, tu ne vois même plus combien c'est révolutionnaire. Ici, les femmes sont tout le temps entre elles, mais pas pour tenter de changer le monde. Elles font un travail de sape, souterrain, toujours à couvert. Et quand elles s'engagent, elles se font avoir. Regarde ma mère, elle a combattu pour l'indépendance, mais après, on lui a gentiment laissé entendre qu'il fallait rentrer à la maison. Tu peux pas comprendre, moi, ta vie, j'en rêve !

Comme toutes les autres filles, comme Lætitia. Ça ne s'arrêtera donc jamais, cette fascination pour Coco et sa révolution ? Pour la première fois, Solange a quelqu'un à elle, rien qu'à elle. Elle ne veut pas partager. Un pli amer creuse sa joue.

– Eh bien moi, depuis que je suis ici, je revis. J'ai l'impression de vivre vraiment, pas de suivre les pas de Coco. Et ça, c'est grâce à toi.

Solange prend Yasmine dans ses bras, plaque son dos contre sa poitrine, caresse ses bras.

– Je t'ai fait entrer dans mon monde, murmure Yasmine, maintenant, je voudrais entrer dans le tien.

– C'est celui de Coco.

– Non, c'est aussi le tien.

– D'accord, je vais réfléchir.

Ce soir-là, elles ne font pas l'amour.

Le lendemain, Solange finit par dire oui. Elles échafaudent leur plan, préparent un petit sac avec quelques affaires, le minimum, pour ne pas se faire repérer. Elles creusent la terre du jardin, sous le figuier de la vieille maison, y enterrent les dessins de Yasmine, bien enveloppés dans plusieurs couches de tissu et un sac en plastique. « Personne ne doit les voir mais je veux les retrouver, si je reviens ! » dit Yasmine.

Elles s'entassent dans la voiture pour Tizi, avec les tantes, qui débordent de tous côtés et se lancent dans de grandes litanies en kabyle, persuadées que Solange comprend un peu, et éclatent de rire devant sa mine déconfite. Yasmine est sombre, tendue. Solange respire par la fenêtre. L'air chaud et poussiéreux ne parvient pas à atténuer sa nausée.

Assia dépose les tantes à la mosquée et file sans écouter leurs reproches :

– Elles ne s'habitueront jamais, je crois... Allons faire les courses !

Elles s'enfoncent dans un dédale d'échoppes insolites, souvent à moitié vides. Des regards s'attardent sur les épaules nues de Solange, qui ne s'aperçoit de rien, jusqu'à ce que Yasmine lui tende sa veste, excédée.

– Tous des porcs, souffle-t-elle entre ses dents.

Solange lui prend la main.

– Arrête, je m'en fiche !

– Pas moi !

Solange pose un doigt sur ses lèvres en montrant Assia, qui se retourne brusquement :

– Allez, les filles, on y va, c'est l'heure.

Elles rejoignent les tantes devant le hammam. À l'intérieur, elles se déshabillent. Solange découvre le corps d'Assia, svelte, campé sur ses jambes musclées, le ventre barré d'une vilaine cicatrice de césarienne. Elle qui a vu tant de corps nus avec Coco, elle se sent soudain impressionnée par cette entaille profonde. Assia sent son regard et s'enroule dans un tissu. Yasmine range soigneusement ses affaires dans son sac et fait signe à Solange d'obtempérer. Elle a son objectif en tête.

Un énorme nuage de vapeur s'échappe de la salle chaude à leur entrée. Dans le brouillard, Solange distingue des silhouettes accroupies près d'un seau, d'autres assises sur le rebord d'un bassin. Une bonne odeur savonneuse flotte dans l'air. Dans un angle de la pièce, une femme est allongée sur une table, une autre lui frotte énergiquement le dos avec un gant de crin.

– Ici, toutes les femmes se côtoient, explique Assia. Les riches, les pauvres, les jeunes, les vieilles. On est toutes égales. Celle qui masse, c'est la *tayyaba*. Autrefois, elle jouait les intermédiaires entre les familles pour les mariages. Heureusement, ça se perd mais elle reste la maîtresse des lieux et, tu vas voir, elle impose le respect.

Solange se lave mollement le corps, les cheveux, imitant à grand-peine les gestes ancestraux des femmes qui babillent.

– Elles jacassent, c'est le royaume des commérages, siffle Yasmine. Assia va se faire masser après toi, dès que tu as fini, tu sors, je t'attends dans l'entrée. Et après, on file.

La *tayyaba*, conforme à sa légende, est une grosse matrone aux bras puissants. Elle prend son rôle très au sérieux. L'initiation d'une jeune fille, c'est important, elle y met la solennité qu'il faut. Elle commence par passer tout le corps de Solange au savon noir. Allongée sur le ventre, Solange goûte les mains puissantes qui malaxent son dos, ses fesses, ses cuisses, ses mollets. Elle ferme les yeux, sent la vapeur caresser sa peau, imprégner ses muqueuses. Elle n'est pas préparée au premier coup de gant de crin. Elle sursaute. Un, deux, trois coups sur le dos, sa peau brûle, le gant crisse, une à une, les cellules mortes se détachent, et des milliers de picotements se répandent, de plus en plus profonds, à mesure que le gant trace son sillon. Dès qu'une zone est terminée, le soulagement est de courte durée, car le gant passe et repasse, dix fois, cent fois. « Il n'y a plus rien, là, c'est à vif », voudrait crier Solange, mais la *tayyaba* continue, à la recherche du moindre repli, de la moindre parcelle de peau inexplorée. D'un coup, tout s'arrête, un seau d'eau froide réveille Solange et l'apaise. Mais il reste l'autre côté : le plus tendre, le ventre, les seins. Solange a le réflexe de se cacher. La *tayyaba* retire ses bras avec autorité. Et ça recommence, mais cette fois Solange sait à quoi s'attendre, elle se concentre sur les petits rouleaux de peau qui se détachent et tombent à chaque passage, elle sourit en pensant qu'elle fait littéralement « peau neuve ». Sa vie d'avant, ses frustrations, ses colères rejoignent la rigole et disparaissent. Encore un seau d'eau, un coup de serviette, puis c'est le massage. L'odeur d'amande douce remplace celle du savon noir. Les doigts de la *tayyaba* s'enfoncent dans ses muscles, les dénouent. Solange se sent molle, l'huile apaise sa peau à vif, elle glisse dans un demi-sommeil. Mais la *tayyaba* a une dernière mission à accomplir : démêler ses cheveux. Sans prévenir, elle plante un peigne dans la tignasse et arrache les nœuds, qui partent rejoindre les cellules de l'épiderme. La *tayyaba* lui donne un petit coup sur l'épaule, c'est fini, Solange marche en titubant vers la sortie, sous les applaudissements des tantes, hilares. Même Assia a le sourire.

Dans la salle intermédiaire, Yasmine l'enveloppe dans une serviette et en profite pour l'embrasser sur la joue.

– Tu sens bon ! Allez, habille-toi, c'est parti !

23.

Elles prennent le premier train en direction d'Alger. Yasmine a laissé un mot dans le sac d'Assia.

Yemma,

Tu m'as raconté tes quinze ans, tes combats. C'est à mon tour maintenant. On part en France avec Solange. Peut-être que tu aurais été d'accord, mais le voyage n'aurait pas eu le même goût. Je te donnerai des nouvelles régulièrement. Je sais que tu trouveras quelque chose à inventer pour Vava.

Hemmlaï-kem a Yemma.

En guise de signature, deux silhouettes crayonnées font un signe de la main.

Solange ferme les yeux, son corps est plein de toutes les sensations du hammam, rempli d'elle-même. Elle prend la main de Yasmine, lui murmure à l'oreille : « Je t'aime. » Ce mot qu'elle n'a jamais dit à personne, même pas à Coco, qui l'a accaparé, s'en délecte si souvent qu'il a fini par ne plus rien dire, ce mot, ici, maintenant, dans ce train, prend tout son sens. Yasmine serre sa main très vite puis la retire, inquiète. Elle attrape son carnet et dessine une bouche, l'index qui la ferme et un petit grain de beauté en forme de cœur sur la lèvre supérieure.

À la gare d'Alger, elles prennent le bus jusqu'au port. Il faut faire vite pour essayer d'avoir le bateau de nuit. Yasmine parcourt les quais à la recherche de Youssef, un ancien copain de l'école primaire qui travaille aux docks à présent. Elle finit par le trouver en train de fumer une cigarette. Le petit caïd joue les durs mais Yasmine semble le mener par le bout du nez. La discussion s'éternise, au badinage du début succèdent des phrases sèches, un ton durci. Yasmine tourne les talons, fait signe à Solange de la suivre.

– On ne va pas réussir à s'entendre, il faut que je trouve un autre moyen.

Solange se voit déjà reprendre le train jusqu'à Tizi, ou pire encore, devoir retrouver Iguem, revenu à Alger pour son travail.

– Ne panique pas, viens, tu vas voir, attends juste trente secondes.

Elles s'éloignent puis entendent des pas derrière elles. Youssef supplie :

– Viens, Yasmine, OK, OK, c'est bien parce que c'est toi, *Ana asif habibi.*

– Combien tu veux ?

– Mais rien, rien ma belle, juste le plaisir de te rendre service me rend heureux, rien, je te jure.

– Dis ton prix !

– Mais rien, je te dis, je ferais tout pour toi, tu le sais.

– Tiens, voilà deux mille dinars, tu nous emmènes.

– Tu m'offenses, là, je veux rien, je te dis, ou alors juste un petit bisou.

– Non !

– Un tout petit ! Là !

– Bon, on va pas y passer la nuit, tu veux un bisou, je te le fais, moi, ton bisou, et après on y va, OK ? s'écrie Solange.

Yasmine et Youssef la regardent, interloqués. Youssef éclate de rire :

– Elle a pas sa langue dans sa poche, ta copine. Non, non, mon corps n'est pas à vendre, mon corps n'appartient qu'à Yasmine…

Youssef n'a pas vu un grand docker en débardeur s'approcher. Une calotte derrière la tête le fait décamper. Yasmine échange quelques mots avec cet homme, tend ses billets. Elle chuchote à l'oreille de Solange :

– Il va nous faire passer, de toute façon il m'a dit que c'est lui qui commande sur le port, Youssef aurait dû lui demander. Allez, viens, on y va.

Elles suivent le docker entre les containers, les palettes et les cordages, jusqu'au quai d'embarquement des véhicules utilitaires, évitant les douaniers qui contrôlent les papiers des particuliers. Il se penche vers le conducteur d'une camionnette, palabre quelques instants en les montrant du doigt. L'homme acquiesce.

– Allez-y, montez à côté de lui. Toi, dit-il en montrant Yasmine, si on te demande, tu dis que tu es sa fille. Toi, il faut que tu te caches, ça passera jamais. Tu n'as pas un foulard ?

Solange fait non de la tête, apeurée. Yasmine sort un foulard de son sac en soupirant :

– J'ai tout prévu, mets ça !

Elle arrange le tissu, dissimule les cheveux, la bouche. Elle sort sa veste, en couvre les épaules de Solange.

– Ça devrait passer comme ça. Surtout, tu ne parles pas, d'accord ?

Elles s'assoient à l'avant de la camionnette. Yasmine glisse des billets dans la main du conducteur, qui les prend sans même les regarder. Le docker s'éloigne. La file de voitures avance lentement, tandis que la nuit tombe sur le port. Le conducteur, impassible, enchaîne cigarette sur cigarette. Solange meurt de chaud sous son foulard et sa veste. Yasmine garde les yeux fixés sur l'objectif. Enfin, la voiture trouve sa place au fond de la cale. Le conducteur leur fait signe de dégager.

– C'est bon, maintenant, il n'y aura plus de contrôle, viens, souffle Yasmine.

Elles montent les escaliers jusqu'au pont supérieur, à la recherche d'un coin tranquille pour passer la nuit.

Sous une chaloupe, elles trouvent un petit espace fait pour deux, avec une vue sur le port. Elles regardent la ville s'éclairer, la nuit tomber, puis tout envahir. Elles ont faim, dévorent leur pain et leurs olives, puis Yasmine chuchote :

– On peut dormir un peu. Prends des forces pour demain, là ce sera à toi de jouer !

La fraîcheur du matin les surprend au réveil. Solange a fini par fermer un œil, ou peut-être deux. Yasmine se rend aux toilettes, revient métamorphosée. Elle s'est maquillée, a rassemblé ses cheveux en chignon, noué son foulard autour du cou.

– Alors, je te plais ? dit-elle en tendant le passeport d'Assia.

Solange regarde la photo, prise il y a dix ans. La ressemblance est frappante. Mais est-ce que ce sera suffisant ?

– Il faut compter sur la chance, chérie. La chance, ta bonne étoile, Zohra, veille sur toi. Tu ne l'as pas regardée ce matin ?

Elle jette un rapide coup d'œil derrière son épaule : personne. Elle prend Solange dans ses bras, dépose un baiser sur sa bouche.

– Allez, viens, on y va. Si on repère le bon douanier, ça va passer tout seul, tu vas voir.

Elles suivent le flux des piétons qui descendent les marches jusqu'au quai. Yasmine joue très bien la femme sérieuse et pressée. Solange ajuste son décolleté. La marque de son maillot de bain en triangle dépasse largement, comme prévu, du débardeur trop petit.

Elles marquent un temps avant de choisir la bonne file. Yasmine montre un moustachu luisant, empoté à souhait. C'est leur tour, Solange ouvre sa veste.

– Bonjour, monsieur, assène Yasmine d'une voix mûre.

– Bonjour !

La voix de Solange est claire, sucrée, elle ne pensait pas qu'un tel son pouvait sortir de sa gorge. Le douanier prend les passeports, ouvre celui de Solange, judicieusement placé sur le dessus, et lève les yeux.

– J'ai un peu changé, oui, mais c'est bien moi, hi hi.

Est-ce qu'elles vont y arriver ? Solange entortille une mèche de cheveux. Ne pas trop en faire, ne pas le sous-estimer. Comme prévu, les yeux du douanier s'attardent sur le décolleté. Solange les sent qui fouillent sous le tissu, à la recherche des mamelons. Elle se redresse et sourit. Il lui tend le passeport, jette un œil rapide à celui d'Assia. Un doute l'effleure, peut-être, mais Solange se penche pour ramasser son sac et la vue plongeante fait diversion. Les deux jeunes filles s'éloignent, l'une raide et droite, l'autre ronde et ondulante, ne laissant, dans la rétine du douanier, que le souvenir de deux triangles de peau blanche sous un morceau de tissu fleuri.

Elles attendent de sortir du port pour éclater de rire. Solange enfile une tunique, Yasmine détache ses cheveux, efface son rouge à lèvres du dos de la main et l'embrasse sur la joue.

– On a réussi ! Mais où tu m'as emmenée ? C'est Alger ici !

Au loin, la Bonne Mère veille sur Marseille comme Notre-Dame d'Afrique sur Alger.

Solange sourit :

– Pas le temps de faire du tourisme, la gare est par là, on file à Paris !

24.

Elles achètent deux billets pour Montélimar, il ne leur reste que quelques pièces, à peine de quoi se payer un sandwich, elles feront la suite du trajet en stop. Yasmine ne cesse de griffonner des esquisses sur son carnet : une femme en pantalon, assise à califourchon sur sa valise à la gare, une jeune fille en minijupe, de dos, une cigarette à la main, un couple qui s'embrasse à pleine bouche.

À Montélimar, elles demandent leur chemin pour la nationale 7 et se postent à un carrefour stratégique. Solange fait comme si elle avait l'habitude, Yasmine la dessine arborant fièrement son pouce levé. Une première voiture s'arrête, un vieil homme à la mine rabougrie, la Gitane maïs incrustée au coin de la bouche, demande d'une voix rocailleuse à l'accent chantant :

– Vous allez où, les petites ?

– À Paris !

– À Paris ! Peuchère, je ne vais qu'à La Coucourde, mais montez, vous verrez bien là-bas !

Quelques minutes plus tard, le bonhomme les laisse en plein midi. Il n'y a pas un brin d'ombre, elles ont soif, elles marchent le long de la route jusqu'au village. Il est désert, seuls des chats faméliques survivent en plein cagnard. Elles finissent par trouver une placette avec trois arbres et une fontaine, s'assoient sur un banc quelques minutes. Yasmine pique du nez. Solange prend sa tête sur ses genoux :

– Vas-y, dors un peu, je veille sur toi.

Est-ce que des yeux les observent derrière les persiennes ? Yasmine se redresse.

– Ça va mieux, allez, viens, on va trouver un arbre au bord de la route et un autre chauffeur.

À la sortie du village, une femme sans âge et sans formes les fait avancer de quelques kilomètres, sans piper mot. Au moment de les laisser, elle lâche : « Vous ne devriez pas voyager seules comme ça, deux jeunes filles, c'est dangereux. » Yasmine hausse les épaules. Solange fait mine de ne pas entendre.

Plusieurs voitures passent à toute allure devant elles, puis de longs moments s'écoulent sans personne, alors elles avancent un peu, en chantant « un kilomètre à pied ». Au loin, une pétarade plus forte que les autres. Elles se retournent. Une 2CV verte. « Sans retour ! » crie Solange en pinçant Yasmine. Au volant, un garçon aux cheveux longs, à la barbe fournie, torse nu. À côté, une fille en foulard bleu, lunettes rondes. Un autre garçon dort à l'arrière, bouche ouverte, contre la vitre. Ils vont dans un petit village en Ardèche, rejoindre des copains qui vivent dans une ferme. Elles peuvent monter, il y a de la place ! Solange s'assoit au milieu, sur la barre qui fait mal aux fesses, contre le garçon qui sent la transpiration. Le conducteur et la fille n'arrêtent pas de parler, de poser des questions, Yasmine répond par monosyllabes, dessine frénétiquement, Solange essaie de leur faire comprendre qu'elle est fatiguée mais ils ne renoncent pas à leur bonne humeur. Ils finissent par se lancer dans un long récit de leur voyage, depuis Toulouse, de ferme en ferme, toujours chez des copains qui ont tout quitté pour fonder des communautés, et Solange s'assoupit, bercée par le ronflement du dormeur et les coups de crayon de Yasmine. Elle rêvait de passer la nuit seule avec Yasmine sur des bottes de paille, à la belle étoile. Mais elle l'entend répondre un « oui » enthousiaste à la proposition des trois amis. Ce soir, elles dormiront à la ferme.

Elles sont accueillies chaleureusement par les habitants, une petite douzaine de hippies de tous les âges, tous plus chevelus et filiformes les uns que les autres. Elles se jettent sur l'eau, le pain et le fromage de chèvre proposés puis s'assoient dans un coin, tandis que chacun vaque à ses occupations. Yasmine les croque à la hâte : traite des chèvres, ramassage des tomates, palabres autour de la table dressée sous la tonnelle, débouchage de bouteilles de vin rouge, roulage de joints, le tout saupoudré de récits de voyages, de nouvelles échangées sur les uns et les autres. Solange pose sa main sur celle de Yasmine :

– Regarde : tu ne vois rien ?

– Quoi ? Laisse-moi, j'ai pas fini !

– Non mais TOI, tu ne vois rien ?

– Mais non, arrête, qu'est-ce qui te prend ?

– Regarde, qui fait quoi ? Qui prépare le dîner ?

– Celle-là.

– Qui ramasse les tomates ?

– Elle, là.

– Qui parle autour de la table ?

– Les deux là, et puis lui aussi.

Yasmine s'arrête, regarde Solange.

– Comment j'ai pu passer à côté de ça ?

Elle dessine une bulle au-dessus des garçons qui palabrent, « Ici, on réinvente le monde », une autre au-dessus des filles qui s'activent : « Et nous on le fait tourner. »

Elles partent se promener aux environs, sur les chemins qui serpentent entre les murets de pierres sèches, les chênes verts, les éboulis et les touffes de genévriers. Elles montent à un promontoire idéal pour regarder le coucher du soleil, retrouvent les caresses, retenues si longtemps, vingt-quatre heures qui ont paru mille ans. Quelques nuages élevés les priveront des derniers rayons du couchant, elles décident de retrouver le chemin de la ferme avant la nuit. À un croisement, elles sursautent. Un homme, petit mais massif, casquette au ras des sourcils, barre la route, les poings sur les hanches.

– Hé là, vous faites quoi ici ?

– Rien, on rentre à la ferme, là-bas...

– Ici c'est chez moi, compris ? Depuis que ces hippies se sont installés, on voit passer toutes sortes de zigotos, des drogués, des voyous. On veut pas de ça, c'est compris ?

Yasmine s'emporte, sans que Solange ait le temps de la retenir :

– Oh, ça va, on fait rien de mal !

– Toi, la fatma, tu fermes ta gueule. Des crouilles, maintenant, manquait plus que ça, dégagez !

Solange attrape Yasmine par le bras, la tire vers la ferme :

– Réponds pas, viens.

Yasmine se débat mais finit par céder. Une fille les accueille dans la cour d'un large sourire :

– Alors les filles, vous avez fait la connaissance de notre Bernard ?

– Vive Bernard ! s'écrient les autres en riant.

– Moi, ça me fait pas rire, lâche Yasmine qui part s'asseoir à l'écart. Solange la rejoint. Les mains nouées autour des genoux, Yasmine se balance d'avant en arrière. Solange ne sait pas quoi faire. Elle tente une main sur son épaule. Yasmine la laisse mais n'arrête pas son balancement.

– Viens, dit Solange, on va manger un morceau, après on va se coucher, j'en peux plus, je suis crevée.

– J'ai pas faim, vas-y, toi.

Solange se lève, prend deux assiettes, se rassoit près de Yasmine et mange en silence. La tablée s'échauffe. Les premières chansons s'élèvent, une guitare apparaît. Ils s'installent sur des couvertures, autour d'un feu.

– Venez, les filles, dit le conducteur de la 2CV, il commence à faire frais, vous serez mieux avec nous.

Ça commence à trop ressembler à Montrouge, mais Solange est si fatiguée qu'elle veut juste un coin de couverture pour s'allonger, et Yasmine ne veut pas quitter Solange. Elles se blottissent l'une contre l'autre, Solange sent Yasmine se détendre, prend doucement sa tête et la pose sur ses genoux. Un joint tourne. L'odeur douceâtre de l'herbe se mêle à celle du feu de bois. À travers l'écran de fumée, Solange aperçoit un couple, enlacé, bientôt rejoint par un deuxième garçon. La fille passe de l'un à l'autre, offrant tour à tour sa bouche, ses seins. Les garçons aussi se caressent. C'est doux, étrange, excitant. Yasmine se retourne, Solange pose un baiser sur sa bouche. Doucement, Solange insiste, se fraie un passage entre ses dents avec sa langue. Yasmine fait mine de dormir, mais Solange voit son bassin commencer à onduler, elle devine ses mamelons qui se dressent sous le tee-shirt. Elle glisse une main dans son jean, Yasmine ouvre les yeux, attrape son poignet.

– Pas ici.

D'un coup de menton, elle montre deux garçons qui les regardent. Elles ne leur offriront pas ce spectacle. Et ne les inviteront pas à participer. Elles se lèvent avec leur couverture, trouvent un matelas dans une chambre vide et rient en pensant à la tête déconfite des deux mecs qui devront se satisfaire tout seuls, ou réciproquement.

25.

Le lendemain matin, elles descendent à la cuisine encore déserte et avalent un mauvais café dans la même tasse, récupérée sur le monceau de vaisselle sale. Elles marchent sur la petite route avant que les grillons ne s'éveillent, accélèrent le pas quand elles repèrent au loin Bernard, sur son tracteur. Elles abandonnent, au bord du chemin, la hargne contre lui et le malaise ressenti à la ferme. Yasmine retrouve son rythme de marcheuse.

– On pourrait prendre la tangente, monter sur cette colline, plutôt que de rejoindre la route, murmure-t-elle, rêveuse.

Solange prend sa main en silence.

– On pourrait rester là-haut, se construire une cabane, boire de l'eau de source, manger des baies, poursuit Yasmine.

– Ou des escargots ! rit Solange.

– Quelle horreur !

Elles se taisent. Savent que ce qu'elles ont vécu en Kabylie ne se reproduira jamais. Il faut vivre autre chose à présent.

Yasmine prend Solange par l'épaule, montre la nationale 7, en contrebas.

– La prem's embrasse l'autre !

Elles courent jusqu'à la route, s'effondrent contre une borne kilométrique. À peine le temps de reprendre leur souffle, une belle 504 cabriolet grise s'arrête.

– Bonjour, mesdemoiselles, on peut vous aider ? lance le conducteur.

Lui, la quarantaine, veste en lin et pantalon clair, coiffure mi-négligée mi-étudiée, mâchoire saillante, les yeux bleu acier. Elle, un peu plus jeune peut-être (sûrement), blouse blanche immaculée, à peine transparente, lèvres soulignées d'un rouge pâle. Ils sourient à l'unisson. Solange se sent un peu crasseuse. Elle répond, dans l'espoir de les décourager :

– On se balade, on n'a pas de destination en particulier.

– Nous on va à Lyon, si vous voulez.

Solange se retourne vers Yasmine, qui hausse les épaules.

– OK, on vous dira quand nous déposer, répond Solange, on ne veut pas vous déranger.

– Mais vous ne nous dérangez pas du tout, montez ! répond la femme d'une voix enjouée.

Elles s'installent confortablement sur les sièges gainés de cuir. La radio laisse s'échapper une douce musique classique. Le couple se lance dans le récit de leurs vacances, en passe de se terminer, le superbe hôtel d'Antibes où ils ont séjourné, l'heure de natation, tous les matins, pour garder la forme, les promenades dans l'arrière-pays. « Quel dommage de devoir quitter tout ça pour aller s'enfermer au bureau, à Lyon ! » Car Monsieur est cadre à la banque Machin-Truc, beaucoup de travail, de responsabilités (« Chérie, n'exagérons rien, je ne suis pas ministre ! »). Yasmine ne pipe pas un mot, trop occupée à les croquer sur son carnet. Solange décide d'arrêter de produire les quelques exclamations qui ponctuaient leur logorrhée, ce qui n'a absolument pas l'air de les déranger.

Ils passent à toute vitesse devant un homme qui marche au bord de la route.

– Encore un basané, souffle la femme en le suivant des yeux.

Yasmine n'a pas entendu. Solange sent la sueur piquer ses aisselles.

– Qu'est-ce qu'il y en avait, là-bas, et puis, tu te rappelles, dans le Lubéron ? remarque la femme, pensive.

– Oui, c'est fou, autant d'Arabes dans un petit village.

Yasmine tire sur la poignée, la porte s'ouvre, le conducteur fait une embardée :

– Mais qu'est-ce qui…

– On *it* arrivées, *cy* bon !

– Mais vous êtes folles d'ouvrir la porte comme ça !

– On *y* comme ça nous les bougnoules, on *rriflichit* pas, poursuit Yasmine.

Puis avec sa voix habituelle, sans un tremblement :

– Allez Solange, on se casse de cette bagnole de fachos avant que je les égorge.

Elle se penche à la fenêtre de la femme et la regarde avec des yeux exorbités, en faisant mine de trancher sa gorge de la pointe de son crayon.

Le cabriolet démarre en trombe. Yasmine sourit, montre son dessin. L'homme en costume, en train de prendre la femme par-derrière, parfaitement bien coiffée, et une bulle : « Oh oui, chéri, sors ton gros portefeuille ! » Solange rit tellement qu'elle en a mal aux côtes.

Elles décident de marcher. Plus envie de parler à qui que ce soit. Quand une voiture ralentit, elles lui font signe de poursuivre sa route. Elles passent les heures chaudes à l'ombre d'un arbre, en retrait, dépensent leurs derniers centimes à la boulangerie d'un village pour une grande miche de pain, et se mettent en quête d'un endroit pour passer la nuit.

À l'écart, mais pas trop, elles trouvent un champ et quelques bottes de paille. Elles dévorent leur pain, observent les étoiles filantes en silence, puis s'endorment, comme elles l'ont rêvé, dans les bras l'une de l'autre, sans faire attention aux brins de paille qui leur piquent le dos.

Solange se réveille la première et s'étire. Zohra a déjà disparu. Yasmine l'attrape par la taille, remonte doucement jusqu'à ses seins.

– Je te mangerais bien, petit loukoum…

Solange ferme sa bouche d'un baiser :

– J'ai faim et ça me gratte partout, l'aventure c'est chouette mais à ce rythme-là, on est pas arrivées à Paris !

– D'accord, s'incline Yasmine, on va reprendre une voiture… Mais il faut bien la choisir, OK ?

Elles tombent sur une mère de famille avec trois enfants qui leur font une petite place et partagent leurs brioches baveuses en dépassant Lyon. Quelques pas sur la route et un conducteur mutique leur permet de faire une petite sieste aux abords de la Bourgogne. Au moment de les laisser, à l'entrée d'un village, il sort soudain de son silence :

– Toutes les mêmes.

– Pardon ? demande Solange.

– Je dis, toutes les mêmes, ces gonzesses, il leur faut tout et puis nous, rien en échange, même pas un remerciement.

Les filles se regardent, interloquées. Yasmine répond :

– Pardon, monsieur, merci pour le trajet.

– Et c'est tout ? Je vous trimballe pendant des kilomètres et vous pensez vous en tirer comme ça ?

Yasmine et Solange examinent ce grand gaillard d'une vingtaine d'années, rouge de colère et de frustration. Yasmine pose sa main sur la poignée, la baisse d'un coup sec.

– C'est pas la peine d'essayer de sortir, j'ai bloqué les portes, réplique le garçon, avec un petit sourire en coin.

Solange sent la panique monter, Yasmine, elle, répond d'une voix parfaitement calme :

– Tu vas débloquer les portières et nous laisser sortir, espèce de trou du cul.

– Comment tu me parles ?

– Je te parle comme tu mérites, énonce froidement Yasmine en sortant un couteau de sa trousse.

La panique change de camp. Le garçon débloque les portes, Solange et Yasmine s'échappent. La voiture démarre en trombe, un magnifique doigt d'honneur s'élève par la fenêtre ouverte. Solange s'écrie :

– Je ne savais pas que tu avais un couteau !

– Nous les Kabyles, on a toujours un couteau, tu sais bien, ça fait partie de la panoplie, avec le chèche et le burnous.

– Mais tu ne t'en serais pas servie, quand même !

– Ta mère t'a vraiment élevée sous cloche, murmure Yasmine en la prenant dans ses bras. Tu trembles. Viens là, *habibi*…

Elles se remettent en route. Solange n'arrive pas à oublier la lame du couteau, brillante au poing de Yasmine. Ni son visage face au couple à la 504. Elle connaît chaque repli de son corps et elle ne la connaît pas. Elles sont encore à des kilomètres de Paris. Yasmine marche devant, d'un bon pas, comme d'habitude. Solange sent les minutes s'écouler, la nuit qui s'approche, ses dangers. Elles ne se parlent plus, s'éloignent imperceptiblement. Solange sent encore l'odeur aigre de la peur s'échapper de sa blouse.

Elles sont parties depuis trois jours, si elles ne donnent pas de nouvelles, Assia va prévenir Iguem et ils appelleront la police, c'est sûr. Solange l'imagine, découvrant le petit mot en évidence sur son sac, en sortant du hammam. Le mensonge qu'elle a dû inventer à la hâte pour les tantes, la peur qu'Iguem découvre leur absence, mais non, ce que trament les femmes lui est étranger, et puis Assia s'occupe toujours de tout dans la famille. Solange voit la main d'Assia, tremblante, au guichet de la poste, les mots tracés sur un télégramme pour Coco : « Les filles sont parties seules en France, ne t'inquiète pas, j'ai confiance en elles, elles donneront très vite des nouvelles. » Si Assia avait prévenu la police tout de suite, elles n'auraient jamais pu partir d'Alger, les policiers les auraient rattrapées à la sortie du train. Si Assia avait prévenu Coco, elles auraient été cueillies à l'arrivée à Marseille. Assia les protège. Assia les guide, comme Zohra. Solange regarde le ciel, les nuages s'amoncellent, il n'y aura pas d'étoiles cette nuit.

Elle n'entend pas les pas qui se rapprochent. C'est Yasmine qui se retourne, d'un coup. Un homme marche comme elles le long de la route. Il les dépasse, les salue d'un signe de tête et poursuit son chemin. Elles suivent le chapeau de paille, le gros sac à dos, les godillots poussiéreux. Une grande carcasse qui fait deux pas quand elles en font quatre. Il s'arrête sous un arbre, prend sa gourde et avale une longue rasade d'eau qui fait saliver Solange. La dernière fontaine qu'elles ont croisée date de Mathusalem. L'homme les regarde passer devant lui en silence. Soudain, Yasmine se retourne :

– Monsieur, s'il vous plaît, vous auriez un peu d'eau ?

Il tend sa gourde sans rien dire. Elles boivent à tour de rôle, il referme lentement sa gourde et reprend la route. Elles marchent dans son sillage, de longues minutes, puis il se retourne :

– Qu'est-ce que vous voulez ?

Une voix claire, neutre, sans sous-entendu.

– Rien, on marche, c'est tout.

– On va dans la même direction alors, répond l'homme qui soulève légèrement son chapeau et découvre des yeux noirs, perçants.

Son visage est buriné, mangé par une barbe blonde inégale. Il semble avoir vécu.

– Vous allez où ?

– À Paris, répond Solange, avant de recevoir un coup de coude de Yasmine, qui susurre :

– T'as pas encore compris ?

L'homme reprend sa route, comme si elles avaient disparu. Solange et Yasmine se regardent, interdites, puis lui emboîtent le pas, en silence. L'homme se retourne à nouveau :

– Paris, c'est encore loin, à ce rythme-là, vous n'y serez pas avant plusieurs jours.

Quelque chose de doux dans sa voix. Une chaleur, comme la flamme d'une petite allumette. Solange n'a plus envie de marcher seule avec Yasmine, encore moins de monter dans une voiture. Elle a faim, elle a soif. « Tu veux ta maman ? » dirait Yasmine, qui ne croise plus son regard. Elle marche, tête baissée, derrière l'homme qui a repris sa route.

– Moi je vais prendre le train à Auxerre, c'est dans trois kilomètres, lâche l'homme sans se retourner.

Elles n'ont plus d'argent. Et prendre le train, ce serait renoncer à présent : le chemin parcouru compte plus que le but à atteindre. Mais sans se concerter, elles le suivent, encore une heure. Elles traversent la ville, le chapeau de paille en ligne de mire.

À la gare, l'homme repère le prochain train pour Paris sur le panneau d'affichage et se dirige vers le quai d'un pas sûr. Solange arrête Yasmine :

– On n'a pas d'argent pour le billet, comment on fait ?

– Comme lui, sourit Yasmine.

– Il doit déjà avoir son billet !

– Je t'adore, *habibi*.

Yasmine l'entraîne vers le quai. L'homme s'est installé dans un compartiment vide. Yasmine l'interroge du regard. Il hoche la tête. Elles s'assoient. Solange se tortille :

– On n'a pas de billet.

– Et alors ? rétorque l'homme, sans sourciller. Quand j'ai de l'argent, je paie, quand je n'en ai pas, je ne paie pas.

J'explique ça calmement au contrôleur, qui est un homme comme les autres, qui a aussi ses fins de mois difficiles, et en général, tout se passe bien.

Yasmine rit sous cape :

– Il faut l'excuser, sa maman l'a trop couvée...

Solange est vexée. Yasmine fait un signe : « Je regrette, j'ai parlé trop vite. » L'homme ouvre son sac, en sort un gros morceau de pain, du saucisson. Solange salive. Il leur en tend une tranche à chacune :

– Je m'appelle Georges, et vous ?

C'est la meilleure tranche de saucisson que Solange ait jamais mangée.

26

Sans que Georges n'ait rien demandé, elles se mettent à raconter leur trajet depuis Marseille. Hochements de tête, larges tranches de pain et rasades d'eau fraîche ponctuent le récit, interrompu une seule fois par « Ah oui, je les connais » à l'évocation de la ferme en Ardèche. Georges finit par allonger ses jambes, poser son chapeau sur ses yeux et piquer un somme. Yasmine en profite pour le dessiner.

Solange a prévu d'aller directement chez Stéphane. Son petit mot dort toujours au chaud dans son portefeuille. Et s'il refusait de les héberger ? Il n'aurait pas tort, après ce qu'elle a fait à Lætitia. Elle lui manque, son amie, pour la première fois depuis tous ces mois. Maintenant, elle peut lui parler. Lætitia comprendra peut-être.

Le chapeau de Georges dégringole, il se réveille en sursaut, voit le carnet de Yasmine :

– Tu dessines ? Je peux voir ?

Yasmine lui tend son portrait, pas de bulle au-dessus de sa tête, elle a choisi le fusain, comme pour les dessins de Solange en Kabylie. Une mine tendre.

– Tu en as beaucoup comme ça ?

Elle lui tend son carnet, il feuillette, rit aux éclats devant la caricature du couple en 504 et marque un temps devant la ferme ardéchoise.

Yasmine sourit :

– J'en ai d'autres, là, mais ceux-là je ne les montre pas.

Ce sont les portraits de Solange. Elle n'a pas tout enterré sous le figuier, quelques-uns sont cachés dans la doublure de son sac.

– C'est remarquable, remarquable. Tu as appris à dessiner ?

– Non, je dessine depuis toujours, j'en ai des piles et des piles en Kabylie.

Georges cille, un quart de seconde, son regard se perd dans le vide.

– La Kabylie… Je connais un peu.

Il se tait, regarde par la fenêtre le soleil qui se couche sur la banlieue parisienne. Yasmine tourne quelques pages de son carnet, montre un dessin de la vieille maison, du figuier, il détourne les yeux.

– Vous allez où ce soir ? reprend-il de sa voix habituelle.

– Chez un copain, il nous attend, dit Solange.

– Je vous laisse une adresse : une amie peintre, dans le 14e. Il y a plusieurs artistes, qui se partagent des ateliers, tout le monde peut venir. Ils m'ont fait une petite place, je vais chez eux ce soir.

Yasmine prend le papier, gênée.

– Merci, on essaiera de venir, balbutie Solange. Merci pour l'eau, pour le saucisson, pour le train. Surtout d'avoir été là, sur la route, à ce moment-là.

Yasmine déchire la page du figuier, la tend à Georges :

– Au cas où on ne se revoie pas, un petit souvenir !

Il prend la feuille d'une main hésitante, la plie en deux, en quatre, en huit, et la glisse dans la poche de sa veste.

Au deuxième coup de sonnette, Stéphane ouvre la porte en pyjama, hirsute.

– Solange ?

– Désolée, Stéphane, il est tard, on peut entrer ? Tu dormais ? Tu m'avais fait passer un mot, tu disais que je pouvais…

– Oui, bien sûr mais…

– Je te présente Yasmine, une copine d'Algérie.

– D'Algérie ! Mais tu es rentrée quand ?

– À l'instant ! Dis, Stéphane, j'ai un truc à te demander…

Solange et Yasmine entrent dans le studio où règne le désordre habituel. Stéphane se gratte la tête, encore trop endormi pour comprendre.

– On peut dormir là cette nuit ?

– Mais pourquoi ? Vous n'allez pas chez Coco ? Ou à Montrouge ?

Solange raconte, dans le désordre, le stratagème pour passer la douane, les montagnes de Kabylie, le départ de Tizi, la découverte d'Alger, la première traversée en bateau et puis la deuxième, la ferme en Ardèche, le mariage, l'eau transparente dans les criques, le couple à la 504, la *tayyaba* au hammam, Georges et son saucisson, l'adresse des ateliers d'artistes. Stéphane s'écrie :

– C'est dingue ! C'est un roman, tes vacances ! Et ça a dû te changer, ce bled coupé du monde !

Yasmine sursaute, Stéphane sourit :

– Pardon, hein, je connais pas moi, l'Algérie, tout ce que j'en sais, c'est mon oncle qui a fait son service là-bas et qui n'en parle jamais.

Stéphane s'enlise. Yasmine grimace.

– Attendez, faut que je vous fasse écouter ça, reprend Stéphane.

Il pose un disque sur la platine. Des notes de guitare s'élèvent. Une voix de femme, cristalline, une voix d'homme, au timbre clair, lui répond. Solange reconnaît la langue, c'est du tamazight, des mots reviennent sans cesse, « *A vava inouva* », *vava*, c'est « papa ». Les deux voix qui s'entremêlent lui donnent envie de pleurer.

– Mon disquaire m'a conseillé ça, dit Stéphane. On est loin de ce que j'aime d'habitude, mais comme je savais que tu étais en Algérie, je me suis laissé tenter.

Solange lui fait signe de se taire pour continuer à écouter. Quand les dernières notes se terminent, Yasmine lâche :

– Vous connaissez Idir, ici ?

– Ça vient d'arriver, répond Stéphane, gentiment.

Solange caresse la joue de Yasmine, qui recule.

– Chez Stéphane, pas besoin de se cacher, murmure Solange. Tu sais bien, je t'ai dit.

Stéphane ouvre de grands yeux. Solange lui fait un clin d'œil : *tu vois, j'ai foncé*. Il s'approche, enserre les deux filles de ses bras.

– Impossible de dormir maintenant, autant faire une nuit blanche. Je connais l'adresse donnée par Georges, ces ateliers d'artistes, un ramassis d'homos, de drogués et de hippies, il y a une fête là-bas ce soir, ça vous dit ?

Les deux filles font une toilette de chat et puisent deux chemises propres dans la garde-robe de Stéphane, qui choisit un pantalon moulant et un blouson en cuir. À la sortie du métro, ils se guident au son de la musique qui s'échappe des ateliers.

Ils s'enfoncent dans une impasse qui débouche sur une porte délabrée. Derrière, la fête bat son plein. Dehors, des fumeurs de pétards assis par terre, un groupe de danseurs qui se déhanchent, verre à la main. Personne ne remarque leur présence. Solange a un mouvement de recul. C'est Yasmine qui a insisté, elle ne voulait pas dormir, voulait voir Paris, revoir Georges, rencontrer des artistes.

Stéphane fait mine d'être à l'aise, ses doigts rougis par le travail tiennent une cigarette avec élégance. Il se faufile jusqu'à un groupe de garçons :

– Solange, je te présente Lorenzo, mon copain coursier à la télé. C'est grâce à lui que les journalistes sont venus pendant la grève !

Les garçons les accueillent avec chaleur avant de se détourner d'elles. Yasmine tire Solange par le bras, Solange traîne des pieds. Le long de l'allée s'alignent des bâtiments de brique aux grandes baies vitrées. Le sol des ateliers est recouvert de taches de peinture. Aux murs, des toiles retournées, protégées par des draps. En hauteur, quelques peintures terminées. L'atelier suivant est fermé, on y devine des pièces de métal. Une sculpture étrange, en plâtre et fil de fer, semble les menacer. Yasmine entraîne Solange au fond de l'impasse. Georges est là, avec un groupe de femmes, devant une série de photographies. Il s'interrompt :

– Yasmine et Solange, dit-il simplement, comme s'il les attendait.

Pourtant, dans ses yeux, une étincelle semble dire « je suis content de vous voir ». Il ne s'est pas changé, ses chaussures sont encore recouvertes de la poussière des chemins. Yasmine ne détache pas ses yeux de la série de photos au mur : une femme enroulée dans un drap, dans différentes postures.

– Ça me dit quelque chose, dit Solange.

– Oui, ça c'est une Madone, et là une Vénus, regarde, elle a pris la pose comme elles. Toutes des représentations de femmes. Peintes par des hommes, murmure Yasmine, fascinée.

– Je vois que tu as l'œil, énonce une voix grave, rocailleuse.

C'est la femme de la photo. Grande, un peu ronde, de longs cheveux noirs étalés sur les épaules, elle a opté pour le look de Vénus ce soir.

– Ce sont les draps du trousseau de la mariée, poursuit la femme.

Yasmine murmure :

– Il manque le drap taché de sang…

La femme sursaute, regarde Yasmine d'un œil perçant :

– Comment tu as deviné ? C'est ma prochaine série, j'attends d'avoir mes règles !

Il se passe quelque chose entre elles. Solange se sent exclue. Elle ne se laissera pas glisser loin, elle se raccroche :

– Yasmine est une artiste aussi.

Georges renchérit :

– Tu n'as pas ton carnet sur toi ?

Yasmine se ferme, fait non de la tête.

– Vous vous connaissez ? réplique la femme.

– On s'est trouvés sur la route.

– D'accord, j'en saurai pas plus. Vous avez eu de la chance de le rencontrer. Georges, c'est un passeur. Comme Charon, qui fait passer les âmes sur sa barque…

– Arrête, Isa, je les ai pas menées en enfer quand même !

Ils rient. Stéphane les a rejoints en cours de conversation, ses yeux implorent Solange de lui expliquer. Elle hausse les épaules en signe d'impuissance, elle est larguée aussi. Yasmine reste hypnotisée. Avant de s'éloigner, la femme lui glisse :

– Tu reviendras me voir ?

– Oui, se reprend Yasmine, d'une voix ferme.

Stéphane toussote, Solange s'aperçoit qu'elle ne l'a pas présenté à Georges, qui lui sert chaleureusement la main avant de déclarer :

– Je vous laisse, les jeunes. Je suis fatigué, la fête, c'est pas mon truc, je vais essayer de me trouver un coin au calme pour roupiller.

Yasmine, Solange et Stéphane, sans se concerter, se dirigent ensemble vers la sortie. L'atmosphère de cette soirée a fait remonter trop de souvenirs de Montrouge. Coco aurait adoré, Sylvie aussi. Yasmine semble encore un peu sonnée. Solange savait que ça arriverait en revenant à Paris. Elle veut rentrer, se blottir contre Yasmine, respirer son odeur.

Il fait doux, le métro est fermé, ils ont une bonne heure de marche devant eux. Solange retrouve son asphalte, ses lampadaires, le glouglou de ses caniveaux. Elle prend la main de Yasmine. C'est à elle de la guider à présent.

Ils passent devant un kiosque à journaux fermé. En devanture, une couverture de *Charlie Hebdo*. Le titre : *La femme est-elle un objet ?* L'illustration : une femme de dos, présentant un énorme postérieur, et une tête affreuse. La légende : *Le cul, ça va, mais la gueule c'est pas terrible.* Yasmine se met à rire nerveusement, elle ne peut plus s'arrêter.

– C'est génial, mais qui a dessiné ça ? dit Yasmine entre deux hoquets.

– C'est Reiser, regarde la signature, dit Solange, un peu décontenancée.

– Ce mec est un génie. C'est ça que je veux faire, s'écrie Yasmine.

Elle s'arrête, soudain grave :

– J'en suis loin…

– Je sais pas si c'est un bon exemple à suivre, dit Solange.

– Depuis quand on doit suivre des exemples ? se ressaisit Yasmine.

– Tu connais pas, *Charlie*, c'est des machos, s'énerve Solange. Tu as entendu parler du Manifeste des 343 pour l'avortement, dans le *Nouvel Obs* ? *Charlie* les a surnommées « les 343 salopes ». C'est resté, ça a énervé Coco, tu peux pas imaginer.

– Fais pas ta maîtresse d'école, renchérit Yasmine. J'ai entendu parler de ce journal, tu crois quoi ? Que je sors du bled ?

– Hé ho, les filles, on se calme, tente Stéphane. Elle veut juste dire que ces mecs-là, ils vont loin, parfois.

– C'est ça qui me plaît. Solange, si tu voulais de l'eau tiède, fallait pas venir me chercher.

Yasmine est au bord des larmes. Solange aussi. Elle voudrait la prendre dans ses bras, la toucher, l'embrasser, retrouver son corps, sa peau qui guérit des mots.

– Et puis c'est pas parce qu'ils font de l'humour qu'ils sont machos. Coco n'a pas toujours raison, intervient Stéphane.

Solange et Yasmine se regardent. Elles sourient.

– T'as beau être homo, tu restes un mec qui veut toujours avoir le dernier mot, toi ! rigole Solange.

Stéphane s'éloigne en haussant les épaules. Yasmine prend la nuque de Solange, pose sa tête dans son cou, glisse un baiser au coin de ses lèvres. Sur le pont d'Austerlitz, ils s'arrêtent pour regarder la Seine, Notre-Dame au loin, les péniches sur l'eau noire. Yasmine s'assoit par terre, à la lueur d'un réverbère, et sort son carnet. Stéphane prend une cigarette, en offre une à Solange.

– Vous devriez faire un peu gaffe, murmure-t-il.

– À quoi ?

– Vous embrasser, dans la rue, vous montrer, vaut mieux pas.

– Deux filles qui s'embrassent, c'est pas pareil.

– Je sais. Me force pas à jouer les mecs protecteurs.

Il se tait. Tire nerveusement sur sa cigarette :

– Tu vas le dire à Coco ?

– Quoi ?

– Tu sais bien !

– Je ne sais pas.

– T'as peur de quoi ?

– Qu'elle en fasse trop, comme d'habitude. Soit dans le côté protecteur, justement, soit dans l'exubérance…

– Je peux te donner un dernier conseil ?

Solange envoie une bouffée de fumée au ciel pour dire oui.

– Tu as de la chance d'avoir une mère comme elle. À ta place, je ne me priverais pas.

Yasmine a fini son dessin. Elle le tend à Stéphane. Elle l'a caricaturé en gros bébé qui se roule par terre en disant : « Mais laissez-moi avoir le dernier mot ! » Stéphane attrape le papier, le roule en boule et fait mine de le lancer dans le fleuve. Solange arrête son bras, il la retourne en lui faisant une clé et une bise sur sa joue :

– Et apprenez à vous défendre, les filles… Je vous jure, faut tout leur dire, à ces gonzesses ! Allez, on rentre, y en a qui bossent, j'embauche à la boulangerie dans une heure, moi !

27.

Stéphane parti travailler, elles font l'amour comme on étanche sa soif après une longue marche en plein soleil, et s'endorment l'une contre l'autre. À midi, Stéphane rentre de la boulangerie avec des pains au chocolat tout chauds, puis les met dehors.

En tournant le coin de la rue, Solange arrête Yasmine : elles sont tout près de Belleville, elle veut lui montrer son banc. Elles s'assoient, regardent la ville. Solange la trouve sale, hostile. Une brume de chaleur et de gaz d'échappement flotte dans l'air. Yasmine dessine la ligne d'horizon formée par les toits.

– Peut-être que le vieil Arabe qui habite là va descendre nous voir, dit Solange.

– Il est au bled en été, glisse Yasmine en estompant du doigt une diagonale trop penchée. Les hommes rentrent un mois et repartent en France en ayant souvent planté leur petite graine...

– Il y a des femmes aussi ici ! s'écrie Solange.

– Oui. Tu en connais à part Assia ? Non. Normal, elles vivent dans les HLM, elles sortent peu, si elles sortent, elles font des ménages ou travaillent à l'usine.

Yasmine continue à dessiner sans la regarder. Elle poursuit :

– Je te dis ça mais je ne les connais pas non plus. On est une famille d'intellos, de privilégiés. Et même si Assia essaie d'être proche des femmes du peuple, elle restera toujours celle qui sait lire et écrire le français, celle qui a un travail dans un bureau...

Solange repense à Anna, à Jocelyne. Elles n'étaient pas du même monde que Danielle ou Nicole, et pourtant...

– Tu sais, parfois, on peut quand même partager... murmure-t-elle.

Yasmine s'arrête de dessiner, la regarde, forme les mots JE T'AIME en silence.

Elles quittent leur banc à regret et filent au métro.

– Solange !

Un cri, surprise et joie mêlées, deux bras qui se lèvent, puis enlacent : Coco.

– Mais qu'est-ce que tu fais là, tu devais rentrer dans deux semaines. Est-ce que ça va ? Montre-moi, tu as bonne mine, oh mais raconte, il s'est rien passé au moins ?

Comme tu m'as manqué, ma grande fille, et comment tu es rentrée ? Et Assia, elle n'est pas avec toi ?

Solange s'arrache de ses bras, Coco lève enfin les yeux vers Yasmine, qui observe la scène d'un œil goguenard.

– Pardon, pardon, Solange, qui est-ce... Mais c'est... Yasmine ? Tu ressembles à Assia, c'est fou !

Coco se précipite sur Yasmine et la serre si fort qu'elle la décolle du sol :

– Ne restez pas là, entrez, entrez, oh là là, venez !

Assia n'a pas parlé, Yasmine avait raison. Les filles échangent un clin d'œil tandis que Coco les entraîne à l'intérieur :

– Vous avez de la chance de me trouver là, je suis juste passée prendre des affaires, lundi des copines du Danemark arrivent. Oh ma chérie, est-ce que tu as reçu ma lettre, c'était extraordinaire, vraiment bath, ah oui, c'est vrai, tu n'aimes pas quand je dis ça, ça fait dinosaure. Bref, le rêve, ce camp, mais et toi, raconte, tu dis rien, raconte un peu ! Attends, vous avez soif, vous voulez un thé ?

Solange la regarde, bras croisés, en souriant. Elle lui a manqué.

– Avant, on peut prendre une douche ? Yasmine, vas-y, j'irai en deuxième.

Coco montre la salle de bains, sort une serviette, referme la porte. Elle reprend Solange dans ses bras, la mange des yeux, passe sa main sur son visage, comme si elle le redécouvrait. Coco sent tellement bon, Solange se laisse aller.

– Coco, on est parties d'Algérie toutes seules, murmure Solange. On a laissé un mot à Assia pour la prévenir et puis on est parties. Elle ne t'a pas prévenue, c'est ce qu'avait prévu Yasmine.

– Mais pourquoi vous avez fait ça ?

– Yasmine voulait découvrir la France...

– Il suffisait de me demander, on aurait organisé le voyage avec Assia...

– Tu comprends pas, elle voulait découvrir la France et moi je voulais qu'on vive ce voyage, toutes les deux, rien que toutes les deux.

– Mais vous êtes parties il y a combien de temps ?

– Cinq jours seulement !

– Assia doit être morte d'inquiétude, vous êtes fo...

Coco s'arrête. Solange sent qu'elle se retient, qu'elle cherche comment réagir. Elle se ressaisit :

– Ma chérie, quelles que soient les raisons qui t'ont poussée à faire ça, tu l'as fait, et tu es arrivée saine et sauve, c'est tout ce qui compte. Est-ce que... ça va ?

– Mais oui, tout s'est bien passé ! Et on a vécu tellement d'aventures, tu peux pas imaginer, c'était bath !

Coco sourit, Solange pose la tête contre sa poitrine. Stéphane a raison, elle a de la chance de l'avoir.

– On attend Yasmine, il faut qu'on soit à deux pour te raconter.

Yasmine sort de la salle de bains en se tortillant dans sa serviette :

– Je suis une nouvelle femme !

– À mon tour !

Sous la douche, Solange imagine la scène. Yasmine qui observe, Coco qui ne sait plus quoi dire. Est-ce qu'elle va deviner ?

Quand elle revient au salon, Solange trouve Yasmine, seule, en train de feuilleter un magazine. Elle se penche sur son épaule, l'observe s'arrêter sur une planche de bande dessinée. Douze cases, un trait de crayon vif mais précis, noir sur fond blanc. Une vieille dame veut absolument qu'une petite fille lui dise bonjour, la petite fille refuse, la dame finit par proposer un « susucre avec du bon acide dessus », la petite fille repart en disant : « Faut vraiment être en manque ! » Solange et Yasmine éclatent de rire.

Coco revient de la cuisine :

– Qu'est-ce qui vous fait rire, les filles ? Ah, c'est Bretécher, tu connais, Yasmine ? Elle est géniale, c'est la seule raison qui me fait encore acheter le *Nouvel Obs*.

– C'est une femme ?

– Mais oui, elle s'appelle Claire. D'ailleurs, c'est la seule dessinatrice que je connaisse !

Colette se précipite sur un tas de magazines surmonté d'une petite plante verte en équilibre instable.

– Des copines essaient de la convaincre pour qu'elle réalise une affiche. C'est pas facile, elle est d'accord avec nous mais ne supporte pas le militantisme…

– Ça m'étonne pas, murmure Yasmine en feuilletant fébrilement les magazines.

– J'étais sûre que ça allait te plaire, dit doucement Solange.

Elles continuent à lire, épaule contre épaule, rient doucement. Solange relève la tête, croise le regard de Coco.

Pas besoin de mots entre elles. Elle a compris.

28.

L'air est à peine plus frais, le ciel souvent voilé, les marques de bronzage s'estompent, l'été touche à sa fin. Solange et Yasmine se sont installées à l'appartement. Yasmine voulait absolument découvrir Montrouge mais c'était hors de question, trop risqué, trop de femmes toutes plus passionnantes les unes que les autres, Coco pour les envahir, et, surtout, Sylvie. Solange appréhendait la rencontre. Et si Sylvie racontait que Solange était amoureuse d'elle ? Et si Yasmine tombait sous son charme ? Mais elles se sont vues et il ne s'est rien passé, Sylvie n'a rien dit. Elle est très occupée, elle cherche à enregistrer un album, peste contre les machos de producteurs et les pervers des maisons de disques. Solange et Yasmine ne sont pas sur son orbite.

Solange se rassure mais Yasmine s'échappe, passe beaucoup de temps dans les musées, seule. Elle s'entraîne, se « fait la main », copie, glane des idées, des techniques.

Son coup de crayon s'est transformé, allégé, jusqu'à devenir parfois évanescent, abstrait, loin de la grâce charnelle que Solange adorait, là-bas, en Kabylie. Les carnets s'accumulent dans la chambre, prennent de plus en plus de place, envahissant l'espace dévolu à l'amour. Leurs corps ne se touchent plus que dans l'intimité du lit. Solange veut garder le secret, elles en ont fait un jeu. Quand quelqu'un d'autre dort à l'appartement, elles s'amusent à mener leurs sexes au bord du plaisir, le plus longtemps possible, en se touchant du bout des doigts. Parfois, Solange laisse échapper un cri, et Yasmine part dans un fou rire, pour faire croire aux conversations habituelles des jeunes filles qui sont couchées côte à côte.

Solange a revu Lætitia. La gêne s'est évanouie dès le premier regard. Lætitia l'a serrée dans ses bras, elles ont partagé leurs souvenirs de vacances, et Solange a retrouvé le geste des lunettes qu'elle aime tant.

Un jour, Solange se lance, tente de raconter à son amie le goût de la peau brune de Yasmine, l'odeur de ses cheveux, son sexe qui gonfle sous ses doigts, sa langue sur son clitoris, le goût de ses baisers, après. Lætitia se tait, écoute.

– C'est beau, dit-elle simplement.

– Et toi, avec Jim ? demande Solange. Allez, raconte. Tu sais, Jim, je l'aimais bien, mais je me rends compte aujourd'hui que je n'avais pas envie de lui. Et toi, tu es amoureuse ?

– Je ne sais pas. Je l'aime beaucoup. Je ne sais pas si ça suffit, se tortille Lætitia.

– Mais tu as envie de lui ?

– Je ne sais pas...

– Et vous avez couché ensemble ?

– Oui...

– C'est vrai ?

Solange la prend dans ses bras.

– Alors, comment c'était, raconte !

– Écoute, ça s'est fait, répond Lætitia en s'éloignant. Vite fait. Je ne vois pas de quoi tu parles quand tu dis le plaisir, tout ça.

– D'accord, je comprends mieux. Mais tu ne t'es jamais masturbée ? T'es vraiment vieux jeu, ma parole. Alors tout ce que tu me disais, avec les garçons que tu avais embrassés et tout, ça te faisait rien ?

– Ben non. Je pensais qu'avec Jim, ce serait différent. C'est vraiment un mec chouette.

– Et lui, il a aimé ?

– Je crois, je sais pas trop, on n'a pas osé en parler...

– Je vois. Le cours d'anatomie avec Coco n'a pas suffi. Tu te rappelles, le clitoris ? C'est la clé. Commence par explorer ton corps, savoir ce qui te fait du bien toute seule, et après, tu le montres à Jim, facile !

– Tu as bien changé... Tout est simple maintenant, alors ? la taquine Lætitia.

Solange sourit. *Rien n'est simple mais ça, ça l'est.*

– C'est bientôt la fin des vacances, poursuit Lætitia. Qu'est-ce qui va se passer avec Yasmine, elle va rentrer en Algérie ?

Solange s'assombrit.

– Je ne pense qu'à ça depuis qu'on est rentrées.

Lætitia pose sa main sur la sienne.

– Elle pourrait rester non ?

– Je ne sais pas, répond Solange, pensive.

Ce soir-là, Lætitia, Jim, Stéphane, Solange et Yasmine ont rendez-vous à la sortie du métro. Une performance est programmée aux ateliers. Stéphane a pris sa caméra super-huit. Il immortalise le moment. Sur la pellicule s'impriment deux sourires gênés – Jim et Solange –, un air mal à l'aise – Lætitia – et un air ailleurs – Yasmine.

Coco voulait venir, elle avait convié Sylvie et Nicole. À leur arrivée à l'appartement, elles se sont écharpées sur l'expression « femme artiste » : pour Sylvie, elle rabaisse l'artiste à la condition de femme soumise au patriarcat ; pour Nicole, elle l'élève au rang de femme sublimée par la pratique artistique. Coco a essayé de les départager, elle a fini par dire aux jeunes filles de partir devant, qu'elles les rejoindraient sûrement.

Solange est contrariée de voir Jim, elle n'a pas eu le cœur de dire non à Lætitia. Ils se sont fait la bise du bout des lèvres. Lætitia, elle, a joué les bonnes copines avec Yasmine, qu'elle rencontre pour la première fois.

Georges filtre les entrées à la porte des ateliers, égal à lui-même, aussi mal rasé, malpropre et taiseux qu'au bord de la route. La mauvaise humeur de Solange s'évanouit à sa vue mais une ride inhabituelle creuse son front. Dans l'allée, beaucoup plus de monde que la dernière fois, plus de regards en biais aussi, plus de distance.

– Le tout-Paris se presse au happening... dit Georges. Trop de gens n'ont rien à faire là. Mais il faut bien bouffer. Comment ça va, Yasmine, tu dessines quoi en ce moment ?

– Je m'entraîne, au Louvre, surtout, et puis j'essaie des trucs.

– Tu me montres ?

– Pas maintenant, trop d'yeux ici...

– Tu as raison. Si j'avais pas promis à Isa de rester jusqu'au bout...

– C'est qui ? murmure Lætitia à l'oreille de Solange.

– C'est Georges, notre sauveur.

– Il est bizarre, non ?

– Comme nous, non ?

Lætitia hausse les épaules. Jim déambule avec Stéphane, copiant ses gestes pour se fondre dans le décor. Solange chuchote :

– Alors, avec Jim... ?

– Il progresse, il progresse...

– Et toi aussi j'espère ! rit Solange.

Un bruit de gong retentit. La foule se presse devant l'atelier d'Isa. Yasmine entraîne Solange, elle veut être au premier rang. Elles s'assoient sur le sol, devant une scène improvisée sur des tréteaux recouverts de tentures noires. À l'autre bout de la pièce, des paravents, noirs eux aussi, servent de coulisses. Au deuxième coup de gong, Isa entrouvre l'un des panneaux. Glisse une jambe nue, un bras, s'arrête un instant pour que la rétine des spectateurs s'imprègne de cette chair blanche, démembrée, sur fond noir. Puis d'un coup, elle surgit, entièrement nue. Solange n'arrive pas à détacher ses yeux de l'épaisse toison noire entre ses jambes. En fond sonore, une musique étrange, faite de bruits familiers : vrombissement d'aspirateur, cliquetis de cuillères, écoulement de l'eau. Yasmine est littéralement absorbée par le spectacle. Stéphane a réussi à se frayer un chemin pour filmer et ne bouge pas d'un cil, l'œil rivé à la caméra. Isa avance, s'empare d'un seau de peinture et commence à dessiner de larges bandes rouge sombre sur son corps.

– Ce n'est pas de la peinture… murmure Yasmine.

Isa prend des poses : Madone éplorée, Vénus charmeuse, Marie Madeleine pécheresse, Muses inspirantes, Grâces sautillantes, Vestales asservies, Athéna victorieuse. Solange les reconnaît, Yasmine passe son temps à les copier, au Louvre. La musique change, on entend des battements de cœur, étouffés, des bruits de succion, des gazouillis d'enfants. Isa s'allonge, pose une main entre ses cuisses, se relève. Elle sort de son vagin une petite bande de papier, qu'elle déroule lentement. Elle lit : « Il est temps que la femme marque ses coups dans la langue écrite et orale. » Elle répète la phrase, la scande en se balançant d'avant en arrière.

Solange entend derrière son dos une femme murmurer :

– Ça me dit quelque chose…

– Hélène Cixous, chuchote une autre.

Solange a déjà entendu ce nom lors des soirées de Coco. Elle cherche Lætitia du regard derrière elle, la trouve, fait le signe du rasoir contre sa joue. Yasmine la surprend, la foudroie du regard. Solange hausse les épaules.

Isa jette son papier dans le public, une jeune femme s'en empare et le porte à ses lèvres. La bande son change : des gémissements, des halètements de femme, puis des cris de plaisir. L'artiste se retourne, marche lentement jusqu'aux coulisses et disparaît.

Les applaudissements fusent, des bravos enthousiastes s'élèvent. Yasmine est perdue dans ses pensées, Solange cherche Stéphane. Il fait une moue dubitative. Un petit groupe se presse derrière le paravent. Isa sort, enroulée dans un drap. Elle s'avance vers Yasmine :

– Regarde, comme tu m'avais dit.

Elle se tourne : une trace de sang s'étale le long du drap.

– Viens !

Isa garde Yasmine contre elle tandis qu'un attroupement se forme et écarte Solange. Lætitia et Jim la rejoignent :

– Elle est vraiment barrée… Allons boire un coup, dit Lætitia en la prenant par le bras.

Elles rejoignent Jim, qui s'est accoudé au bar. Georges est en retrait, seul. Solange s'approche.

– Ça t'a plu ? risque-t-elle.

– La question n'est pas là, dit Georges, pensif. Où est Yasmine ?

– Happée par Isa...

Georges les regarde, il murmure :

– Être aux côtés d'une artiste, ça te remplit et ça te vide en même temps.

– Tu es amoureux d'Isa ? chuchote Solange.

– Je crois que je l'ai été. Je crois que c'est fini. J'ai été à ses côtés, un moment, voilà ce que je peux dire.

Yasmine s'écarte, laisse Isa à ses invités, rejoint Solange.

– On rentre ? J'ai envie de toi, murmure-t-elle en mordillant le lobe de son oreille.

Solange la regarde.

Elles, c'est pas pareil.

Elles s'éclipsent, main dans la main. Elles ont oublié l'heure, le métro est fermé. Elles ont envie de marcher, seules, comme dans les montagnes, comme dans les criques. Elles avancent, côte à côte, Yasmine attrape le menton de Solange, dépose un long baiser sur ses lèvres.

– Hey les filles !

Elles se retournent, elles ont cru reconnaître la voix de Stéphane mais ce sont trois hommes, deux jeunes, un plus âgé, qui marchent sur le trottoir d'en face. Solange et Yasmine se regardent.

Faire comme si de rien n'était.

Elles avancent, leurs épaules se touchent, elles marchent au même rythme.

– Hé oh !

La voix s'est rapprochée.

Ils ont traversé la rue. Ils marchent derrière elles.

Elles se regardent.

Elles marchent.

– Vous venez des ateliers, là ? Ils nous ont pas laissés entrer.

Elles s'arrêtent. Se retournent.

– Vous voulez pas nous faire entrer ? Elle a l'air bien, cette fête !

Ils sont ordinaires. Presque sympathiques. Ils ne demandent rien d'autre. Juste entrer dans une fête. Yasmine crispe sa main sur la bandoulière de son sac. Solange l'interroge du regard.

– Allez, quoi, soyez sympas !

Yasmine fonce, tête baissée, entraînant Solange.

– Hé mais revenez !

Elles entendent la voix qui s'éloigne. Ralentissent.

Elles marchent.

Soudain des pas.

– On est pas assez bien pour vous, c'est ça ? Ou alors c'est que vous aimez pas les mecs ? On vous a vues tout à l'heure. Vous avez pas connu les bons, venez voir ce qu'on a pour vous.

C'est le plus âgé qui a parlé. Il se caresse l'entrejambe.

Yasmine se retourne. Ils sont tout près.

– Foutez-nous la paix, lâche-t-elle.

Elle n'aurait pas dû parler.

Elles n'auraient pas dû s'éloigner.

Elles n'auraient pas dû sortir seules.

– Et, mais regardez-moi ça, c'est une petite bougnoule en plus.

Elle n'aurait pas dû le regarder comme ça.

Elle n'aurait pas dû ouvrir son sac.

– Arrête, Michel, laisse tomber ces pétasses, on y va.

Elle n'aurait pas dû le regarder comme ça.

– C'est quand même pas une Arabe qui va m'empêcher d'entrer !

Elle n'aurait pas dû répondre.

– Ta gueule, casse-toi ! crie Yasmine.

Elle n'aurait pas dû sortir son couteau.

Il attrape sa main, serre son poignet.

– Cours, Solange, cours !

Elle n'aurait pas dû courir.

Elle n'aurait pas dû la laisser.

Elle n'aurait pas dû courir jusqu'à la porte de l'atelier, tambouriner en criant au secours, ouvrir la porte, attraper Georges par le bras, le tirer dehors.

Elle n'aurait pas dû se perdre, prendre tout ce temps pour faire ça, ce temps qu'ils ont eu, eux, pour lui faire ça, à elle.

Elle, elle aurait dû lâcher son couteau, implorer leur pardon, s'excuser.

Ils n'auraient pas écrasé sa main par terre avec leurs grosses chaussures, ils n'auraient pas broyé ses métacarpes, ses phalanges, frappé son crâne contre le trottoir, attrapé son couteau et lacéré son visage.

Elle aurait dû rester, prendre la moitié des coups, sentir la lame du couteau entailler sa peau, le sang jaillir sur sa joue.

Elle aurait dû la défendre, la protéger.

Être à ses côtés.

29.

– Foutez-moi la paix !

Colette claque la porte. Sur le palier, Nicole et Sylvie s'écrient « Oh, ça va, la cheftaine ! » et dévalent les escaliers en riant.

Colette s'allonge par terre, respire lentement, avec le ventre, pour retrouver son calme. *Ma chérie, il est trop tard pour vous rejoindre à l'atelier, tu vas bientôt rentrer avec Yasmine. Encore un moment raté. Tu me manques tellement depuis ton retour. Moi qui pensais qu'on se retrouverait. Tu n'es plus la même. Épanouie, confiante, libre. La féministe en moi s'en réjouit. La mère te regarde t'éloigner avec nostalgie. Personne n'entend mes doutes, mes angoisses. « Solange fait l'apprentissage de la liberté, elle grandit, fais pas ta mère poule, arrête », c'est tout ce que les copines trouvent à dire. Il n'y a que Jocelyne qui m'écoute vraiment. Pourquoi tu ne m'as pas dit que tu étais amoureuse de Yasmine ? Pourquoi me tiens-tu à l'écart ? Qui d'autre que moi pourrait mieux te comprendre ?*

Demain, on se parlera.

Driiiiing, la sonnette réveille Colette en sursaut, son cœur bondit :

– Vous avez oublié vos clés, les filles ?

Elle ouvre la porte. C'est Lætitia. Le visage barré de coulures de rimmel, méconnaissable, un homme grand, costaud, barbu la soutient. Colette entend des bribes : « Solange », « Yasmine », « hôpital ». Ils prennent un taxi, elle voit des flashs, lumières des phares, des réverbères, porte automatique, croix rouge, pancarte URGENCES, des blouses, un visage, une bouche qui parle. Enfin des sons lui parviennent : Yasmine, inconsciente, traumatisme crânien, coupures au visage, fractures multiples de la main et du poignet. « Solange, où est Solange ? », elle hurle, n'entend plus rien, une main forte attrape son bras, la secoue, deux yeux noirs se plantent dans les siens :

– Elle n'a rien, elle est au commissariat pour faire sa déposition.

Colette entend. L'homme dit qu'il s'appelle Georges. Qu'il connaît les filles, qu'il a trouvé Yasmine par terre, inconsciente, qu'il est resté près d'elle, tout le temps, pendant que d'autres appelaient les secours. Elle va être opérée. Il va rester là. Colette, elle, doit aller au commissariat. Sa voix est chaude, grave, elle ramène Colette au sol, lui ouvre les yeux. Lætitia est assise sur une chaise, prostrée. Colette s'approche :

– Ça va, toi, ma chérie ? Ils ne t'ont rien fait ? Je vais te payer un taxi, il faut que tu rentres chez toi, tes parents vont s'inquiéter. Ça va aller maintenant, je suis là. On est là.

Colette se rue au commissariat, tout près.

Tu n'as rien, tu n'as rien, tu n'as rien.

Elle pousse la porte, le planton n'a pas le temps d'ouvrir la bouche, elle veut voir sa fille, où est-elle, son amie a été agressée, vite. La porte d'un bureau s'ouvre, Solange est là.

Viens là, contre moi, ton corps, tout de suite, contre le mien, tu respires, ton cœur bat, tes épaules, ta poitrine, ton dos, tes bras, tes mains, tes doigts, tes jambes, tes pieds, tout est là, tout est intact, ton visage, tes joues, tes yeux, tes lèvres, ton nez, tes sourcils, tes cils, ton front, donne-moi tes larmes à boire, donne-moi ton corps à pétrir, à renifler, je voudrais lécher ta peau comme une louve, sentir ta peau nue contre la mienne, mon bébé, tu es parfaite, rien ne manque, tu vas bien. On est ensemble, plus rien ne peut t'arriver.

Colette entend le policier au loin : « Pourquoi vous êtes rentrées seules, sans vos amis ? » « Vous avez dû dire quelque chose à ces hommes » « Pourquoi ils vous en voulaient ? » Solange pleure, ne répond pas.

– Va falloir dire quelque chose mademoiselle. Vous l'avez bien cherché on dirait !

– Foutez-lui la paix ! Elles n'ont rien fait ! Ce sont eux les coupables, bon sang ! crie Colette

On l'emmène, on l'arrache à sa fille, elle hurle, « Laissez-moi, je veux rester là », *rendez-moi mon bébé*, deux mains la plaquent sur une chaise, dans le couloir :

– Madame, il faut vous calmer, on termine avec votre fille, on en a pour cinq minutes, mais si vous vous calmez pas, on ne peut pas travailler, nous, compris ?

Colette respire avec le ventre. Elle ne peut pas s'allonger par terre. Elle attend, longtemps.

C'est de ma faute. J'aurais dû vous accompagner. J'aurais dû vous rejoindre. J'aurais dû vous protéger.

Le grand gaillard pousse la porte, montre Colette du doigt au planton, s'assoit près d'elle.

– Yasmine vient de sortir du bloc. Son opération de la main s'est bien passée. Elle est en salle de réveil.

Colette ne répond pas. Il se tait. Elle sent sa chaleur.

– Ces salopards ont réussi à s'enfuir. Je suis arrivé trop tard. Les flics ne les retrouveront pas. Ça sert à rien, tout ça. Je retourne voir Yasmine.

Solange sort du bureau. C'est fini. Colette ne la lâchera plus.

Elles s'assoient à côté de Georges, dans la salle d'attente de l'hôpital. Les bruits des urgences tournent autour d'eux : murmures des conversations, roulements des chariots sur le carrelage, sirènes des ambulances. Une infirmière vient enfin les prévenir : Yasmine s'est réveillée.

Dans le lit, une petite momie, la tête bandée, le visage barré d'un pansement, la main plâtrée. Les yeux fermés. Solange s'approche, effleure les bandages, murmure quelque chose à son oreille. Yasmine n'ouvre pas les yeux.

Ils restent tous les trois, assis là. Solange ne pleure plus. Elle ne lâche pas la main de Yasmine. Une infirmière leur demande de sortir, Yasmine doit se reposer. Solange veut rester dans la salle d'attente, Georges dit : « Non, rentre, je vous appellerai dès son réveil. » Solange l'écoute.

Elles se couchent ensemble dans le lit de Colette.

Viens là, contre moi, viens mon bébé, une main sur ton front, l'autre sous ta nuque, comme quand tu n'arrivais pas à dormir, mon souffle dans ton cou, notre petite chanson dans ton oreille, Dodo, l'enfant do…

Solange finit par s'endormir.

Au matin, la sonnette retentit, Colette s'arrache doucement aux bras de Solange, ouvre la porte. C'est Stéphane, le frère de Lætitia. Il vient de l'hôpital, Yasmine est réveillée.

Elles courent, Solange ouvre la porte, Yasmine est sur le lit, Georges assis près d'elle. Solange s'arrête, balbutie quelques mots dans une langue inconnue, mais Yasmine tourne la tête et ferme les yeux.

Alors Colette se met à meubler : « Yasmine est fatiguée, elle doit se reposer, ça va aller maintenant, viens, il faut la laisser dormir », elle tire Solange par le bras mais Solange s'accroche au lit, alors Colette fait un signe à Georges et ils sortent.

– Elle n'a pas dit un mot depuis son réveil, dit-il. Les médecins prétendent que c'est l'état de choc, que ça va passer. Mais moi je suis inquiet.

Sa grande carcasse semble se fissurer.

– J'en ai vu des comme ça, amochés et tout, en Algérie. J'ai fait mon service là-bas. Il y en a qui sont jamais redevenus comme avant.

Colette ne veut pas entendre ça. Qu'est-ce qu'il en sait, lui ? L'Algérie, ça n'a rien à voir. Et puis il faut qu'elle prévienne Assia. Elle descend à la poste, écrit un télégramme.

Yasmine a eu un accident, elle va bien, juste une main cassée. Il faut que tu viennes la chercher. Ne t'inquiète pas, je veille sur elle. Je t'embrasse.

Colette revient dans la chambre. Solange a posé sa tête sur l'oreiller, contre Yasmine. Elle dort. Elle n'a pas lâché sa main.

30.

Assia ferme la porte de la chambre, s'assoit sur le canapé. Coco sert un thé.

– Elle t'a dit quelque chose ?

– Rien. Elle s'est rendormie.

Le grand corps d'Assia est comme un bloc impossible à enlacer. Solange s'approche, pose sa tête sur son épaule. Elle la sent tressauter. Assia se décale de quelques millimètres.

– C'est comme ça depuis l'agression, dit Coco. Je pensais qu'avec toi elle parlerait…

Le sourcil droit d'Assia se lève :

– Tu dois tout me dire. Est-ce qu'elle a été… ?

– Je ne sais pas.

Solange ne sait rien. Combien de minutes se sont écoulées entre la main de Yasmine sous cette chaussure et leur arrivée avec Georges ? Ils ont eu le temps de lui faire ce qu'ils voulaient.

Assia répond, l'air absente :

– De toute façon c'est trop tard. *Mektoub.*

Alors c'est ça, c'était écrit ? Solange n'arrive plus à respirer, elle se lève, ouvre la fenêtre.

– Où habite ce Georges, celui qui a veillé ma fille ? Je veux le voir.

Assia sort en claquant la porte.

Solange entre dans la chambre. Yasmine n'a plus de bande autour de la tête, juste quelques pansements. Son plâtre laisse sortir le bout de ses doigts violacés. Solange pose son front sur la main valide, remonte le drap.

Yasmine ouvre les yeux. Elle regarde Solange :

– Je voudrais un appareil photo.

Elle parle !

– Pardon ? balbutie Solange.

– Je voudrais un appareil photo, répète Yasmine, avant de fermer les yeux, épuisée par l'effort.

C'est sa voix sans être sa voix.

– Tu parles ! Tu vas mieux, tu te sens bien ?

– Je voudrais juste un appareil photo. S'il te plaît.

La voix est ferme, c'est un ordre. Solange prend sa main, Yasmine ne la retire pas mais ne réagit pas. Elle referme les yeux.

– Je vais te trouver ça, mon amour, dit Solange, je reviens.

Elle file au salon.

– Tu as ton appareil photo ? demande Solange à Coco.

– Oui, mais pourquoi ?

– Yasmine a parlé. Elle veut un appareil photo.

Coco ouvre une commode, en sort son petit Kodak :

– Mais je n'ai pas de pellicule…

– Je vais en acheter, je reviens.

Solange dévale les escaliers. Yasmine parle, elle va mieux, elle va rester, les médecins ont dit qu'elle pouvait voyager, rentrer en Algérie, les billets sont sur la table du salon, pour demain matin, mais elle va dire « Non, je reste ici », c'est sûr. La rentrée des classes est dans deux jours, Coco va l'inscrire, elles iront dans le même lycée.

Solange court au Prisu, Jocelyne n'est pas là, la caissière la reconnaît, mais pas le temps de parler, Solange s'excuse, elle court, remonte les escaliers quatre à quatre, n'accorde pas un regard à Coco, toujours assise sur le canapé, se précipite dans la chambre.

– Tu as l'appareil ?

– Oui, il fallait que j'achète une pellicule.

– Tu as pris du noir et blanc, j'espère ?

– Non, couleurs, fallait pas ?

– Remarque, couleurs, ça sera encore mieux.

Yasmine commence à décoller un bout de sparadrap.

– Mais qu'est-ce que tu…

– Tais-toi. Je ne veux pas que ta mère entre dans la chambre.

Yasmine arrache le pansement, Solange voit un morceau de son crâne rasé, des cheveux collés autour, une cicatrice avec du fil noir qui dépasse de la peau blafarde. Yasmine enlève le pansement sur sa joue. La cicatrice est horrible, énorme, boursouflée. Solange éclate en sanglots.

– Pleurer ne sert à rien, dit Yasmine d'une voix mécanique.

Elle prend l'appareil à bout de bras, braque l'objectif sur son visage, appuie sur le bouton.

– Passe-moi le miroir.

Solange essuie ses larmes, elle obéit.

– Aide-moi.

Yasmine tire sa chemise de nuit, Solange la passe avec précautions par-dessus sa tête. Son corps est encore plus frêle que d'habitude, sa peau brune est grise, terne.

– Place le miroir au pied du lit.

Yasmine s'installe, allongée sur le côté, son bras plâtré en évidence, prend quelques clichés.

– Approche le miroir.

Yasmine se regarde longuement, tâte sa cicatrice. Solange a envie de vomir, elle transpire. Yasmine termine la pellicule.

– Aide-moi.

Solange la rhabille, remet les pansements, tant bien que mal. Yasmine se rallonge, elle semble épuisée. Solange s'approche pour la prendre dans ses bras mais elle l'interrompt :

– Tu peux les faire développer vite ?

– Pourquoi ?

Yasmine la dévisage :

– Je pars demain matin.

Solange se met à trembler.

– Alors ?

– Je vais demander à Stéphane.

Yasmine ferme les yeux, Solange quitte la pièce à reculons, ses doigts serrent si fort la pellicule qu'elle s'incruste dans sa paume. Assia est revenue, elle se lève d'un bond :

– Elle a parlé ?

– Oui, ça va mieux, elle se repose, je vous laisse, il faut que j'aille faire développer des photos.

– Des photos ?

– Oui, on... on n'a pas pris de photos depuis qu'on est arrivées à Paris, elle veut que j'aille prendre le Louvre, la tour Eiffel, des souvenirs, quoi. J'y vais, je reviens !

Assia entre dans la chambre.

Solange trouve Stéphane à la boulangerie.

– Qu'est-ce qui se passe ? dit-il d'un air inquiet.

– Tu as un moyen de faire développer ça très rapidement ?

– Oui, je connais un labo...

– Donne-moi l'adresse, je peux y aller de ta part ?

– Oui bien sûr, mais...

– Yasmine parle à nouveau. Et la seule chose qu'elle veut, c'est avoir ces photos, vite.

Solange se remet à trembler :

– Elle part demain.

Stéphane s'essuie les mains sur son tablier :

– C'est sûr ? Elle peut encore changer d'avis. Elle parle déjà, c'est bien. C'est un énorme progrès. Mais pourquoi elle veut développer des photos ?

– Ne cherche pas à comprendre, donne l'adresse du labo.

Solange revient deux heures plus tard avec les photos dans une pochette qu'elle n'a pas ouverte. Le regard du photographe, au labo, l'en a dissuadée.

Assia est dans le salon, en train de boucler une valise.

– Vous êtes parties avec peu de choses mais tous ces carnets prennent une place… dit-elle avec un sourire gêné.

Solange sent une goutte de sueur glacée couler le long de sa colonne vertébrale. Elle demande :

– Vous partez quand ?

– Demain matin, très tôt.

Coco s'approche, veut prendre le bras de Solange qui se dégage :

– Je vais voir Yasmine.

Yasmine est allongée, les yeux fermés. Elle ne réagit pas à son entrée dans la pièce. Solange s'approche, dépose les photos, Yasmine ouvre les yeux :

– Tu as les photos ? Ouvre la pochette, mets-toi là, et montre, mais toi, ne les regarde pas. S'il te plaît.

Solange se place face à elle, montre les photos une à une. Un bref instant, le feu se rallume dans les yeux de Yasmine, puis la lueur disparaît, remplacée par une froideur opaque.

– Merci, tu peux les remettre dans la pochette. Mets ça dans mon sac.

Solange l'ouvre. Il n'y a pas de carnet à l'intérieur. Yasmine précède la question :

– J'ai demandé à ma mère de tout emporter, sauf un carnet, là, je le laisse pour toi.

Solange se met à pleurer doucement. Yasmine touche une larme du bout du doigt :

– Tu veux bien qu'on dorme ensemble cette nuit ? implore Solange.

Yasmine ne répond pas, Solange le prend pour un oui.

Elles dînent d'un plat de pâtes trop cuites, toutes les quatre, autour du lit de Yasmine. Coco tente de meubler les silences, Assia donne quelques nouvelles de la famille. Puis elles se retirent au salon, et Solange se couche dans le lit. Yasmine prend sa main, guide ses doigts sur les pansements, le plâtre. Solange s'approche. Elle s'arrête à quelques millimètres de sa bouche, respire son souffle, ose poser ses lèvres sur les siennes. La bouche de Yasmine est glacée, fermée. Solange veut qu'elles dorment l'une contre l'autre, « comme sur les bottes de paille, tu te rappelles ? On va se réchauffer ». Mais Yasmine montre son plâtre : elle doit rester sur le dos. Alors Solange colle sa cheville, son mollet, sa cuisse, sa hanche, son bras, son épaule contre elle, respire et murmure :

– La nuit va être courte, je ne veux pas dormir.

Yasmine ne répond pas.

– Je voudrais te dire…

– S'il te plaît, ne dis rien.

La voix est rauque.

– Alors, toi, parle-moi.

– Je ne pourrai plus dessiner. Ma main droite est fichue.

– Mais non, qu'est-ce que tu racontes, c'est juste quelques semaines, ça va revenir…

– Laisse-moi parler.

La voix est dure, sèche. Elle se reprend :

– Excuse-moi. J'ai entendu les médecins, à l'hôpital, parler à Georges. Plusieurs opérations à prévoir. De la rééducation. Autant apprendre à me servir de ma main gauche. Mais ça, c'est de la mécanique. Comme tu dis, ça peut revenir.

– Oui, l'été prochain, quand je viendrai te voir, je suis sûre que tu seras guérie.

Solange parle dans un souffle, vite, les mots risquent de disparaître.

– Tu ne comprends pas. Personne ne comprend. Sauf Georges, peut-être.

– Il faut que tu te reposes, que tu sois chez toi, loin d'ici, et puis ils vont finir par les retrouver, ces salauds, et ils iront en prison, tu verras.

Solange prend Yasmine dans ses bras, pose doucement sa tête au creux de son épaule. Yasmine lève lentement son bras valide, pose sa main sur le dos de Solange.

– Peut-être. Maintenant on dort, je me lève tôt demain.

Elles restent ainsi longtemps. Solange ne veut pas s'endormir, profiter de chaque minute. Mais elle se sent sombrer, loin de Yasmine, qui murmure :

– Ma main est cassée, mais c'est moi qu'ils ont brisée.

2e PARTIE
2018

1.

« *RDV 18 h AG en B211* »

Sido éteint son portable et passe le portique de sécurité au moment où retentit la sonnerie du lycée.

Le cours de maths est commencé depuis vingt minutes quand surgit Gwenn, encore plus en retard que d'habitude. Coup d'œil furtif du prof sur sa nouvelle couleur de cheveux, turquoise. Ça lui va bien. Sourire à Sido, indifférence aux autres, Gwenn s'installe et chuchote :

– T'as reçu le message pour ce soir ?

– Oui, on y va, tant pis, on rejoindra Coco après. Ça ira pour toi ?

– J'avais dit que je passais la soirée chez toi pour l'exposé d'histoire. C'est bon.

– Qu'est-ce que je viens de dire, au dernier rang ? s'interrompt le prof, énervé.

Sido hausse les épaules. Quoi qu'il ait dit, il le répétera.

Je préférais le vert... écrit Sido en marge de sa feuille. Gwenn répond par un clin d'œil. Du vert, il n'y en a plus par la fenêtre. Le marronnier a perdu ses dernières feuilles dorées. Du gris, en revanche, il y en a partout. Dans le ciel, sur les toits, dans la tête des gens. Depuis la rentrée, ça couvait. Nouveau programme distillé au compte-goutte, réunions de désinformation. On entre dans le flou avec cette réforme du lycée. Pas de manuels, ils arriveront en janvier. Pas de visibilité sur les spécialités, elle arrivera en janvier. Sido ne sait pas ce qui arrivera en janvier, en tout cas, ça ne sent pas très bon. Mais depuis deux semaines, ça bouge, le gris-déprime est devenu jaune-colère et le gilet le nouvel uniforme insurrectionnel. Coco suit ça de près.

Samedi dernier, elle a appelé. Elle voulait faire un tour sur les Champs pour voir. Tant pis pour le contrôle de physique à réviser. Solange était enfermée dans son bureau pour un *call*, comme d'habitude. Quand Sido a passé la tête dans l'entrebâillement de la porte, elle s'est contentée d'un « Avec Coco ? Oui, oui, vas-y », sans lever les yeux de son écran.

Sido a retrouvé Coco chez elle. Après sa dose de câlins, elle a arrangé les cheveux blancs autour du bandeau rouge.

– Ça s'améliore pas, ma pauvre, a soupiré Coco. Les vieux, quoi... Ah non, ne prends pas la canne blanche.

C'est une idée de ta mère ça, j'en ai pas besoin, je ne suis pas aveugle. C'est toi mes yeux.

Pas aveugle, non. Presque. DMLA. Dystopie Molle Lacunaire Asociale. Presque. Dégénérescence Maculaire Liée à l'Âge. Un nuage, de plus en plus opaque, de plus en plus gros, qui grignote le centre de la vision, ne laissant plus que les contours. Du gris sur le monde que Coco a toujours vu en rouge, en noir et en blanc. Seize ans que ça dure, quasiment l'âge de Sido.

– L'appelle pas « ma mère ». Elle déteste ça, tu sais bien.

– Je sais, je fais exprès. Qu'est-ce qu'elle faisait ?

– À ton avis ?

Coco a haussé les épaules. Son portable a sonné. *L'Hymne des femmes*, le volume à bloc.

– Oui Georges, Sido est arrivée, on part, là, on te tient au courant. Mais oui on va faire gaffe. Retourne à ton péage.

Elle a raccroché. Georges est en première ligne, les Gilets jaunes poussent comme des champignons dans son coin de Bretagne.

– Les vieux... Et les mecs ! Encore pire : les vieux mecs... a dit Coco avec son air de fouine.

Dans le métro, son portable n'arrêtait pas de vibrer. Sido lui lisait son fil Twitter. Des blocages partout en France, sur le périph, porte Maillot. Un mec a voulu forcer un barrage. Des blessés. Une retraitée a été renversée par une voiture en Haute-Savoie, morte. Autour de Sido et Coco, la foule habituelle du samedi restait indifférente.

Elles sont sorties à Franklin-Roosevelt. En ligne de mire, le *flagship* Adidas, le Disney Store, la Pizza Pino et le Gaumont, imperturbables.

– Faut descendre vers Concorde, ils se dirigent vers l'Élysée.

L'avenue était fermée à la circulation. Le silence, l'air moins pollué que d'habitude, allégeaient l'atmosphère.

Un gros *bang*. De la fumée.

– Lacrymos, a énoncé Coco. Tu as pris ton foulard ?

Le keffieh offert pour ses treize ans. Un vrai keffieh palestinien, rapporté de là-bas par un copain de Coco, exprès pour Sido. Coco avait rigolé en disant que ce n'était plus à la mode. Sido s'en fout, de la mode, elle veut juste être bien dans ses fringues, bien dans son corps. Elle ne se montre pas. Elle ne se cache pas non plus. Elle est nature.

En bas des Champs, la nature était cantonnée à des jardins bien policés, à tous les sens du terme. Gilets jaunes et tuniques bleu marine jouaient à chat.

– Dis-moi, tu vois quoi ? a dit Coco.

– Beaucoup d'hommes, l'un enveloppé dans un drapeau bleu-blanc-rouge.

– Comment sont les mecs ? Quel âge ? Des Blancs ?

– Que des Blancs, plutôt pas très jeunes. Là-bas, il y a des femmes.

Macron démission !

– Des journalistes aussi, deux équipes, avec des caméras.

– Tiens, a dit Coco en tendant son portable. Filme.

Un petit groupe s'est mis à courir, s'est retrouvé bloqué par les grilles.

– Un gros cordon de CRS. Casques, bottes, boucliers, commentait Sido.

Ça gueulait, ça se bousculait, une grenade de désencerclement a crépité. L'odeur poivrée de la lacrymo a tout envahi. Sido s'est mise à tousser.

– C'est bon, j'ai vu, ma chérie, on rentre.

Dans le métro du retour, le fil Twitter encore.

– J'écouterai la radio ce soir, te fatigue pas, l'a interrompue Coco.

– Tu en penses quoi ?

– Je dirais que c'est un début.

– Mais les baisses d'impôts, le prix de l'essence, ça pue un peu comme revendications, non ?

– Oui, ça penche pas très à gauche. Faut voir. Je fais confiance à Georges. S'il est dedans, c'est que c'est important. J'ai jamais réussi à l'embarquer dans quoi que ce soit.

Georges et sa ferme, pendant les vacances, tous les étés. Ses brebis pour seule compagnie. Ses champs. Du vert.

Vert comme la porte de la B211.

– On s'est tous assis en cercle, on était une cinquantaine, un terminale a pris la parole. En gros, ils veulent qu'on profite du mouvement des Gilets jaunes pour lutter contre la réforme du bac. On a voté à main levée, on était tous d'accord. Demain, rendez-vous à 6 heures du mat' pour le blocus.

Tout le monde applaudit Sido, Coco pousse un youyou de victoire.

Gwenn et Sido ont rejoint la maison après l'AG. Une vingtaine de personnes sont là. Les résidentes : Jocelyne, Sylvie, Nicole ; les vieilles copines comme Danielle, les vieux copains comme Stéphane et son mari, Karim, et puis les nouveaux : une assistante sociale du quartier, une militante de Paris d'Exil, un jeune hébergé au Refuge, une femme du collectif des Sans-Papiers, d'autres encore que Sido n'a jamais vus. Amis patiemment glanés depuis la retraite de Coco et son installation dans cette bicoque en ruine, perdue au fin fond du 18e, arrachée de justesse à l'appétit des promoteurs et à la préemption de la mairie. Le petit monde de Coco. Le lieu dont elle rêvait depuis qu'elle avait quitté Montrouge, vendu par Sylvie pour financer un de ses disques. Une maison pour vivre à plusieurs, entre copines, avec Jocelyne, Sylvie et Nicole. Marie-Claude devait venir aussi, mais elle était morte avant. Une maison pour finir ses vieux jours ensemble, s'entraider, partager. Pour oublier la solitude : celle de Sylvie, toujours aussi libre et célibataire ; celle de Nicole, divorcée trois fois, avec des enfants partout dans le monde ; celle de Jocelyne, qui avait fini par quitter son mari, et dont la progéniture ne voulait plus entendre parler.

Elles n'avaient pas recommencé les erreurs du passé : plus de partage de petites culottes ni de passages d'opportunistes, encore moins de drogués, même si les pétards continuaient à tourner, bons pour les rhumatismes. La maison était devenue le repaire des activistes du quartier, estampillés pro-migrants, anticapitalistes ou LGBT+. Tout ce qui refusait l'ordre établi et qui recommençait à bouillonner, depuis quelques années, après une si longue léthargie. Coco et ses amis se marraient parfois au souvenir de leurs manifs à vingt pendant les années 2000. Surtout, Coco s'enthousiasmait face au renouveau du féminisme. « Je ne remercierai jamais assez ce bon vieux salaud de Weinstein ! » rigolait-elle au souvenir de l'affaire qui avait embrasé les réseaux avec #MeToo en 2017.

Mais Coco restait prisonnière de son époque. Le jour où Sido était revenue du collège en racontant que des garçons hétéros s'étaient joints aux filles pour une manif féministe, elle n'avait pas pu s'empêcher : « Ils viennent pour draguer ? » « Non, mais c'est des homos en fait ? » Elle avait beau être en prise sur la société, câblée, branchée, ultraconnectée, elle n'arrivait pas à se faire à l'idée. Au fond d'elle, Coco restait binaire. Sa légendaire plasticité cérébrale n'allait pas jusqu'à concevoir qu'un homme cisgenre hétéro puisse être féministe. Il fallait bien qu'elle ait ses limites, comme tout le monde.

Quoi qu'il en soit, ce soir-là, Coco ne perd pas le nord :

– Tu en as profité pour recruter pour la manif de samedi ?

– À ton avis ? répond Sido.

– Arsène n'était pas fan mais bon, intervient Gwenn.

– C'est qui celui-là ? demande Coco, sur le qui-vive.

– Le terminale qui a convoqué l'AG.

– Voilà, encore un petit coq…

Un coq, oui, plutôt grand et maigre. Qui parle fort pour se faire entendre et bombe le torse. Mais de l'expérience. Et quelque chose de sombre dans les yeux qui donne envie de voir ce qui se cache sous les plumes.

– Il t'aurait plu, il a commencé à dire qu'il fallait pas se détourner de l'objectif, qu'il y avait d'autres espaces pour parler du féminisme…

– Regarde, j'ai filmé Sido pendant l'AG, tu vas adorer ! la coupe Gwenn en sortant son portable.

Gwenn filme tout, tout le temps. Des heures et des heures de vidéos, patiemment montées et commentées. Depuis son enfance, Gwenn se cache derrière sa caméra, son œil acéré voit ce que personne d'autre ne voit. Sido détestait ça au début. Mais Gwenn l'a convaincue. Elle crève l'écran, qu'elle le veuille ou non.

Coco regarde la vidéo en souriant, l'air ailleurs. Elle a de plus en plus d'absences.

– Bon, alors, comment ça s'annonce cette manif, samedi ? lance Sido.

Coco se ressaisit :

– On a bossé, qu'est-ce que tu crois ! Regardez les pancartes et la banderole, on vous attendait pour répéter les slogans.

Pas besoin de talons pour être à la hauteur.

Sorcière en puissance.

On est le CRI de celles qui n'ont plus de VOIX.

– Trop beau. J'adore les dessins des talons et de la sorcière ! s'écrie Sido.

– Et les slogans, écoute ça :

Nous sommes fortes

Nous sommes fières

Et féministes

Et radicales

Et en colère

– Attends, il faut un peu de musique !

Sylvie prend sa guitare et enchaîne quelques airs.

Féministes

Anticapitalistes

Et antiracistes

– Il reste à finaliser *Mon corps mon choix*, dit-elle soudain d'un air sérieux.

– Oui, on était encore en train de s'engueuler à votre arrivée… reconnaît Coco.

C'est leur kif : militer et s'engueuler, ou s'engueuler en militant, ou encore militer en s'engueulant. Coco appelle ça du débat d'idées, Sido de la prise de tête. Elle veut agir, pas passer des heures à discuter, encore moins à réfléchir. Ça aussi, Coco a du mal. « Il faut bien qu'on soit pas d'accord sur quelque chose, ma poulette, sinon ce serait pas drôle. » Sido lui pardonne, toujours. Et parfois Coco a raison. Comme l'année dernière, avec l'opération « Appel au viol », son idée. Une fille venue en débardeur un jour de canicule s'était pris un avertissement. Filles et garçons ont débarqué le lendemain, en jupes et en shorts, avec des tee-shirts « Appel au viol ». Coco s'est passé les photos en boucle pendant des heures, plus fière qu'un grand patron le jour de l'entrée de son fils à HEC.

– Alors, c'est quoi votre slogan ? s'impatiente Gwenn.

Sylvie entonne :

Mon corps

Mon choix

Ta gueule

Casse-toi

– Ben quoi, c'est top ! s'écrie Sido.

– Mais « Ta gueule », c'est pas possible, on va quand même pas utiliser le vocabulaire des agresseurs ! s'indigne Coco.

Jocelyne et Nicole acquiescent. Sylvie hausse les épaules en signe d'impuissance.

– Je peux me permettre d'intervenir ? demande Stéphane.

Stéphane et Lætitia, les « Casques bleus », font tampon. Guerre larvée ou guerre ouverte, ils se sont toujours interposés. Ils devraient postuler pour le prix Nobel de la paix.

– On a vu qu'on faisait pas la révolution avec des fleurs… À Act Up, ce qui marchait le mieux, c'était la provoc. Tant qu'on se contentait de quémander des moyens pour lutter contre le sida, rien ne se passait. Le jour où on a mis le boxon à faire des *die-in* ou à balancer des poches de sang dans les labos, ça a commencé à frémir.

Gwenn intervient :

– Je suis d'accord. Et sinon, dans le même genre : *Le patriarcat ne tombera pas tout seul, organisons-nous pour lui casser la gueule !*

Coco applaudit :

– Oui, Gwenn ! Je préfère casser la gueule d'un concept que d'une personne, excusez-moi de rester fidèle à mes idéaux !

Coco s'en va comme une princesse préparer une tisane en cuisine sous les rires des autres. Sido se glisse derrière elle, l'enlace et pose son menton sur son épaule. Coco murmure :

– Rentre, il est tard. Tu m'appelles demain matin pour me raconter le blocus ?

Sido dépose un baiser plume sur sa joue avant de s'envoler.

2.

La porte d'entrée se referme doucement. Sido se glisse dans le salon, regarde la rue par la fenêtre. Le jour pointe à peine. Solange monte dans son taxi, direction l'aéroport, aller-retour dans la journée à Madrid pour une réunion avec le siège. Depuis le rachat de sa boîte par les Espagnols, c'est comme ça tous les quinze jours. Les dieux de la révolte sont avec eux, sinon il aurait fallu trouver une autre excuse pour partir de la maison à 6 heures.

Un petit thé sur le coin du bar, un coup d'œil rapide dans la glace pour mettre son bonnet et c'est parti. Message de Gwenn : « *C'est bon, je suis en route.* » La chance, ses parents sont d'accord. Jamais Solange n'aurait laissé sortir Sido. Ce serait parti en *live* direct.

Il n'est plus 5 heures mais Paris s'éveille. Les seuls levés sont les livreurs arabes dans leurs camionnettes blanches ou les femmes africaines qui partent faire le ménage des bureaux de la porte de Clichy. La France qui se lève tôt est plutôt basanée. Une délicieuse odeur de croissants s'échappe de la boulangerie, qui n'ouvre que dans trente minutes.

En haut du boulevard, un petit groupe s'est formé. Emmitouflé dans de grandes écharpes, il tape du pied pour lutter contre le froid. Quelques cigarettes réchauffent les doigts gourds. Bisou glacé sur la joue de Gwenn, salut aux autres, « Pas le courage de faire la bise, désolée ». Bonnet noir vissé sur la tête, Arsène donne les dernières consignes. Séparation en deux groupes pour les deux portes. C'est parti.

Ils attrapent les poubelles, les alignent bien droites devant l'entrée du lycée. Gwenn et Sido vont en récupérer d'autres un peu plus haut. À leur retour, certains ont apporté des barrières piquées à un chantier et déployé la banderole. Gwenn la montre du doigt : « Lycéens en colère ».

– J'en étais sûre, grogne Sido. J'avais tout prévu.

Elle agite sa bombe. Gwenn se met à filmer. Sido ajoute « .nes » derrière « Lycéens », quelques filles applaudissent.

– Hé, mais qu'est-ce que tu fais ?

– T'as remarqué qu'il y avait des meufs, là ? dit Sido en souriant.

Arsène est coupé dans son élan.

– Oui, bon, OK, c'est pas le moment, regarde qui arrive.

Le CPE, M. Renard, descend l'avenue en trombe.

– Comment il a su ?

– Aucune idée. Je vais prévenir les autres à la deuxième porte, restez là et tenez bon.

Gwenn continue à filmer. Le CPE éructe :

– Qu'est-ce que vous faites ? Remettez tout de suite les poubelles à leur place. C'est illégal. Vous n'avez pas le droit. Et arrêtez de filmer, vous !

Gwenn range son portable.

– Monsieur Renard, ce n'est pas à vous que je vais apprendre la différence entre ce qui est légal et ce qui est juste, intervient Arsène, qui est au point pour le bac de philo.

Sido éclate de rire. Arsène s'éloigne.

– Ça vous fait rire, vous ? Je vous ai dit de remettre ça !

Renard s'empare d'une poubelle, la déplace, elle est aussitôt replacée par quatre mains lycéennes, une fois, deux fois, trois fois, une jolie valse à trois temps. Il commence à s'énerver, attrape violemment la poubelle de Sido, qui bascule et se déverse par terre.

– Voilà, tu as renversé les poubelles, ramasse, maintenant !

– Mais c'est vous ! C'est pas moi !

La proviseure surgit de nulle part :

– Vous n'avez pas le droit, vous bloquez, et en plus vous détruisez tout !

– Mais c'est pas moi, c'est lui ! s'écrie Sido.

Les autres sont pétrifiés. Même Gwenn.

– Tu ramasses, allez, tu ramasses, vous ramassez tous !

Sido devrait dire non, elle devrait lutter, argumenter, tenir tête. Et pourtant, elle ramasse. Et les autres ramassent aussi : épluchures, grains de riz, papiers gras, tout y passe. Un dernier sursaut :

– Madame Lelong, je vous jure...

– Taisez-vous, vous allez passer en conseil de discipline, exclue pour la journée, vous n'entrez pas, j'appelle votre mère. Enlevez-moi tout ça, et laissez passer le personnel. À tout à l'heure, mademoiselle !

Tous se regardent, impuissants. Quelqu'un part à la deuxième porte avec la banderole, les autres terminent de ramener les poubelles, Sido marche comme un robot jusqu'au banc du petit square en face du lycée. Gwenn la rejoint :

– Je suis vénère, j'ai pas pu filmer Renard. Conseil de discipline, putain, qu'est-ce que tu vas faire ?

– Je sais pas. Solange va pas supporter. Les manifs avec Coco, les actions féministes au collège l'année dernière, elle tolérait. Du moment que je bossais. Mais là, ça va pas passer... J'appelle Coco.

Une petite voix endormie répond. Elles ont dû se coucher tard la veille, mais Coco reconnecte ses neurones à la vitesse de la lumière :

– Tu bouges pas, je m'en occupe. J'appelle Solange.

– Tu vas lui dire quoi ?

– Que tu as fait une bêtise au lycée, que je m'en charge et qu'elle peut faire sa réunion tranquille.

– Tu vas appeler la proviseure ?

– Oui, donne-moi le numéro, attends, je note, ah ces yeux qui voient pas clair, vas-y, je t'écoute. Tu devrais pas t'inquiéter comme ça, tu sais, ta mère en a fait d'autres quand elle avait ton âge.

– Oui je sais…

Le mythe de Solange la rebelle. Accrochée aux basques de Coco, en tête de toutes les manifs du MLF, à l'hémicycle le jour de la loi Veil, en première ligne pendant une grève de caissières. Et puis le voyage en Algérie, la fugue, LE grand épisode de la saga. Coco a tout raconté. Une épopée qui remplaçait souvent les histoires du soir, dès que Sido a été en âge de comprendre. Et cette question, depuis toujours : mais pourquoi Solange a tant changé ? Coco se fermait soudain, évoquait l'agression de Yasmine, son retour en Algérie. Elles ne s'étaient jamais revues. Solange avait voulu rompre avec le passé, se fondre dans la société, réussir. Son leitmotiv : *on ne viendra pas au bout du système, moi je veux en faire partie et atteindre le sommet.* Sido sait tout ça. Les combats que Solange a menés de l'intérieur, pour devenir l'une des quatre filles de sa promo à Polytechnique. Le choix d'une carrière dans le privé, l'industrie, un monde d'hommes, exprès. Pour leur montrer. Pour leur prouver. Coco raconte qu'un jour, devant la télé, elle s'est écriée : « C'est ça qu'il faut faire ! » Margaret Thatcher, Première ministre britannique, la Dame de fer, martelait un discours viril. Mais Solange n'avait pas voulu faire de politique. Les puissants, c'étaient les riches, pas les gouvernants. Pour réussir, il fallait de l'argent. Coco avait peu à peu abandonné toute velléité de la convaincre. Elle ne voulait pas couper les ponts. Impossible. Elle disait à Sido qu'elle avait engendré son exact contraire, et que pourtant, elle l'aimait de toutes ses forces.

Sido raccroche, Gwenn l'interroge du regard.

– C'est bon, Coco va gérer, tu peux aller en cours.

Le pâle soleil de fin d'automne peine à réchauffer l'atmosphère. Sido allonge ses jambes, ferme les yeux. Un bruit de pas la fait sursauter.

– Tiens, je t'ai apporté des croissants !

Arsène. Sido se jette sur la pâte chaude et sucrée.

– Alors, la deuxième porte ? dit-elle en mâchonnant.

– C'est bon, tout le monde a eu le temps de se barrer. On a levé le blocus, mais on recommencera un autre jour, c'est pas grave. Les autres m'ont raconté. C'est chaud pour toi. Quel enculé ce Renard, et l'autre conne de proviseure !

– T'es pas en cours ?

– Je commence à 9 heures. Mais j'aurais séché sinon pour venir te voir.

Sido le regarde. Est-ce qu'il est sincère ? Elle ne relève pas.

– Faut pas t'inquiéter, ils peuvent rien contre toi. Ils ont pas le droit de sanctionner pour des faits qui se sont passés en dehors du lycée. Ils auraient dû appeler les flics.

– Remarque, je suis pas sûre que ça aurait été mieux !

Arsène éclate de rire.

– Ça va être parole contre parole avec Renard.

– Ça, on va bien voir.

– Écoute-moi, j'en ai déjà fait plusieurs, des conseils de discipline, l'institution protège l'institution : la proviseure ne pourra pas désavouer le CPE devant toi. Par contre, si tu lui dis de regarder les caméras de surveillance, elle va avoir un doute, tu verras.

– Merci, Big Brother…

– Tu connais ça toi ?

– Je crois que t'as pas encore compris à qui tu avais affaire, dit Sido en plantant ses yeux dans les siens. Voilà ma grand-mère, je te laisse, faut qu'on se prépare.

Coco arrive tout essoufflée, elle porte son écharpe Burberry made in Barbès et son feutre marron. Sa tenue de camouflage, son déguisement de vieille dame raisonnable.

– C'était qui ?

– Arsène, le terminale dont je t'ai parlé.

– J'ai pas bien vu. Tu me le décriras plus tard. J'ai laissé un message à Solange, elle était dans l'avion, tu as eu du pot. Allez, on y va, la proviseure nous attend. Tu me laisses parler, OK ?

– *Jawohl, Herr Kommandant !* s'écrie Sido.

Coco réprime un sourire et prend son bras.

La proviseure les fait entrer dans son bureau.

– Madame, merci d'être venue en l'absence de la mère de Sidonie. Désolée de vous l'apprendre, mais votre petite-fille était ce matin devant le lycée avec un groupe d'autres élèves. Ils avaient l'intention de bloquer l'établissement.

– Oui je sais.

– Pardon ?

– Oui je sais qu'elle bloquait le lycée.

– Oui, elle vous l'a dit mais...

– Non, je veux dire que j'étais au courant.

– Comment ça ?

– Elle m'avait prévenue qu'elle allait bloquer le lycée aujourd'hui.

– Quoi ? Et sa mère ?

– Sa mère aussi était au courant.

– Et vous n'avez rien fait pour l'en empêcher ?

– Bien sûr que non.

– Mais c'est irresponsable, vous vous rendez compte que c'est illégal ?

– Parfaitement. J'ai prévenu Sido des conséquences de ses actes. Elle est en âge d'avoir son libre arbitre. De plus, sa mère et moi approuvons l'action des jeunes contre cette réforme. D'ailleurs, j'aimerais bien en discuter avec vous. Ces mesures sont injustes, ce contrôle continu, ces spécialités qui ne seront pas proposées dans tous les lycées... Tout ça va conduire à des inégalités flagrantes. Vous le savez.

– Là n'est pas la question ! Sidonie a fait quelque chose d'illégal !

– Oui, en dehors de l'établissement. Pas à l'intérieur. Vous n'avez malheureusement pas le pouvoir de sanctionner un acte qui s'est déroulé hors du lycée. Il aurait fallu appeler les forces de l'ordre.

– Mais elle a renversé une poubelle sur M. Renard, le CPE, vous allez cautionner la violence aussi ?

– C'est pas vrai ! s'écrie Sido.

Coco tente de l'arrêter d'un geste, mais Sido enchaîne :

– C'est lui qui a fait tomber la poubelle par terre. Demandez aux autres !

– Ce n'est pas ce que dit M. Renard !

– Mais regardez les caméras, vous verrez, on a rien fait !

– Madame, interrompt Coco, si je puis me permettre, j'élève ma petite-fille dans les stricts principes de la non-violence et de la désobéissance civile. Elle a fait quelque chose d'illégal. Elle en assumera les conséquences. En revanche, nous n'accepterons pas, ni sa mère ni moi, qu'elle soit accusée de quelque chose qu'elle n'a pas commis.

Soudain la proviseure semble très très fatiguée.

– Écoutez, je prends note de tout cela, je vous tiens au courant des conséquences. Cela sera bien sûr inscrit dans le dossier de Sidonie, et dans ParcourSup.

Big Brother ne peut pas toujours être un allié… Sido et Coco sortent en silence.

– Va ma chérie, on reparle de ça à la récré au téléphone.

Coco s'éloigne, son feutre bien droit sur sa tête. Elle avait même pris sa canne blanche.

3.

14 heures, une marée violette a envahi la place de l'Opéra, hérissée de pancartes « Ras le viol » et #NousToutes. Sido cherche la mèche turquoise de Gwenn en vain, les portables ne passent pas. Elle finit par retrouver Coco, en violet de la tête aux pieds. Sylvie a dessiné le symbole féminin sur ses joues, Stéphane et Jocelyne tiennent une banderole à bout de bras.

– J'arrive pas à trouver Gwenn, crie Sido à l'oreille de Coco.

– Tu veux que je te prête mes yeux ? Comment ça va, ma chérie ? Ça a été hier soir avec Solange ?

– Elle est rentrée trop tard, j'étais déjà couchée, on s'est un peu parlé ce matin.

– Alors ?

– Je lui ai tout raconté. Elle m'a posé un milliard de questions, pire que quand tu me demandes d'être tes yeux.

– Elle aurait bien voulu voir ça, j'en suis sûre !

– Je sais pas. Elle a souri quand je lui ai raconté ce que tu avais dit à la proviseure. Elle a dit qu'elle était grillée maintenant et qu'il fallait qu'elle rattrape ça. Sinon elle m'a fait le sermon habituel sur le libre arbitre et sur le boulot. J'ai pu venir ici que si je passe mon dimanche enfermée avec elle sur mon exposé d'histoire.

– Tu vois, je te l'avais dit, au fond d'elle, elle est d'accord avec nous, même si elle l'avouera jamais devant moi !

– Mouais. Hé, mais c'est Gwenn !

Une splendide couleur violet pétant a remplacé le turquoise.

– Je suis incognito ! rigole Gwenn.

Le cortège s'ébranle vers Nation. Coco prend le bras de Sido :

– Tu as regardé les infos ce matin ? J'ai écouté la radio, il y a pas mal de Gilets jaunes, surtout sur les Champs. Cocktail pavés-lacrymos-barricades en fin de matinée.

– Et Georges ?

– Ils bloquent le rond-point du Leclerc, à côté de chez lui. Regarde et dis-moi.

Sido prend le portable :

– Georges a encore laissé pousser sa barbe, elle est de plus en plus longue ! Il est avec deux autres mecs que je connais pas, ils font cramer un pneu.

– C'est ça la grosse fumée noire, je me disais aussi…

Gwenn montre son portable :

– Ils ont brûlé une voiture sur les Champs.

– J'ai pas pu prendre le métro, ajoute Stéphane, ma ligne était fermée.

– Regardez ! s'écrie Sylvie.

Une trentaine de personnes portant des gilets jaunes se joignent à la manif. Coco entraîne son petit groupe, attrape une femme par le bras.

– Vous venez nous rejoindre ?

– En fait ça commence à trop chauffer sur les Champs, je vais rentrer chez moi.

– On fait un bout de chemin ensemble ?

La femme, intriguée, regarde Coco qui poursuit, imperturbable :

– Raconte-moi un peu, qu'est-ce qui se passe là-bas ? Pardon, je me présente, moi c'est Coco, voilà ma petite-fille et mes copains-copines.

– Moi c'est Frédérique, répond la femme, toujours un peu bousculée. Il y a beaucoup de CRS là-bas, des casseurs aussi. Ils ont monté une barricade avec des barrières de chantier.

– Des femmes ?

– Heu, je ne sais pas. Pourquoi ?

– Tu as remarqué que c'étaient toujours les hommes les casseurs ?

– Oui, tu as raison, je n'avais jamais remarqué.

– En tout cas, c'est super que tu nous rejoignes !

– Ah, mais moi je suis pas féministe, hein, je rentre chez moi en fait !

Coco se frotte les mains, elle peut se lancer dans son grand numéro de conversion :

– D'accord Frédérique. Tu fais quoi comme métier ? Infirmière libérale ? C'est super ça, soigner les gens, je t'admire.

Frédérique sourit. Coco est en train de gagner des points.

– Et pourquoi tu portes un gilet jaune alors, raconte un peu.

– Moi, c'est ma mère, elle est retraitée, elle a pas beaucoup bossé, nous a élevés, touche la pension de réversion de mon père, et malgré ça, elle arrive pas à joindre les deux bouts… Les loyers sont tellement chers !

– Et tu t'en occupes alors ?

– Ben oui, bien obligée, je vais pas la laisser tomber !

– C'est super ça, mais tu es seule à t'en occuper ?

– J'ai deux frères, ils donnent un peu d'argent mais au quotidien…

– C'est pas normal. Le gouvernement ne fait rien pour nous, les femmes. On fait tout le boulot et derrière, que dalle…

– Exactement !

Coco sourit, la victoire est proche.

– Tu vois, moi je me dis que tant qu'on aura pas repensé tout le système, les femmes continueront à trinquer.

– Je suis d'accord !

– Tu vois que tu es féministe !

Elles rient.

– Mais je rentre quand même, dit Frédérique. Bonne manif, faites attention à vous, les CRS sont énervés.

Pas ici. Ils sont impassibles devant le défilé qui mêle des garçons à foulards violets et des groupes de filles qui dansent.

Sido reprend le bras de Coco :

– T'es trop forte !

– J'y étais presque… mais j'ai semé ma petite graine ! Dis, on a peine à croire que ça chauffe à quelques stations de là…

Une sirène de pompiers retentit. Coco ressort son portable.

– Regarde et dis-moi.

– Non, j'ai pas envie, je veux être dans la manif, là, pas ailleurs.

– Pardon ma chérie, tu as raison, on dirait une ado accro à son portable.

Sido confie Coco à Sylvie et rejoint Gwenn.

– Cool cette manif, non ?

– Carrément. Mais on a encore du boulot… J'ai passé une demi-heure à expliquer ma pancarte à une fille déchaînée, qui voulait juste faire un selfie avec moi pour son Instagram.

– Nan ! « Trop stylé-han ! »

– Voilà, c'est ça. Des fois, j'en ai vraiment marre…

Sido revoit Gwenn, le jour du brevet, l'année dernière. Elle l'observait en douce au lieu de plancher sur le sujet. Hypnotisée. Cheveux verts coupés court, rasés sur le côté, mèche sur le nez percé, tatouage de serpent dans le cou et piercings aux oreilles. En noir de la tête aux pieds, sauf les Docs, rouges. Sido essayait de se concentrer sur le texte de l'épreuve d'histoire, mais impossible. Elle a mis du temps à comprendre pourquoi. Fille ou garçon ? La question s'insinuait et prenait toute la place. À la fin de l'épreuve, Sido a lancé un « salut ! » qui sonnait faux. La fille ? le garçon ? a levé les yeux, l'a regardée avec un air de défi, semblant dire : *Toi aussi tu te la poses, la question que tout le monde se pose ?* Mais Sido a rebondi en parlant du sujet d'histoire, de tout et de rien, et la gêne s'est dissipée. Le lendemain, Sido a accroché son badge arc-en-ciel bien en évidence sur sa trousse. En sortant de la dernière épreuve, elle s'est lancée dans quelques banalités sur le sujet, un sourire, un deuxième, les prénoms se sont échangés, les numéros aussi.

Non-binaire. C'est ce mot que brandit Gwenn sur sa pancarte. Sido l'a découvert dès leur troisième rencontre. Gwenn voulait poser le sujet une fois pour toutes. Gwenn ne se sent pas appartenir au groupe garçon, ni au groupe fille, se sent neutre. Sido connaissait une personne trans, qui venait parfois chez Coco, mais elle ne savait pas que l'on pouvait sortir de la binarité homme-femme. Gwenn a élaboré au fil du temps une stratégie très efficace pour que personne ne puisse déterminer son genre. Sido ne sait pas si Gwenn a un pénis, des testicules, un vagin, un clitoris, des seins. Elle était un peu perdue au début. Comment lui parler avec cette langue française si genrée ? Gwenn lui a demandé d'utiliser le pronom iel. Et sinon, de ne pas se prendre la tête avec les adjectifs, de parler comme ça lui vient !

Pendant l'été, leurs échanges se sont accélérés, leurs rencontres, au café, toujours en public, laissaient peu à peu Sido sur sa faim. Elle pensait à Gwenn tout le temps. Se demandait si elle n'était pas en train de tomber amoureuse. Gwenn a dû le sentir, lui a montré une vidéo. Réalisée depuis leur rencontre, c'était un mélange de leurs selfies et d'affiches de films : *Thelma et Louise, Le Fils préféré, Virgin Suicides, Les Diable*s. Le titre de la vidéo : Adelphité. Gwenn a expliqué : la sororité et la fraternité mélangées. Adelphes, c'est pas si mal, a pensé Sido. Elle avait consulté le dico : adelphe, ça s'utilisait d'abord pour parler des étamines des fleurs, soudées en faisceaux. Des étamines soudées, ça, ça lui parlait.

Le cortège arrive place de la Nation. Coco semble très fatiguée au bras de Sylvie.

– Il faut que tu rentres, je crois, souffle Sido.

– Encore un peu, ma chérie, ça me rappelle tellement cette manif, avec Solange, tu te souviens Sylvie ?

– Quand on était rentrées dans l'église ?

– Oui, Marie-Claude vous avait engueulées parce que vous aviez suivi les mecs… Attends, on était là, tu te souviens Sylvie ?

Coco s'approche d'un cordon de CRS.

– On était là, il y en avait qui jouaient du tam-tam…

– Madame, s'il vous plaît, reculez.

Coco se retourne en ouvrant de grands yeux, l'air de dire « Ça rigole pas, hein ».

– On doit dégager la place, il faut vous disperser, maintenant.

– Hé petit, je faisais des manifs, tu étais encore en couche-culotte, alors c'est pas toi qui vas me dire ce que je dois faire.

Un autre CRS intervient, plus doucement :

– Madame, s'il vous plaît, on ne s'énerve pas…

– Mais je m'énerve si je veux, d'accord ? On fait rien de mal, rien, vous entendez, alors laissez-moi cinq minutes profiter de ce moment. J'ai soixante-dix-huit ans, c'est peut-être ma dernière manif, laissez-moi tranquille.

– Madame, s'il vous plaît…

Sido intervient :

– Coco, viens, on rentre, je suis crevée.

Elle cherche Sylvie, qui n'a rien vu, harponnée par un groupe d'autres copines. Elle fait signe à Gwenn, qui prend l'autre bras de Coco, pour l'attirer vers le métro.

– Laissez-moi ! Je suis pas grabataire !

Coco se dégage, le premier CRS fait un pas en avant :

– Madame, ça suffit, vous obéissez, partez.

– Obéir, obéir, vous avez que ça à la bouche, j'ai jamais obéi, je vais pas commencer maintenant. Je m'assois là, si vous voulez me faire bouger, il faudra le faire par la force.

Le CRS prend Coco par le bras. Gwenn fait mine de sortir son portable, Sido l'arrête d'un geste :

– Mais laissez-la, elle n'a rien fait, laissez-la, vous lui faites mal !

– Elle a qu'à obéir, on a l'ordre d'évacuer au plus vite. Ça a dégénéré sur les Champs cet après-midi.

Il lâche le bras de Coco, qui se met à hurler :

– Faut pas vous étonner si on fait tout péter, vous verrez, un jour ! CRS-SS !

– Mais tais-toi, Coco !

– Non, pas toi, Sido, tu peux pas me dire de me taire, pas toi. Regarde mon bras.

Elle soulève sa manche, les marques des doigts du CRS commencent à se dessiner en bleu sur sa peau blanche. Elle poursuit :

– S'en prendre à une citoyenne, sans défense, qui ne fait rien, je vous jure, on est foutus, foutus, je vous dis, il m'a gâché ma manif, comme ces mecs, il y a quarante ans !

Sylvie s'approche, la prend dans ses bras :

– Arrête... Tu te rappelles, aussi, il y a quarante ans, c'est là qu'on a su... Viens là.

Elles s'enlacent. Coco s'apaise.

Sido regarde Gwenn. Dans leurs yeux, la même colère.

Le soir, les réseaux, les médias ne parlent que de la violence sur les Champs. Juste un entrefilet sur les féministes, qui ont rassemblé des milliers de personnes partout en France.

Gwenn poste une vidéo sur YouTube, à peine quelques vues.

4.

Sido s'attarde sur le magnolia. Il a un peu souffert de la sécheresse, cet été. Elle rabat les branches, préserve les bourgeons. Elle sarcle la terre, répand le compost. Un petit lombric s'est égaré là. Sido le ramasse avec précaution et le redépose dans le composteur. Elle répand les écorces pour protéger les racines du froid, étale le voile sur les branches.

– Te voilà prêt pour l'hiver.

Elle se relève, s'étire. Le ciel gris menace, il va falloir rentrer. Elle observe son royaume, cinquante mètres carrés de terrasse, en plein Paris, recouverts de plantes patiemment rapportées de chez Georges, en Bretagne, choisies une par une avec lui. Tous les étés, le coffre de la voiture est rempli de plants et de graines, pour reproduire ce morceau de paradis. Elle a commencé à quatre ans par un petit haricot qui avait germé dans du coton. Il est mort lors de la transplantation et elle en a pleuré pendant des jours. Solange a racheté des haricots au supermarché mais ce n'était pas pareil. Les plantes, c'était comme l'été : Georges ou rien.

Sido s'essuie les mains dans son tablier. Récupère la terre sous ses ongles du bout d'un couteau, et la redépose délicatement dans le bac des fraisiers. Ses premières fraises, elle s'en souvient encore, leur goût de bonbon, marié avec celui de la menthe fraîche.

La terrasse commence sa mue. Souvent, Sido se lève très tôt pour pouvoir observer, avant d'aller au lycée, le givre qui tisse sa dentelle au bord des feuilles persistantes. Elle aime le frotter du bout des doigts et le laisser fondre sur sa langue.

Solange ouvre la porte :

– Beau travail ! Tu as besoin d'aide ?

– J'ai terminé, je commence à avoir froid.

Solange s'accoude dans son coin préféré, celui qui offre une vue panoramique sur Paris.

– Tu viens prendre le petit-déj' ? Il faut que tu me racontes la manif d'hier, et après…

– L'exposé d'histoire, je sais ! On y va !

Solange verse le thé fumant, écoute le récit avec attention, sourit à l'évocation de la femme en gilet jaune. Sido attrape ce sourire au vol et l'accroche à sa collection mentale. Ils sont rares et précieux, ces sourires qui illuminent le visage pâle, où un lion a tracé une ride profonde entre les sourcils. Elle est rare, cette lumière, dans ces yeux, cachés derrière les grandes lunettes à monture noire. Solange est encore en pyjama, elle n'a pas coiffé ses cheveux, qu'elle fait lisser chez la coiffeuse toutes les semaines ou emprisonne en chignon serré. Ses boucles rousses jouent avec les quelques cheveux blancs qui frisottent sur ses tempes. Sido hésite à lui raconter la fin de la manif. Solange va encore se mettre en colère contre Coco ou tomber dans un long moment de mutisme, comme chaque fois que les souvenirs de jeunesse ressurgissent. Sido préfère s'attarder sur la rencontre de Gwenn avec l'instagrameuse.

Solange attrape son portable :

– Regarde ce que j'ai vu à Madrid, qu'est-ce que tu en penses ?

Les murs d'une galerie, des photos de femmes noires, qui posent avec des ailes, un marteau à la ceinture, devant des paysages urbains.

– Ce sont des trans, une expo d'une photographe américaine. J'ai réussi à m'échapper un quart d'heure au déjeuner pour la voir. Ça te plaît ? J'ai acheté celle-là, je la récupérerai à mon prochain voyage.

Sido regarde les murs de l'appartement :

– Mais où on va la mettre ?

Solange sourit encore. Il n'y a plus de place sur les murs depuis longtemps. Elles sont obligées de faire des rotations. La collection d'art a colonisé tout l'espace : des sculptures calent les livres de la bibliothèque, servent de pied de lampe ou de pied de lit. Des installations sont suspendues au plafond. Un seul pan de mur reste vierge, pour projeter les vidéos. Rien n'est protégé, sous cloche ou sous verre : « L'art est vivant », dit Solange, et tant pis si les œuvres ont été parfois écornées ou tachées par les mains grasses de Sido, quand elle était petite.

Sido ne l'a jamais vue faire autre chose que travailler ou contempler des œuvres, celles de sa collection ou d'autres, dans tous les musées qu'elles ont visités depuis sa naissance. Dans la salle de bains, un tableau magnétique recouvert de photos de voyages montre Sido en porte-bébé devant *Maman*, l'araignée de Louise Bourgeois à Bilbao ; Sido imitant la guenon devant un poster des Guerrilla Girls à New York ; Sido émue devant la *Migrant Mother* de Dorothea Lange. Tous les ans, elles font un grand voyage rien que toutes les deux, où Solange retrouve le sourire et détache ses cheveux, où elles dénichent des souvenirs improbables dont elles remplissent leurs valises quasiment vides au départ.

Sido est née dans ce grand appartement de Montmartre, aux murs immaculés, au mobilier minimaliste, acheté par Solange grâce à tout l'argent gagné, seize heures par jour, six jours sur sept, trois cent cinquante jours par an. Toute petite, Sido jouait avec des poupées copiées sur les nanas de Niki de Saint Phalle et des hochets siglés Marie Laurencin, en attendant que Solange rentre du travail, prenne le relais des nounous ou de Coco pour leur rituel du soir : une histoire, quelle que soit l'heure, et un petit somme ensemble, pour aider Sido à s'endormir. Tous les soirs, tous les dimanches et quinze jours en été, temps minuscule grignoté au travail mais si rempli qu'il suffit à Sido. Le reste, le temps long du quotidien, les petits bobos et les grands chagrins, est celui de Coco.

Petite, Sido préférait inviter ses copains chez Coco car celle-ci adorait avoir une ribambelle de morveux vautrés sur ses futons fatigués et ses tapis pelucheux. Les autres habitantes de la maison fuyaient (Sylvie), se précipitaient en cuisine (Jocelyne) ou se lançaient dans la lecture de l'*Histoire de Julie qui avait une ombre de garçon* (Nicole). Les parents devaient arracher leur progéniture aux bras trop accueillants de Coco, et s'arracher eux-mêmes aux propositions – « vin ? » « bière ? » « pétard ? » « tourte aux graines de tournesol ? » – aussi alléchantes les unes que les autres.

Tout était pour le mieux dans le meilleur des mondes possibles jusqu'à ce qu'un gouvernement de gauche décide de rendre légal le mariage entre personnes du même sexe. Avant 2013, Sido avait une maman et une grand-mère, et il ne lui manquait rien. À partir du CM2, tout a changé.

Un soir, à la sortie de l'école, deux mamans discutaient : « Venez nous rejoindre à la manif samedi, on ne peut pas laisser faire ça, c'est la porte ouverte à toutes les dérives, d'abord ils pourront se marier, ensuite on va légaliser la PMA, puis la GPA, c'est la mort de la famille, les enfants ont besoin d'un référent masculin et d'un référent féminin, c'est évident... » Sido n'a pas tout compris, Coco l'a tirée par le bras en râlant. Sido savait depuis toujours qu'elle avait été conçue dans une éprouvette et implantée dans l'utérus de Solange. Elle ne voyait pas où était le problème.

Le lendemain, un porteur de bermuda lui a lancé à la récré : « Toi t'as pas de chance, t'as pas de père. » À côté, une fille à couettes opinait de la tête. Sido voyait très bien à quoi pouvait servir un père : changer des couches, jouer au foot, jouer aux jeux vidéo, mais elle avait à sa disposition une grand-mère et des copines qui s'en chargeaient très bien (sauf pour les jeux vidéo). Elle ne trouvait pas qu'elle n'avait pas de chance. Et puis des hommes, dans sa vie, elle en avait trois : Georges, Stéphane et Jim. Ça valait bien un papa, non ? D'accord, le premier s'était retiré en Bretagne pour élever des brebis, mais il l'accueillait chez lui tous les étés. D'accord, le deuxième était un homosexuel qui vivait (horreur) avec un homme. Mais le troisième ? Père de trois enfants, certes de deux mariages différents, mais mariage quand même, adorant le foot et les pizzas, un mec normal, quoi. En plus, c'était son parrain (républicain). Non, ont répondu couettes-et-bermuda, il fallait un papa / une maman.

Quelques jours plus tard, un samedi, Solange est sortie de son bureau avec une pancarte en disant : « Aujourd'hui, on va manifester. » C'était la première fois qu'elle ne passait pas le samedi après-midi à travailler. Les manifs, c'était toujours avec Coco, d'habitude. Elles ont dessiné ensemble une pancarte pour Sido « Un ou deux parents aimants, il n'y a rien de mieux pour un enfant » et défilé en arc-en-ciel contre le bleu et rose des opposants au mariage pour tous.

Coco était sur un nuage, Stéphane en avait les larmes aux yeux. Solange n'arrêtait pas de chambrer Karim : « Mais tu es sûr que tu veux te marier avec lui ? » Leur première et leur dernière manif ensemble. Ce jour-là, Sido a entrevu quelle jeune fille avait été Solange, quand elle a murmuré à l'oreille de Coco : « Yasmine aurait adoré ça. »

Yasmine. Elle est partout et nulle part, depuis toujours, tapie sous le moindre de leurs gestes, de leurs mots. L'été, chez Georges, le prénom de Yasmine ressurgit parfois, et le ton se fait inquiet, les voix plus basses.

Yasmine et Solange s'aimaient. « Leurs chemins ont bifurqué », dit souvent Coco.

Dans la chambre de Solange, au-dessus de son lit, des dessins arrachés à un carnet forment une frise jaunie par le temps. Une jeune fille endormie veille sur elle toutes les nuits.

5.

Quelques jours plus tard, la proviseure convoque Sido pour s'excuser : la vidéo est sans appel. Quand Sido ressort de son bureau, un petit groupe mené par Arsène l'applaudit. Elle baisse la tête pour rejoindre le cours de français. Leadeuse, c'est pas son truc.

Coco, elle, est très fière de sa petite-fille : « Tu es légitime, ma chérie, il faut parfois prendre des responsabilités, vas-y, les autres te soutiennent… » Mais Sido refuse : pas d'organisation, pas de mot d'ordre, pas de hiérarchie. Coco est aux anges : « Vous êtes comme nous à l'époque, c'est formidable ! »

Les AG se multiplient et, chaque fois, beaucoup s'en remettent à Sido. Elle s'enflamme parfois en prenant la parole devant tout le monde, elle cherche les bons mots, les gestes qui frapperont les esprits. Sentir les regards qui convergent vers elle la fait frissonner. Elle se déteste de ressentir ça. Les pieds sur terre. Les mains dans la terre. C'est comme ça qu'elle est bien, d'habitude.

Arsène, lui, s'est mis en retrait. Il l'observe, il la teste. Un soir, en sortant du lycée, ils discutent longtemps, debout contre le mur. Arsène raconte qu'il a commencé en seconde, contre la loi Travail. C'était violent, déjà. Il parle sans regarder Sido. Évoque l'échec, les leçons à tirer, la radicalité nécessaire. Pas de compromis, et de l'action. Sido l'observe. Elle est d'accord. Trop de gens se contentent de s'indigner à coups de hashtags sur les réseaux. Elle commence à se dire que manifester sagement ne suffit plus. Elle ne le dit pas à Arsène.

Le premier samedi de décembre, pour empêcher Coco de sortir, Sido passe son après-midi avec elle devant toutes les chaînes info et Twitter. Au-dessus des bandeaux « Chaos à Paris », « Guérilla urbaine » et « Scènes d'insurrection » défilent des voitures brûlées, des vitrines cassées, des affrontements entre antifas et identitaires, l'Arc de triomphe tagué. Coco se marre : « Les copines étaient bien gentilles en 70 avec leur banderole sur la femme du soldat inconnu ! » Georges et ses copains tiennent bon sur leur rond-point mais la fatigue se fait sentir.

À Mantes-la-Jolie, les blocus dégénèrent. Des casseurs en profitent pour brûler des poubelles, des voitures, et riposter aux lacrymos par des jets de pierre. Cent cinquante lycéens ont été interpellés, parqués dans la cour d'un bâtiment, à genoux, les mains sur la tête.

La vidéo se répand à la vitesse de l'électron sur les réseaux. Sido décrit à Coco : certains ont la tête contre un mur, d'autres sont alignés en rang serré, d'autres sont assis près d'une poubelle. « Voilà une classe qui se tient sage », dit le policier qui filme. Autour d'eux, LBD, tonfas, cagoules. Pour Coco, le silence pesant en dit plus que les images. Cent cinquante interpellés, et parmi eux, seuls quelques casseurs, qui n'étaient pas du lycée. Les témoignages affluent : « Ils nous ont traités comme des esclaves, nous ont piétinés, je n'arrête pas d'y penser, ils nous insultaient : "le Noir", "l'Arabe". Ils ont voulu nous humilier. » Coco se met à trembler : « Ils ne vous auraient jamais fait ça, à vous, tu imagines, des lycéens parisiens, enfants de cadres, d'avocats et de médecins. Ils n'auraient jamais osé. Ils ont fait ça à des banlieusards, des enfants d'ouvriers, d'immigrés, pour les casser. »

Au lycée, il y en a pour dire que c'est bien fait pour eux. Qu'il faut arrêter, que ça suffit, qu'il faut travailler, que les bloqueurs ne font ça que pour sécher les cours. Lors d'une AG, une fille pète les plombs et crache à la figure de Sido. Gwenn l'attrape par le col de son manteau et lui dit, très lentement : « Tu recommences et je t'arrache les yeux. » La fille s'enfuit.

Gwenn a teint ses cheveux en rouge.

Deuxième blocus.

Sido compte et recompte, tout le monde est là. Ils attendent son feu vert. Elle lève le poing :

– On y va !

Les deux groupes se séparent en vue du lycée. Poubelles et palettes s'amoncellent devant la porte, la banderole est bien en vue.

– Aucun adulte dans les parages, remarque Sido.

De petits groupes arrivent, certains s'énervent. Sido passe de l'un à l'autre pour calmer le jeu avant que Gwenn lâche enfin son portable pour prendre le relais. Appel d'Arsène, depuis la deuxième porte :

– Deux élèves de seconde se sont battus. C'est comment chez vous ?

– Ça va, quelques râleurs, mais c'est calme.

– On a besoin de renfort, tu m'envoies deux-trois personnes ?

Sido demande qui veut se déplacer, deux filles et un garçon s'éloignent. Nouvel appel d'Arsène :

– Quelqu'un a fait cramer une poubelle, on essaie de l'éteindre. Ça va comment ?

– Toujours sous contrôle.

Quelque chose cloche. Sido n'arrive pas à comprendre quoi. Elle fouille sa mémoire, les souvenirs de luttes de Coco, les conseils. Elle ne trouve pas.

Et puis elle les voit. Une dizaine de flics qui descendent le boulevard. Une sirène au loin. Elle essaie d'appeler Arsène, il ne répond pas. Elle regarde les autres. Tout le monde attend un mot d'ordre. Agir, ne pas réfléchir. Elle monte sur une poubelle :

– Les flics arrivent, mettez-vous par terre, à genoux, mains sur la tête, comme ceux de Mantes. S'ils veulent vous déloger, laissez-vous traîner par terre sans résister.

Ils s'agenouillent. Sido sent le bras gauche de Gwenn contre le sien, son autre main filme la scène.

– Dégagez ! crient les flics.

Ils ne bougent pas, ne font pas un bruit. Un policier empoigne une poubelle, une palette, tente de démonter la barricade. Les autres attrapent le bout de la chaîne, traînent une fille par le bras. Elle hurle :

– Vous me faites mal !

– Fallait réfléchir avant, casse-toi maintenant !

Une détonation. Sido tourne la tête. De la fumée. C'est un pétard. Des lycéens arrivent en courant :

– On vient de l'autre porte, ils ont lancé les lacrymos !

Sido se lève, sort ses lunettes de piscine de son sac à dos, ajuste son foulard sur sa bouche.

– Je vais voir !

Gwenn la retient, Sido se retourne.

– Reste là, Sido, faut pas que ça dégénère.

Sido n'écoute pas. Elle court, heurte des lycéens affolés qui l'empêchent d'avancer. Elle tourne enfin le coin de la rue, l'autre porte est en vue.

Un petit groupe en noir, capuches sur la tête, foulards sur le nez, met le feu à une poubelle.

– Qu'est-ce que vous faites, arrêtez !

– T'es qui toi ? Barre-toi, répond une voix rauque.

Il s'élance rejoindre un autre groupe caché derrière des barrières de chantier. Les CRS font face aux lycéens, assis par terre, qui se tiennent par les coudes. Méthodiquement, l'un d'eux les asperge de bombe lacrymo à bout portant. À travers la fumée, Sido distingue Arsène, assis au milieu de la chaîne, qui résiste à chaque personne arrachée à la ligne.

Une pierre atteint le pied d'un flic, elle vient des barrières. Le flic se retourne, une deuxième pierre frappe son bouclier. Les policiers se regroupent, les pierres claquent contre le plastique. Sido s'élance :

– Arrêtez, arrêtez !

Elle court, glisse, manque de tomber, s'accroche à la barrière, attrape une silhouette noire par le bras :

– Putain mais arrête !

Il la pousse, elle est à terre, sur le dos, les flics chargent. Sido veut se relever, une lame de douleur bloque son dos. Les casseurs s'enfuient. Une main se tend, elle la prend, mais une autre douleur perce son épaule. Clé de bras. Le flic la maintient à terre :

– J'en ai un !

– Mais c'est pas moi, lâchez-moi !

– C'est ce qu'on va voir !

– Arrêtez, j'ai rien fait, je voulais…

Un policier arrive, la menotte :

– Discute pas, monte là-dedans.

Sido est jetée dans le camion. À travers la fenêtre, elle voit Arsène, le dernier de la chaîne, encore assis. Il est traîné sur de longs mètres et soudain se relève, Sido n'entend pas mais devine, il se dégage, gueule sur le flic, la montre du doigt, le flic tente de le calmer mais Arsène continue. Le policier qui a menotté Sido arrive, l'empoigne, Arsène résiste, donne des coups de pied. Il se retrouve menotté, visage contre terre.

– Ne bouge plus. C'est fini, murmure Sido.

À droite, une mèche rouge au milieu de la fumée. Gwenn est là, filme la scène. Un policier court, lui arrache le portable, le jette par terre. Sa botte brise le verre protecteur. Gwenn le regarde sans bouger, impassible. Le flic lui fait signe de ramasser le portable, Gwenn s'exécute, lentement, on lui passe les menottes. Sido a envie de hurler à sa place, mais les cris ne doivent pas sortir. Ne pas leur donner ça, jamais.

Dans le camion, Arsène, Sido et Gwenn se regardent, sans se parler. Un silence plus lourd qu'un orage envahit l'habitacle.

Au commissariat, on les sépare. Sido entend : « Les deux mecs, dans la 5, la fille dans la 3. » Gwenn ne réagit pas, Sido veut se retourner pour échanger un regard mais le flic qui l'a menottée la tire par le bras :

– Tu vas moins faire la maligne là, je reviendrai quand tu seras calmée.

Il détache ses menottes et la pousse à l'intérieur de la cellule, Sido perd l'équilibre, tombe à genoux. La lame de douleur est revenue au bas de son dos. Impossible de se relever. À quatre pattes, le nez près d'un chiotte à la turque, elle entend la porte se refermer, la clé tourner dans la serrure. Elle veut tourner la tête pour ne plus sentir l'odeur de pisse, impossible, la douleur maintient ses yeux braqués par terre. Sur le carrelage, dans un coin, là-bas, un crachat, il faut qu'elle se relève, elle essaie, doucement, la lame s'enfonce encore plus, elle marche à quatre pattes jusqu'au banc, prend appui, la lame tourne dans sa colonne, fait vriller sa moelle épinière, déchiquette ses nerfs. Elle a chaud, elle étouffe, elle devrait crier mais elle ne les appellera pas. Ils n'attendent que ça. Elle souffle, respire, ferme les yeux. Elle pense à Gwenn, qui déteste la saleté, qui se met du déo à chaque intercours, qui va se retenir de pisser. Combien de temps ils vont rester là ? Sido respire, prend son élan, s'appuie sur le banc, se soulève, s'affale enfin. Ne pas s'adosser contre le mur crasseux.

Et puis elle la voit. Dans le coin, près des toilettes, une tache verte. Un centimètre carré de mousse, égaré là. Gwenn va péter un plomb. La première fois que Sido lui a fait visiter sa terrasse, Gwenn transpirait, soufflait fort, semblait au bord du malaise. Et avait dû expliquer. Gwenn est phobique. La terre, c'est la saleté, la mort, les pelletées que l'on jette sur le cercueil, que l'on trouve dans la bouche des cadavres. Sido ne porte jamais de gants quand elle jardine, tant pis pour les ongles, qu'il faut garder courts et frotter à la brosse pendant des heures. Elle adore sentir la chaleur humide du terreau, les grains serrés de la terre sèche en été, effriter les morceaux compacts fraîchement retournés. La terre, c'est la vie, la beauté, peut-être qu'un jour Gwenn le comprendra, le jour où Sido parviendra à l'emmener là-haut à nouveau, voir le ciel et les toits, l'horizon pour oublier tout ça.

La douleur devient sourde. Sido se décale tout doucement, retient sa respiration en se penchant au-dessus des toilettes, détache le petit morceau de mousse et le frotte entre ses doigts.

Les flics peuvent revenir, elle est prête.

6.

Solange ferme la porte d'entrée, s'adosse au chambranle, se laisse glisser à terre. La tête dans les mains, elle essaie de chasser les images de l'après-midi.

Sido, quand un numéro masqué m'a appelée en plein copil, je ne sais pas pourquoi, j'ai senti qu'il fallait que je réponde. J'ai à peine reconnu ta voix, mis du temps à comprendre « Garde à vue ». Face aux regards braqués sur moi, j'ai répondu, très calme : « Je m'en occupe. » J'ai mené la fin de la réunion tambour battant, donné les directives à mon assistante, appelé mon avocate et filé te rejoindre.

Quarante-trois ans que je n'avais pas mis les pieds dans un commissariat. Les uniformes ont changé, les ordinateurs ont remplacé les machines à écrire. Les policiers sont différents aussi. À l'écoute, respectueux ? Je sais pourquoi. Mon avocate est une ténor du barreau. J'ai l'argent pour la payer.

Tu étais dans le même état que moi à ton âge. En te serrant dans mes bras, j'ai retrouvé mon vieux réflexe, la respiration pour chasser l'émotion. L'inspecteur m'a prise à part : « Les gamins feraient mieux de rester chez eux, ça commence à devenir dangereux, ils ne se rendent pas compte. » Il était jeune, la trentaine, posé, très calme. Il a chuchoté : « On a reçu l'ordre d'aller au contact. Pour moi, c'est une erreur, ça sera l'escalade, mais faites attention, protégez vos enfants. » Ils embauchent des mecs qui réfléchissent maintenant dans la police ? J'ai fait mine d'être d'accord, pas le temps de tergiverser. Mon avocate est restée pour assister les parents de Gwenn et ceux d'Arsène. J'étouffais, je t'ai entraînée vers la sortie.

Dans le taxi du retour, tu es restée silencieuse et moi je n'arrivais pas à te parler. Deux images se superposaient, deux jeunes filles à terre, des hommes au-dessus d'elles. Toi et Yasmine. Je m'accrochais à ton visage rond, tes formes douces, tes cheveux courts, de peur que l'autre visage, fin, peau brune, cheveux noirs, ressurgisse. Au coin de ta bouche, pour la première fois, j'ai vu ce pli amer, que je connais bien. J'ai détourné les yeux.

Solange se relève. Il est tard. Elle commence à ranger la table, remplit le lave-vaisselle. Elle a bien fait de maintenir le dîner. Un repas prévu depuis longtemps, à l'approche de Noël, comme tous les ans. Cette année, il s'est mué en conseil de famille. Arrivée en premier, Coco s'est précipitée sur Sido, prostrée depuis des heures sur le canapé, rivée sur son portable. Sido a pleuré longuement sur son épaule, a tout raconté. Coco a jeté ce regard à Solange, ce regard perdu, le même qu'elle avait le jour de son départ pour Alger.

Ce regard que je refuserai d'avoir, quoi qu'il arrive, même si je ressens la même chose qu'elle.

En arrivant, Lætitia a glissé à Solange :

– Sido va bien ?

C'était la seule question qui avait de l'importance.

– Je ne sais pas, a répondu Solange.

Lors du repas, chacun a joué son rôle : Coco très remontée contre la police, Jim qui prônait la tempérance, Lætitia qui jouait les modératrices, Stéphane et Karim qui essayaient de faire de l'humour... Et Solange qui écoutait en observant Sido. Et Sido qui soutenait son regard.

Je sais, Sido, je sais. Je sais ta colère. Je sais cette boule au fond de ton ventre. Je sais comme elle grossit, comme elle rayonne, se répand partout, à tes joues, à ton front. Je sais comme elle fait trembler tes jambes. Mais je sais aussi ce qui se passe quand elle éclate. Elle détruit tout sur son passage. Tout. Moi je l'ai muselée, enrobée dans une feuille d'acier, l'ai transformée pour m'en servir, miner le système de l'intérieur.

Comment te le dire ?

Ça ne sert à rien. Il faudra que tu t'en aperçoives seule. Comme moi.

Solange passe un dernier coup d'éponge sur la table, s'installe à son bureau, allume son ordinateur pour retravailler sa présentation.

7.

Sido s'allonge sur son lit. La douleur dans le dos ne passe pas. Elle soulève son tee-shirt, un hématome violacé s'étend sur ses lombaires. Elle n'en a pas parlé à Solange. Pas envie d'aller à l'hosto, de retourner chez des flics, juste envie de rentrer le plus vite possible.

Un bain chaud, ça lui fera du bien. Elle fait couler l'eau brûlante, ajoute quelques sels d'algues marines, se glisse dans la baignoire. Elle tente de chasser les images de la cellule. Gwenn a récupéré son ancien portable, a passé la soirée à envoyer des mots violents, ça n'arrête pas de vibrer. Sido éteint le sien, ferme les yeux, plonge la tête sous l'eau et reste, longtemps. Images et mots s'écoulent dans le bain chaud.

Elle sort la tête de l'eau, rallume son portable. Message de Gwenn : « *Ça y est, c'est en ligne. Nouveau pseudo : FlammeRouge.* » Sido se connecte au compte Instagram.

Un *post* montre une vidéo prise par Gwenn devant le lycée, envoyée sur son *cloud* juste avant que le policier détruise son téléphone. Sido ressemble à n'importe quel jeune, fille ou garçon, en sweat à capuche, sac à dos, foulard et lunettes de piscine. On la voit courir vers ceux qui lancent des pierres. Ils sont trois, masqués. Tout est allé trop vite, elle ne saura jamais qui c'était. Puis le champ de la caméra se déplace et on voit le flic se jeter sur elle, lui retourner le bras. Elle entend un cri. C'est sa voix. Elle ne se souvenait pas qu'elle avait hurlé comme ça. Un cri de bête. Message à Gwenn :

« Je peux t'appeler ?

– Impossible, mes parents ne dorment pas encore. Plus tard peut-être. Ça va ?

– Pas trop non. J'ai super mal au dos. Et je me suis tapé un repas de famille où tout le monde y est allé de ses conseils et de son avis, j'en peux plus.

– T'as une famille toi ? ;o)))

– Bitch ! »

La réponse de Gwenn se fait attendre. Les petits points de suspension restent longtemps à l'écran.

« J'ai vraiment flippé tu sais. J'aurais dû intervenir, plutôt que de filmer.

– Non t'as bien fait. C'était même ce qu'il y avait de mieux à faire. »

Le *post* de FlammeRouge a déjà été vu 198 fois, Gwenn vient de poster la vidéo sur Youtube et le compteur s'emballe.

Nouveau message, c'est Arsène.

« Viens sur Telegram. Pseudo : Arsenal. »

Sido télécharge l'appli. Elle réfléchit longtemps pour son pseudo. FlammeRouge, Arsenal : trop facile, trop ado. Elle choisit Demeter, envoie un message à Arsenal, qui répond :

« C'est toi ?

– Tu n'as pas de moyen de le savoir ;o)

– Très drôle. C'est sécurisé ici, on peut se parler tranquilles. Comment ça va depuis cet AM ?

– À peu près, et toi ?

– Ma mère est vénère, ma sœur est extatique.

– Pourquoi ?

– Il faut que tu la rencontres. Vous avez plein de trucs en commun. Elle va te présenter aussi ses potes. Tout le monde s'agite. Le déblocage a fait le tour des facs.

– T'as vu la vidéo de FlammeRouge ?

– Oui, elle va faire le buzz, c'est sûr. Comme celle de Mantes. Ça peut pas continuer comme ça. Faut qu'on arrête de se laisser faire.

– Tu veux faire quoi ?

– Passer à l'action.

– C'est-à-dire ?

– Tu verras. Regarde bien la manif des Gilets jaunes demain, tu vas comprendre. »

Sido éteint son portable, retourne sous l'eau. La douleur s'efface au bas de son dos. Elle ressort, prend le savon, le passe sur ses épaules, ses seins. Elle revoit la nuque d'Arsène, dans le camion de police, le dessin de ses vertèbres, soulignées par ses boucles brunes, ses muscles tendus, et sa peau, claire, derrière l'oreille. Elle dénoue la colère, logée dans son ventre depuis l'après-midi, laisse ses doigts glisser doucement sur son sexe, tourner autour du clitoris, écarter ses grandes lèvres.

Ça fait longtemps. Et penser à un mec en le faisant, c'est la première fois. Son premier baiser avec un copain de quatrième, elle s'en souvient à peine. Les quelques garçons qui ont maladroitement tenté leur chance depuis l'ont laissée de glace.

Elle glisse un doigt dans son vagin, un deuxième, ondule lentement, pose son autre main sur un sein, titille le téton dressé hors de l'eau. Elle repense à Arsène, le voit fragile pour la première fois. Elle a envie de sentir ce corps contre son corps meurtri. Elle accélère le mouvement de ses doigts sur son sexe, sent la chaleur monter à son visage, la vapeur envahir la salle de bains. Elle jouit. Se sent pleine, en paix.

Le lendemain, Coco arrive dès le matin avec les croissants et fonce dans la chambre de Sido.

– Ma chérie, tu veux bien juste un peu me dire ce qui se passe dans Paris ? Des copains-copines sont à une manif, pour le climat. Et les Gilets jaunes vont encore se retrouver sur les Champs.

Sido ne peut pas résister à son air de petite fille qui réclame des bonbons. Elle allume son ordinateur, passe les chaînes infos, une par une. Toujours les mêmes scènes, les mêmes bandeaux. Elle ne trouve plus les mots pour Coco.

Message d'Arsenal sur Telegram, une vidéo, elle l'ouvre. Machinalement, elle décrit :

– Un groupe de Gilets jaunes, masqués, qui défilent, un mec avec un drapeau bleu-blanc-rouge... Attends.

Sido fait reculer la vidéo, s'arrête sur une image.

– Un drapeau bleu-blanc-rouge mais avec des fleurs de lys et une sorte de blason.

– L'Action française. Royalistes. Fachos, réplique Coco.

– Ils se font tabasser, sortir de la manif à coups de pied et à coups de poing...

– Tsss... ça va mal finir, ces histoires.

– Sûrement, répond Sido, qui clique sur une deuxième vidéo.

Des impacts sur une vitrine, une main qui tague un A cerclé de noir. *Cut*. Une grenade fumante, jetée au sol, la main qui l'attrape, la renvoie et des pieds qui courent. Sido a reconnu les baskets.

Arsène.

– Tu as reçu autre chose, ma chérie ?

– Non rien, répond Sido.

8.

Mardi noir, lycéens, étudiants, profs, par milliers dans la rue, sous les fenêtres du ministre. Les mots d'ordre fusent : ParcourSup, bac inégalitaire, droits d'inscription pour les étudiants étrangers... Régulièrement, ils s'agenouillent pour mimer l'arrestation de Mantes, puis se dispersent. À chaque mouvement, la douleur de Sido réveille le souvenir du blocus. Trois jours sans que la rage retombe, entretenue à coups de messages sur Telegram et de vidéos de Gwenn. Demeter, Arsenal et FlammeRouge tournent en boucle.

Arsène les rejoint :

– Il y a du monde aujourd'hui mais vous allez voir, ça va se tasser maintenant.

– Tu crois ? répond Sido. Il y a encore des centaines de lycées bloqués.

Arsène hausse les épaules :

– Avec les annonces faites par le gouvernement hier, les Gilets jaunes vont commencer à rentrer chez eux. Et c'est bientôt Noël, les vacances... Je veux pas être pessimiste mais... Et sinon, vous faites quoi samedi soir ?

Sido tente d'évaluer la nature de la proposition, interroge Gwenn du regard.

– Je ne sais pas encore, répond Gwenn.

– Si vous avez envie, on se retrouve avec ma sœur et des potes, pour parler de tout ça.

Il s'éloigne sans attendre la réponse. Gwenn semble se perdre dans ses pensées.

– Hé ho, t'es là ? demande Sido.

– J'arrive pas à oublier la garde à vue. J'étouffe. Tu veux pas sortir de la manif ? Ça me rappelle trop ce jour-là : toi par terre avec ce flic au-dessus, Arsène traîné par le bras. Et puis les flics après, au commissariat, l'interrogatoire, la cellule. J'ai trop d'images. En fait, je crois que si je filme, c'est pour que les images sortent de ma tête, et là, j'ai pas pu filmer.

– Je comprends. Faudra que tu reviennes sur la terrasse, tu verras, là-haut tu vas respirer.

– Tu lâcheras jamais, rit Gwenn. La prochaine fois, je sais pas ce qui va se passer. Je veux plus me laisser faire, j'ai décidé. Tu as vu la vidéo d'Arsenal samedi ?

– C'est ça que tu as envie de faire ?

– Je sais pas. Faut voir. J'ai bien envie de rencontrer la sœur d'Arsène et ses copains en tout cas. On y va samedi soir ?

– OK, je te suis, on verra bien, répond Sido en prenant Gwenn par l'épaule. Finissons déjà cette manif sans en prendre plein la gueule…

Le samedi suivant, ils sont une vingtaine, assis par terre, dans un petit appartement de la porte de la Chapelle. Sido et Gwenn se regardent avant d'entrer, Arsène se lève, les dirige vers une jeune fille métisse, très grande, très maigre, surmontée d'une coupe afro impressionnante.

– Ma sœur, Louise. Faites pas cette tête ! C'est bien ma sœur, même père même mère, mêmes gènes café au lait, mais pas le même brassage !

– Moi j'ai pris les meilleurs, sourit Louise en embrassant Gwenn et Sido. Contente de vous voir, Arsène parle tout le temps de vous. Installez-vous là, vous voulez boire une bière ?

Gwenn accepte, Sido attrape la canette pour se donner une contenance.

– Maintenant que tout le monde est là, on peut commencer, dit un homme d'une quarantaine d'années, installé au fond de la pièce. On fait le tour des prénoms d'abord ?

Sido compte quinze hommes, cinq femmes et Gwenn, moyenne d'âge vingt ans, mais il y a quelques anciens, en noir de la tête aux pieds, le visage marqué, les cheveux en bataille. Ils ressemblent à certains amis de Coco, croisés chez elle, ses « potes anars », comme elle dit. Les jeunes sont plus conformes à la population du lycée. L'un d'eux détonne pourtant. Petit, mince, il reste au fond de la salle, se dandine d'un pied sur l'autre. Il se présente comme Pablo et annonce la couleur d'une voix sèche : il vient de Saint-Ouen. Louise répond :

– Pablo, tu veux bien commencer ? Tu voulais nous raconter quelque chose, je crois.

Débit mitraillette, visage crispé, Pablo raconte :

– Mardi, on était une centaine devant le lycée, on a réussi à bloquer. Les premières poubelles ont commencé à cramer, les flics sont arrivés direct. Ils ont bloqué toutes les rues, ils nous ont nassés. Alors on a caillassé, on s'est pris les lacrymos, on a riposté et là...

Pablo s'arrête. Arsène pose une main sur son épaule :

– Vas y, grand.

– Ils ont sorti les LBD. On était derrière des barrières, ça tirait au-dessus. Un mec de première, que je connais pas, a crié quelque chose, puis il est tombé face contre terre. D'un coup, comme ça. Il s'est pris une balle de LBD dans la tête et il s'est fracassé au sol. C'est moi qui l'ai relevé. Il était sonné, le nez et les dents pétées, la gueule en sang.

Pablo s'arrête, respire :

– Les flics ont dit qu'il lançait un truc, c'est pas vrai, il lançait rien.

– Et même s'il avait lancé quelque chose, viser la tête, c'est interdit, énonce Louise d'une voix forte. C'est bien que tu sois venu, les Parisiens se rendent pas vraiment compte de ce qui se passe de l'autre côté du périph. Il a porté plainte, j'espère ?

Pablo fait non de la tête.

– À la fac, à Saint-Denis, on a monté des groupes pour soutenir les lycéens, leur expliquer leurs droits, leur donner des conseils en cas d'arrestation. Faut venir nous voir.

Douleur dans le dos, l'hématome de Sido se réveille. Louise demande :

– Sido, Gwenn, Arsène, vous voulez raconter ?

Sido fait signe qu'elle passe son tour, Gwenn et Arsène se lancent.

– Heureusement que la mère de Sido a fait venir son avocate, sinon je sais pas ce qui se serait passé… termine Gwenn quelques minutes plus tard.

– Ta mère est militante ? demande Louise.

– Non, elle a juste du fric, répond Sido d'une voix blanche.

Elle se reprend :

– Mais elle nous soutient.

Gwenn l'encourage du regard.

– Ma grand-mère aussi. Elle est à fond. Peut-être que certains la connaissent, elle s'appelle Coco.

L'un des hommes mûrs acquiesce. Un garçon raconte son cousin à Quimper, les violences suite aux blocus. Une fille enchaîne avec un témoignage de Nantes. La journée de mardi n'a été calme qu'à Paris. Un homme se présente comme Armand et demande la parole :

– Les nouveaux, je vous explique ce qu'on fait ici. On était une dizaine, en novembre. Deux-trois qui se connaissent depuis des années, et puis le groupe s'est agrandi. Louise est venue avec son frère, ses copains...

Il marque une pause et sourit :

– On a notre expérience, vous avez la vôtre. Ma première manif importante, c'était à Gênes en 2001, vous n'étiez pas nés ! Un sommet du G8. On a pris cher. Il y a eu un mort. Mais on a marqué des points.

Il s'arrête, un instant perdu dans ses souvenirs, puis se ressaisit :

– Louise est venue nous demander conseil, on a discuté, elle a pris ce qu'elle voulait. On sera jamais là pour vous dire quoi faire. Par contre, si vous voulez agir, on peut le faire ensemble. Louise, je te laisse la parole.

– Je vais pas me présenter, beaucoup me connaissent, mais pour les nouvelles (les *nouvelles*, Armand) et nouveaux, une petite mise à jour, rigole Louise. En gros, j'ai rencontré Armand dans la rue. Je m'étais fait emmerder par une bande de petits cons et j'avais pété un plomb, ils m'étaient tombés dessus et j'avais réussi à les faire fuir. Armand s'est pointé en me disant qu'il était éduc, qu'il les connaissait bien. On a discuté.

Louise s'arrête, regarde Gwenn, Sido, Pablo :

– Moi, si je suis là, c'est parce que j'ai la rage. En tant que fille. En tant que métisse. En tant que précaire. Je me tape un boulot à mi-temps en parallèle de mes études pour aider ma mère, parce qu'elle gagne trop pour que j'aie une bourse et pas assez pour qu'on soit tranquilles. L'année dernière, quand j'ai rencontré Armand, il a commencé par m'ouvrir sa bibliothèque. J'ai englouti pas mal de pages et j'ai compris des choses. J'ai compris que je veux plus de ce système pourri, qui détruit la planète, détruit les gens au boulot... Et surtout les femmes ! Bref, je vais pas vous en faire des caisses. Ici, je me sens écoutée, respectée. Même si on pense pas tous pareil. On se fighte même bien, des fois !

Louise explique : à la violence de l'État, de l'économie, de la police, sur les humains, ils répondent par la violence sur les choses. Vitrines de banques, d'assurances, de boutiques de luxe. Ils ciblent les symboles. Certains sont spécialisés, en première ligne pour affronter les barrages et renvoyer les grenades, d'autres sont à l'arrière pour soigner ou prendre des photos.

Casques de moto, masques de plongée, masques à gaz, foulards, cagoules, ils se cachent sous leurs capuches noires et forment une masse sombre, regroupée pour faire face ou éclatée pour disperser la riposte.

Black blocs.

Armand explique :

– Le mot black bloc, il désigne une tactique de manif, rien d'autre. Faire bloc pour être visibles. Se cacher pour agir. Dans les médias, vous entendez le mot casseurs. Oui on est des casseurs. Casseurs du système.

Pablo l'interrompt :

– Oui mais des casseurs, des vrais, il y en a aussi. Devant le lycée, c'est toujours les mêmes qui foutent le bordel, qui dealent, qui rackettent. Ils ont pas vos idées, ils ont pas fait d'études, ils ont pas réfléchi. Ils ont juste la haine.

– Il y en a aussi comme ça parmi nous, réplique Louise. On n'est pas là pour juger. Chacun est libre d'exprimer sa colère. La différence, peut-être, c'est qu'on prend les décisions ensemble, parfois, on se regroupe en manif et on fait une mini-AG pour décider de la suite. Et on en parle après.

Sido se revoit devant le lycée, ils n'ont pas réussi, elle était seule en première ligne, Arsène était seul au bout de sa chaîne. Gwenn filmait, les autres avaient disparu. Ils ont eu peur ? Est-ce que Sido a eu peur ? Elle ne sait plus. Elle n'a pas eu le temps.

Louise poursuit :

– Et puis on passe pas notre vie à tout péter. Au quotidien aussi on se bouge. On est plusieurs à militer dans les groupes féministes, écolos... Mais on reste à l'affût. Quand la colère monte, il faut pas la louper. Ce qui se passe depuis trois semaines, c'est grand. Il y a plein de gens qui se sont parlé, qui ont essayé de s'organiser différemment, de réfléchir à des idées nouvelles.

– Il faudrait faire la révolution ! s'écrie Arsène.

– Ça m'étonnerait que ça prenne, sourit Armand. Mais on n'est à l'abri de rien. En attendant, on donne autre chose à voir, on casse l'ennui, le fatalisme. C'est déjà énorme.

Les conversations se scindent, quelques pétards tournent. Louise se rapproche de Pablo, Sido, Arsène et Gwenn.

– C'est cool que vous soyez là. Moi je veux monter un black bloc féministe. T'es d'accord, hein, Arsène ?

Elle lui donne une bourrade et rit :

– Il a pas le choix. Dans les manifs, malgré tous leurs beaux discours, il y en a encore qui pensent que les filles sont pas capables de frapper fort. Moi j'ai envie de leur montrer, mais il faut qu'on soit plusieurs. Ce qui est top, c'est qu'on est tous pareils avec nos masques : pas de filles, de garçons, on est tous *queer* !

Le visage de Gwenn s'éclaire. Sa main se crispe sur son portable dans sa poche, comme pour l'empêcher de sortir et filmer cette réunion. Louise reprend :

– Et puis je veux qu'on cible le sexisme, le patriarcat, les violences contre les femmes. À la fac, on a commencé à recueillir les témoignages de celles qui se font agresser, dans la rue, dans les bars, dans les transports. On communique, mais c'est pas assez. Je veux qu'on passe à l'action.

– Genre Femen ? demande Gwenn.

– Montrer mes seins, c'est pas mon truc. Il faut qu'on réfléchisse, qu'on invente. Je suis sûre que vous avez plein d'idées, s'enthousiasme Louise.

– Je peux venir aussi ? demande timidement Pablo.

– Mais carrément, au contraire ! J'ai plein de copines qui ne jurent que par les actions non mixtes. J'en fais beaucoup aussi. Mais moi, je veux associer les mecs. Sinon on n'y arrivera jamais. Il y a quelques règles de base, je t'expliquerai un autre jour.

Sido a la tête qui tourne. Trop de bière, de pétards, de mots ? Elle a envie de sortir. Gwenn et Louise se lancent dans une grande discussion. Arsène murmure :

– Et toi, t'en penses quoi ?

– Je suis crevée, je crois que je vais rentrer. J'ai encore mal au dos et là j'en peux plus.

– Je te raccompagne ?

– Non, merci, je suis pas loin.

Arsène semble déçu, éteint. Sido n'a pas recommencé ses caresses dans le bain. Elle se demande ce qui lui a pris, l'autre jour. Elle a un goût amer dans la bouche. Elle s'éloigne, fait un geste de la main en direction de Gwenn, qui lui envoie un baiser.

Le froid la réveille. Elle marche vite, épaules rentrées, dents serrées. Sous le périph, des tentes entre les rochers et les barrières qui voudraient empêcher leur installation. Casser des vitrines, même celles du grand capital, qu'est-ce que ça change ? Le système est trop pourri. Elle fait un crochet par la rue de Coco. Jette un œil aux fenêtres éteintes. Ce soir, elle ne passera pas la voir.

9.

Tout a fini par rentrer dans l'ordre, ou presque. Les lycéens sont partis en vacances, le père Noël est passé, quelques cadeaux éthiques ont permis de faire croire à une fête plus solidaire. La révolution n'a pas eu lieu, noyée dans le mousseux et le grand débat national. Mais quelques bandes d'irréductibles Gilets jaunes tiennent encore les ronds-points. Et parmi eux, Georges.

Sido frappe ses mains l'une contre l'autre. Le feu allumé dans le bidon ne réchauffe rien. Georges la prend par l'épaule :

– On va pas tarder, je vais nous faire une bonne tisane en rentrant.

Une semaine que Sido a débarqué à la ferme. Elle n'a pas laissé le choix à Solange, qui avait prévu un réveillon à Berlin rien que toutes les deux. Quant à Coco, elle a réagi sans surprise en la serrant dans ses bras : « Tu as raison, il faut t'écouter, tu dois avoir besoin de te ressourcer après cette frénésie… » Elle a tout de même essuyé la petite larme de rigueur.

Une semaine sans journaux, sans télé, sans wifi et sans 4G, sans Telegram surtout. Coupée du monde. Sido, Georges, les brebis et les livres.

Le matin, lever cinq heures pour soigner les bêtes dans la bergerie. Sido aime son odeur âcre, chaude, humide. Le foin installé dans les râteliers, ils rentrent à la maison prendre un petit café, debout contre l'évier de la cuisine. Ils se parlent à peine. L'odeur corsée, la vapeur qui s'échappe des tasses leur suffisent. Les gestes n'ont pas besoin d'être commentés.

Puis vient la traite. Sido se rappelle, petite, les fous rires en attrapant les pis, le lait tiède bu à même le seau. Elle suit le rythme, une-deux, une-deux, le jet puissant éclabousse et le seau se remplit au son des *pchit-pchit*. Les brebis répondent à Georges, qui les appelle « Mimine » et leur fait des bruits de bisous pour qu'elles avancent.

Quand les bêtes vont aux champs, c'est l'heure du nettoyage de la bergerie, de la collecte du lait dans les cuves. Sido prend encore un bain de chaleur humide, plus aigre, en regardant le lait se transformer en caillé sous l'action de la présure et du brassage. Elle goûte parfois les grains blancs si frais, avant qu'ils soient pressés. À midi, ils se contentent souvent d'un bol de soupe et d'un morceau de pain. Puis vient l'heure de la sieste, indispensable. Ils dorment chacun dans leur fauteuil, et Georges doit réveiller Sido pour la deuxième traite.

La compta, les paperasses, Georges peste en début de soirée, tandis que Sido en profite pour s'éclipser dans la bibliothèque. Elle dévore ce qui traîne : vieux numéros de *Charlie*, BD de Bretécher oubliées par Solange, intégrale d'Orwell, que du jauni, des couvertures décollées, passées, des livres qui sentent la poussière et le moisi, griffonnés de partout, l'écriture pattes de mouche de Georges colonisant les marges et les pieds de page.

Le soir, ils cuisinent ensemble. Chez Georges, les précieux légumes oubliés, miraculeusement ressuscités par la Biocoop, ont toujours eu droit de cité. Plaisir simple de l'épluchage, de la découpe, fine, au couteau aiguisé, avant de jeter poireaux, navets, panais ou topinambours dans le faitout. Après le repas, Georges ravive le feu et ils s'installent chacun avec un livre, ou autour du jeu d'échecs.

La ferme du bonheur, sourit Sido. On y croirait presque. Mais l'exploitation de Georges fait bien partie de ce monde. Il a dû emprunter pour rénover sa bergerie, qui n'était pas aux normes. Il y a eu des maladies, il y a deux ans, qui ont décimé une partie du cheptel. Il s'est fâché avec son voisin, qui refuse de se convertir au bio parce qu'il est trop vieux.

Depuis un mois, Georges passe ses samedis sur le rond-point du Leclerc. La première fois, il y est allé pour voir.

Pas son genre de se mêler aux autres, il vit seul depuis tant d'années. Mais ce sont les gens d'ici : le boucher, l'aide-soignante, la retraitée et tous les autres, qui ne s'étaient jamais parlé, qui vivaient chez eux dans leur lotissement ou leur petit appartement, qui se retrouvent autour d'un feu allumé dans un bidon, d'un drapeau jaune planté au milieu des sculptures créées par un artiste local.

Le soir, Georges délaisse parfois son livre pour raconter ce qui se dit sur le rond-point : les fins de mois difficiles, l'ennui, le dégoût des politiques. Il raconte aussi les mots racistes, comment il parvient parfois – pas toujours – à faire comprendre que les gens se trompent de cible, que les fautifs ne sont pas là, dans des bateaux aux portes de l'Europe, mais au chaud, assis dans des bureaux parisiens ou bruxellois.

De l'autre côté du rond-point, une fille débarque, scotchée à son téléphone. Elle a l'âge de Sido. Ses yeux trop maquillés suivent le rythme de ses ongles peints, qui tapent par intermittence. Georges se lève :

– Bon, les amis, c'est pas le tout, mais ce soir, c'est Nouvel An, on va quand même fêter ça !

Il a apporté une bouteille de vouvray, la retraitée a fait des gougères, le boucher des petits boudins noirs grillés sur le barbecue. Ils rient au picotement des bulles dans leur gorge, soufflent sur leurs doigts brûlés par les boudins trop chauds, déglutissent les gougères trop sèches.

La fille lève la tête, accepte un verre, sourit. Sido la reconnaît, c'est Léna, la fille du boucher, elles jouaient ensemble, parfois, l'été, quand elles étaient enfants :

– Salut Léna, tu te souviens de moi ?

– Sido ! L'hallu ! T'as trop changé !

– Toi aussi ! Tu viens là tous les samedis ?

– Obligée, dit Léna en réussissant l'exploit de ne pas gâcher son rouge à lèvres au passage d'une gougère.

– C'est sympa, ici, dit Sido, qui ne trouve rien de moins plat à dire.

– Oui, on se sent bien. Depuis qu'il est sur le rond-point, mon père revit. Et toi, qu'est-ce que tu fais là ?

– Je suis venue chez Georges pour les vacances.

– Ah ouais ? Tu dois bien te faire chier... J'ai jamais compris ce que tu venais faire là l'été, alors l'hiver !

– Je suis bien ici... Toi ça va ?

– Ouais ouais, rien de spécial.

– Et ta mère, elle est pas là ?

– Elle bouge plus de la maison. Elle déprime. Ils ont viré un paquet d'ouvrières l'année dernière dans son usine. Délocalisation en Pologne. Ma mère faisait partie du lot. Mais tu dois être au courant, la boîte venait d'être rachetée par Rolland, la boîte de ta mère, elle a dû te dire.

– Elle ne me dit pas tout, sourit Sido, tentant de masquer sa gêne.

Léna prend une gorgée de vouvray. Sido hésite avant de poursuivre :

– Elle n'a pas retrouvé de boulot ?

– Non. Y a rien ici, tu sais. Enfin, c'est comme ça. Hé mais fais pas cette tête ! T'y peux rien, toi ! Et ta mère, elle y peut pas grand-chose non plus, j'imagine. C'est pas elle qui décide.

– Si, c'est elle la PDG...

– Mais elle rend compte aux actionnaires, les interrompt Georges. Les filles, on va pas se casser le moral ce soir, d'accord ?

– Bien d'accord, rit Léna en tendant son verre.

– Vive les Gilets jaunes ! s'écrie la retraitée.

Georges donne le signal du départ. Ils s'embrassent, se donnent l'accolade. Léna est retournée à son téléphone.

Ils rentrent à la ferme. Ils n'ont pas faim et se contentent de tartines de beurre dans un chocolat chaud, comme quand Sido était petite et que Solange n'avait plus rien à manger dans le frigo.

Georges ravive le feu et s'installe dans le canapé :

– Je suis content que tu aies rencontré les copains. Je ne pensais pas que je ressortirais de mon trou un jour. On se voyait tout le temps sans jamais se parler, avant. Tu vas pouvoir raconter à Coco maintenant, elle me harcèle pour que je lui explique, mais tant qu'on l'a pas vécu, on peut pas savoir.

Sido éclate de rire :

– Elle adorerait !

– J'imagine, sourit Georges.

Il regarde les flammes en silence, puis demande doucement :

– Ça va aller pour rentrer demain ?

Sido acquiesce. Elle se sent bien. Elle n'a même pas profité du réseau sur le rond-point pour rallumer son portable. Avant son départ, Gwenn et Louise ont réussi à recruter quelques copines pour une action contre un magasin de jouets (en collants roses face au père Noël). Le 22 décembre, Arsenal a posté une vidéo en demandant qui était prêt à « corriger » ces Gilets jaunes qui faisaient une quenelle. Beaucoup ont répondu présents. Pas Demeter.

– Tu vas faire quoi en rentrant ? demande Georges.

– Je ne sais pas. J'ai encore la rage. J'arrive pas à oublier. J'ai mal au dos, des fois ça se réveille, comme ça, pour rien. Je revois le carrelage dégueu de la cellule, je sens l'odeur de la pisse…

– Tu n'oublieras pas. Faut pas que tu oublies, d'ailleurs, réplique Georges. Et avec ton groupe, tes copains et tes copines, là, vous avez prévu quoi ?

– Ils sont à fond. Moi je sais pas. Des fois j'ai juste envie de me terrer dans un trou, comme toi.

Georges la regarde en silence puis se lève d'un bond.

– Hé, ce soir, c'est le Nouvel An ! Allez, je sors la gnole !

Il revient de la cuisine avec une bouteille poussiéreuse remplie de liquide roux. Sido goûte : c'est fort, fruité. Georges hésite longuement avant de reprendre :

– Tu sais, ça fait une semaine que je rumine, mais je crois qu'il faut que je te raconte quelque chose. Ce que j'ai appris, sur le rond-point, c'est que les histoires des autres nous aident parfois. Moi, j'ai jamais raconté ça à personne. Parce que j'arrivais pas à oublier, justement. Et je pensais qu'en la gardant au fond de moi, ça la ferait taire.

Sido reprend une gorgée de liqueur. L'alcool brûle son estomac et s'échappe en ondes de chaleur dans tout son corps. Elle écoute.

– Quand j'ai rencontré Solange, je taillais la route, elle t'a déjà raconté.

– Ça, je connais, Coco m'a tout dit !

– C'est sûr, Colette prend beaucoup de place... Un jour sûrement Solange te racontera, si elle a envie. Ou pas. Enfin, bref, je taillais la route depuis des années. Pas de maison, pas de boulot fixe. J'étais un marginal, aujourd'hui tu appellerais ça un SDF. Nous, on disait « les hippies », même si je me reconnaissais pas dans le mouvement hippie.

Georges cherche ses mots, ponctue ses phrases d'« enfin bref » pour accélérer le flux de paroles qui peine à sortir.

– J'ai pas toujours été comme ça. Quand j'avais ton âge, je vivais avec mes parents instits, dans un appartement au-dessus de la salle de classe, tu vois le genre. J'étais un élève brillant au lycée, puis j'ai fait la fac d'histoire. Je voulais être prof. Je jouais dans un groupe de rock, je me prenais un peu pour Johnny. J'aimais draguer les filles, les peloter gentiment. Bref, un blanc-bec normal de vingt ans. Mais voilà, moi, mes vingt ans, c'était 1960, la guerre d'Algérie.

Sido sursaute :

– T'as fait la guerre d'Algérie ? Solange le sait ?

Georges se renfonce dans son fauteuil, mal à l'aise.

– Elle s'en doute je crois. Je leur ai dit, à Yasmine et elle, que j'avais été en Algérie. On en a jamais reparlé. Comme du reste d'ailleurs.

Sido reprend une gorgée de liqueur, ses joues commencent à chauffer.

– Bref, je suis parti faire mon service là-bas. J'avais bien des copains qui avaient essayé de se faire réformer. Il y en a même un qui a refusé de partir, il était en prison. Mais moi, je trouvais ça normal, de faire mon devoir. Mon père m'avait dit : « La guerre, c'est dégueulasse, autant qu'il y ait des gens bien pour que ce soit moins pire. » J'étais d'accord. Sauf que là-bas, j'ai vite déchanté. Bon, je reviens pas sur les combats, la gégène contre les militants FLN, les brimades contre les civils. Tu liras des bouquins si tu veux en savoir plus. Mais les corvées de bois, tu connais ?

Devant l'air interrogateur de Sido, Georges poursuit :

– Quand un prisonnier n'avait pas voulu parler, quand il était trop amoché, il fallait s'en débarrasser. Alors on l'emmenait en corvée de bois. Et on disait qu'il avait essayé de s'enfuir et qu'on avait dû l'abattre.

Une bûche s'effondre dans la cheminée. Georges se relève, arrange le feu, se rassoit.

– Un jour, c'était mon tour. On m'a dit que je devais y aller. J'ai pas discuté. Je l'ai emmené. C'était un gamin de quinze ans. Je l'ai laissé courir. Et j'ai tiré.

Sido déglutit. Elle imagine le corps du garçon sauter sous l'impact de la balle qui perfore son thorax, puis s'étaler au sol, face contre terre. Georges se tait. Se verse un verre de gnole. La regarde.

– Après ça, j'ai passé trois jours sans rien dire, juste le strict nécessaire. Les autres ont bien vu que ça allait pas, mais on n'en parlait pas. Une nuit, j'étais posté à l'écart du cantonnement. C'était affreux, la nuit, tu entendais tous ces bruits, des animaux qui grattaient, marchaient, tu sentais des insectes voler près de ton oreille, tu essayais de voir ce qui était tapi dans l'ombre et tu voyais rien. Fallait être le premier à tirer. Plein de gars s'étaient fait avoir comme ça. Ce soir-là, j'entendais tout trop fort, mes doigts tremblaient sur la détente. Un bruit, j'ai tiré, un corps s'est effondré. Je suis allé voir. C'était juste un chien. Il m'a regardé avant d'arrêter de respirer. J'avais pas regardé le gars que j'avais tué comme ça. Il avait même pas eu droit à ça. J'ai posé mon fusil à côté du chien et je suis parti droit devant moi. J'ai marché toute la nuit, j'ai trouvé une planque sous un rocher, j'ai dormi une journée entière.

La nuit suivante, j'ai recommencé, et encore la nuit d'après. Je sais pas comment j'ai évité les fells. J'ai rien mangé, juste bu l'eau des ruisseaux. J'ai trouvé un hameau abandonné, une maison. Dedans, un vieux pantalon, une chemise, je me suis changé. Fallait que je trouve le moyen de rentrer en France, mais si j'étais pris, c'était la prison, direct. Je suis resté là plusieurs jours, je mangeais des prunes, je me rappelle. Et puis un petit berger m'a découvert. Je crois qu'il a eu aussi peur que moi ce jour-là ! J'ai essayé de lui faire comprendre que j'avais quitté l'armée, que je voulais juste rentrer chez moi. Il est revenu quelque temps plus tard avec son grand frère. Celui-là, ça aurait pu être celui que j'avais tué.

La voix de Georges tremble. Il balaie le souvenir d'un geste devant ses yeux.

– J'ai eu de la chance, ils m'ont mis en contact avec un réseau d'insoumis, comme moi. Ils ont réussi à me faire rentrer en France. La guerre d'Algérie s'est terminée, ils ont fini par amnistier les déserteurs, quatre ans plus tard. Je suis jamais retourné chez mes parents. Je pouvais pas. J'ai jamais repris mes études. J'ai voyagé, partout, toujours seul. J'aimais ça, ne pas avoir d'attache. Fuir. J'ai aimé une femme, une fois, pourtant. Mais on voulait être libres, tous les deux. Et puis j'ai rencontré Yasmine et Solange, et avec ce qui s'est passé, tout est remonté d'un coup. Après ça, fallait que je me pose. C'est là que je me suis installé à la ferme.

Georges s'arrête et laisse échapper un petit rire gêné :

– J'étais comme les autres, j'ai obéi aux ordres. J'étais juste un petit salaud, comme les autres.

– Je crois pas, non, dit Sido.

Elle s'approche, se blottit contre lui. Des années qu'ils n'ont pas fait ça. Depuis qu'elle a grandi, Georges s'est tenu à distance. Sido met la main dans sa poche, touche le petit morceau de mousse. Il a un peu séché depuis la garde à vue, il s'effrite lentement. Ils reprennent une gorgée d'alcool chacun.

– Tu vois, des fois ça prend du temps de trouver son chemin, reprend Georges. Sois pas trop pressée.

– D'accord. Bonne année, Georges, et merci.

– Bonne année, Sido, dit Georges en embrassant ses cheveux.

10.

Dans le train du retour, Sido découvre des tonnes de conversations sur Telegram. Arsenal et FlammeRouge sont remontés. Des dizaines de vidéos attendent que Demeter les regarde, elle balaie l'écran sans s'y attarder. Sido préfère écrire directement à Gwenn, qui répond immédiatement, le manque était réciproque. À la gare, Sido donne à Solange et Coco ce qu'elles sont venues chercher : des nouvelles de Georges et des signes qu'elle va mieux.

Au lycée, le lendemain, Arsène lui lance un glacial « AG ce soir, 18 heures ». Ils ne sont plus qu'une dizaine, le mouvement s'est dégonflé, comme prévu. Tandis que Gwenn s'énerve, Arsène explique froidement que la colère se canalise ailleurs. Résigné, il montre, sur son fil Twitter, la mobilisation de ses cousins, en Belgique, tous les vendredis, pour le climat. C'est parti de Suède, une lycéenne qui fait grève avec sa pancarte devant le Parlement. C'est touchant, c'est apaisant, ce calme, cette détermination, et puis cette cause est consensuelle : qui ne se sent pas concerné ? Des élèves de terminale ont décidé de lancer le mouvement ce vendredi au lycée. Pourquoi pas, se dit Sido, Demeter et le climat, ça matche. Des années qu'elle ne voyage plus en avion, qu'elle mange bio, qu'elle est végétarienne. Elle a pris de l'avance aussi, avec sa terrasse. L'écologie et le féminisme se conjuguent sans effort depuis toujours avec Coco. Embrasser cette cause-là, c'est prolonger l'effet bienfaisant du séjour chez Georges, qui dirait sûrement qu'en plus d'être long, le chemin peut être sinueux. Et puis Coco va être en extase, ça va rassurer Solange… Gwenn dit que la lycéenne suédoise dans ses vidéos ça va claquer, il faut voir. Arsène rétorque : « Sans moi, trop mou. » Tant pis pour lui.

Solange rentre de plus en plus tard, tous les soirs. Une grosse réorganisation se prépare chez Rolland. Le groupe est mis en cause sur ses choix, notamment ses investissements dans les gaz de schiste. Avec Sido, elles n'ont toujours pas reparlé de décembre, de l'arrestation, du séjour chez Georges, des nouvelles mobilisations.

Le deuxième vendredi de janvier, Sido et Gwenn manifestent pour le climat. Sido est ailleurs. Elle adhère pourtant à cent pour cent au message. « Ma chatte, ma planète : protégeons les zones humides », sa pancarte déclenche sourires et pouces levés, mais pour la première fois, elle ne se sent pas faire partie de ce grand corps vivant de la manif. Elle prend une photo de Gwenn avec sa pancarte « I have a green », hésite, tape quelques mots, recommence, finit par envoyer la photo à Solange avec cette légende : *« Message à faire passer à ton conseil d'administration : et vous, chez Rolland, vous faites quoi pour les générations futures ? »* Sido ne reçoit pas de réponse. Elle passe la soirée seule à lire et fait semblant de dormir quand Solange rentre à 23 heures du bureau.

Le lendemain, la sonnette réveille Sido à midi. Elle n'a pas le temps de se lever, Coco frappe pour la forme à la porte de sa chambre et l'assaille de baisers.

– Ma chérie, comment ça va ? Ça commence à faire du bruit, votre grève pour le climat !

Sido grommelle, se redresse sur l'oreiller :

– On devait déjeuner ensemble aujourd'hui ?

– C'était pas prévu mais Solange m'a appelée ce matin, elle ne t'a pas dit ?

– On s'est pas vues depuis trois jours.

– Tsss, elle travaille trop…

Sido file sous la douche et retrouve Solange et Coco attablées devant un verre de vin. La conversation s'arrête à son arrivée, ce qui est mauvais signe, ou plutôt signe d'une grande discussion entre adultes comme elles se défendent toujours d'en avoir. Sido décide de les laisser venir. Solange a fait un gratin : c'est la troisième fois de sa vie qu'elle utilise le four. Ce doit être grave. En plus, c'est cramé. Sido mange du bout des lèvres, attend la mauvaise nouvelle. Mais Solange prend son temps et laisse Coco déverser son flot de paroles habituel pour saisir le bon moment. Au moment où Coco évoque la « formidable » grève du vendredi :

– Sido, j'ai bien reçu ta photo hier, dit Solange. Pile au moment où le conseil d'administration s'apprêtait à voter une décision.

Sido trifouille un morceau de pomme de terre, Coco laisse sa fourchette en suspens.

– Un nouveau plan de restructuration. Le site de Bretagne va fermer. Un autre aussi dans les Alpes. On se recentre sur notre cœur de métier. Mais tu vas être contente : on ne va plus investir dans les gaz de schiste.

Léna, sur le rond-point, aurait sûrement haussé les épaules en disant « C'est comme ça » avant de se replonger dans son portable. Coco s'écrie :

– Mais comment tu peux laisser faire ça, c'est abominable ! Il y a deux ans, tu m'avais dit que c'était la dernière fois !

– Je le pensais aussi, répond Solange, trop calme.

– Et tu n'as rien fait pour empêcher ça ? s'étrangle Coco.

Le regard de Solange passe de l'une à l'autre. Il est vide.

– Je crois que vous ne comprenez pas. Je vais vous dire comment ça se passe : on prépare les réunions, les dossiers, pendant des heures, on défend un projet équilibré, qui épargnera un maximum de personnes, et en dix minutes, une poignée de membres du conseil retourne les autres et ça bascule.

– Mais t'étais pas d'accord, et t'as rien dit ? s'écrie Sido.

– Bien sûr que si, pour qui tu me prends ? réplique Solange. Vous ne savez pas, vous ne pouvez pas comprendre.

– Pardon ma chérie, répond Coco, c'est vrai, tu fais de ton mieux.

– Arrête avec ça, dit Solange. On est pas dans le renforcement positif, là. C'est la guerre, tu comprends, Coco ? C'est la loi du plus fort, la jungle. Tu ne t'en sors qu'en rendant coup pour coup.

– Oui, c'est dur, je sais…

– Non tu sais pas.

– Mais si tu n'étais pas d'accord, pourquoi ils ont décidé…

– Mais parce que ce sont eux qui décident. Je ne suis qu'un pion, sur un siège éjectable. Si je suis pas d'accord, je dégage.

Sido n'arrive plus à se taire :

– Alors fallait démissionner !

– Quoi ?

– Si t'étais pas d'accord, t'avais qu'à démissionner !

Solange la regarde, semble hésiter un quart de seconde.

– Pour qu'un autre, pire que moi, prenne ma place ? Tu ne sais pas ce que j'ai fait lors de la dernière restructuration, ce que j'ai évité, les conditions que j'ai obtenues. Tu ne sais pas à quel prix.

– T'as pas eu le courage, c'est tout, s'écrie Sido en balançant sa serviette.

Elle court s'enfermer dans sa chambre. Elle sait quel regard Coco et Solange vont échanger. Elle sait qu'elle est injuste. Elle sait ce que Solange a enduré.

Mais elle ne veut plus l'entendre.

11.

D'autres vendredis se succèdent, et tandis que les manifs pour le climat grossissent, l'enthousiasme de Sido et Gwenn s'amenuise. Un matin, Gwenn arrive avec sa tête des mauvais jours :

– J'ai plus d'inspiration, j'ai rien posté cette nuit.

Une nuit sans vidéo, ça ne lui est pas arrivé depuis leur rencontre.

– Et si on retournait voir Louise et ses potes ?

Sido se laisse convaincre.

Le samedi soir, ils sont tous là, Louise, Armand, Pablo. Arsène aussi, qui reste silencieux. Absent. Avec Sido, ils ne se sont pas parlé depuis des semaines. Et Demeter s'est contentée d'être spectatrice d'Arsenal. Louise s'enflamme, raconte une nouvelle action en marge d'une manif clairsemée de Gilets jaunes, mais Sido se sent décalée, loin de tout ça, trop de paroles, de fumée, de noir. Elle veut de l'air, du vert. Elle aurait dû rester sur sa terrasse.

Louise enchaîne sur le 8 mars. Elle veut frapper fort, imagine toutes sortes d'actions spectaculaires sans arriver à remporter l'adhésion de tous. Pour Sido, c'est plié, le 8 mars, c'est sacré : elle défilera avec Coco. La réunion se termine, ils décident de prendre un dernier verre dans un bar, à cinq.

En sortant des toilettes, Sido trouve Louise adossée au mur, bras croisés.

– À quoi tu joues ?

Sido écarte Louise, commence à se laver les mains.

– J'arrive pas à te cerner, poursuit Louise. Avant les vacances, tu étais à fond, ce que t'as fait pendant le blocus, Arsène me l'a raconté en boucle pendant des jours. Et ce que t'as fait pour lui aussi. L'avocate de ta mère, tout ça. Et puis tu disparais. Retraite spirituelle. OK. Et là, tu reviens, t'es dans les manifs pour le climat mais sinon, plus de nouvelles. Tu rentres dans le rang, quoi. Les flics ont gagné.

Sido referme lentement le robinet, s'appuie sur le lavabo, se regarde dans la glace, observe le visage de Louise, froid, dur, tendu sous le chignon haut.

– C'est quoi ? Tu flippes ?

Sido ne répond pas.

– T'as plus envie, on est pas assez bien pour toi ?

Sido se retourne :

– Répète jamais ça. Tu sais pas d'où je viens.

Louise fixe l'escalier et sourit :

– Voilà, je te préfère comme ça.

– Fous-moi la paix, j'ai rien à te prouver. Avec Arsène, vous me testez. Je vous ai rien demandé.

– Arsène te teste pas. Je lui ai dit de faire gaffe avec toi. Mais je peux pas tout contrôler.

Sido a envie de la plaquer contre le mur, de lui faire fermer sa gueule. Elle serre le poing, respire. Elle a cinq ans, elle entend Coco : *Non, ma chérie, explique gentiment à cette petite fille que c'est ta pelle et ton seau, que ça te fait de la peine si elle te les prend, que tu vas jouer un peu avec et qu'ensuite vous pourrez jouer ensemble.* Elle a douze ans, elle entend Coco : *Ma chérie, je comprends ta tristesse, tu pourrais peut-être lui dire, à cette fille qui t'a traitée de grosse truie, que ça t'a blessée, que cela ne renforcera pas son estime d'elle-même d'insulter les autres, que vous pouvez, ensemble, en parler avec une amie qui pourrait jouer le rôle de médiatrice.* Ne pas s'énerver, ne pas crier, ne pas frapper. Ne s'indigner que pour les causes justes et nobles. Toujours trouver des raisons : mais sa famille, mais son milieu, mais ce qu'elle a vécu.

Elle ne peut pas lui dire, à Louise, qu'elle essaie en vain d'étouffer la rage, depuis la garde à vue, depuis sa dispute avec Solange. Louise ne comprendrait pas non plus ces échappées, sur la terrasse, son silence et ses odeurs qui seuls peuvent l'apaiser. Et Louise ne doit pas savoir cette autre chose qu'elle essaie d'étouffer quand elle est avec Arsène.

Louise remonte l'escalier. Le portable de Sido vibre dans sa poche. C'est Georges : « *Désolé de t'apprendre ça comme ça, mais je n'ai pas le courage de t'appeler. La mère de Léna s'est suicidée. C'est dur. Je pense que c'est bien que tu saches. Prends soin de toi.* »

Sido remonte des toilettes, s'assoit à côté de Gwenn :

– Sido, Sido ? Ça va ?

Gwenn la secoue. Sido ferme les yeux. Suicide. Léna. Sa mère. Solange. La patronne. Sido a fui chez Georges. Elle s'est laissé porter. Spectatrice. Enfermée dans sa bulle avec ses plantes. Le monde l'a rattrapée. Le chemin a trop tournicoté. Elle est à un carrefour. Elle doit bifurquer. Elle les regarde. Louise, Gwenn, Pablo, Arsène. Comme la première fois. Demeter doit revenir. Agir. Elle range son portable.

– Ça va, pardon, une mauvaise nouvelle, une amie de Georges, tu ne connais pas. Je t'expliquerai.

Louise regarde de l'autre côté, indifférente. Elle va voir s'ils ne sont pas assez bien. Arsène ne la quitte pas des yeux. Sido tombe le masque. Jusqu'ici, elle a toujours réussi à louvoyer. Jamais de marques de luxe, pas de portable avant la seconde, récits de vacances elliptiques. Au collège, les copines étaient souvent invitées chez Coco. Signes extérieurs de richesse : néant. D'autres copines avaient des pères avec de bons salaires, de hauts postes de cadres. Sido ne détonnait pas vraiment. Même Gwenn appartient à ce petit monde des bourgeois. Elle regarde

Pablo, Louise, Arsène. Ils sont intelligents. Elle a confiance en eux. Et elle leur expliquera Solange : l'argent gagné par une femme, l'argent qui donne le pouvoir, l'argent investi dans l'art. Sido se reprend :

– Excusez-moi, en fait, je viens d'avoir une idée. Ça vous dirait de lancer une action contre le groupe Rolland ?

– La boîte de ta mère ? répond Gwenn en ouvrant de grands yeux.

– Faites-moi confiance, répond Sido, dans un souffle.

Louise regarde le bar, lointaine. Arsène se penche pour écouter. Les mots se bousculent, tout s'enchaîne, fluide. Sido déroule un plan qu'elle élabore en le révélant.

– Avec Rolland, on fait d'une pierre trois coups. C'est une action féministe : il y a une majorité de femmes dans les filiales qui vont fermer. C'est une action écolo contre les pollueurs et bien sûr une action anticapitaliste. Et on fait ça le 15 mars, le jour de la grande manif qui se prépare pour le climat.

– Saper l'ennemi de l'intérieur ? Tu veux rejouer le cheval de Troie ? demande Arsène.

Sido sourit. C'est vrai, il ne la teste pas. Louise tourne enfin la tête :

– Tu es sûre ? Comment ça va se passer avec ta mère ?

Elle a l'air sceptique mais ses yeux pétillent. Sido a gagné.

– T'occupe, répond Sido avec un clin d'œil.

Une heure passe comme une seconde, le plan se précise et le bar va fermer. Gwenn l'embrasse et murmure à son oreille :

– Je te retrouve.

Sido aussi se retrouve. Elle serre le corps de Gwenn contre le sien et regarde Louise et Pablo s'éloigner. Arsène demande :

– On marche un peu ? Faut que tu m'expliques.

Ils avancent côte à côte en silence. Le froid courbe les épaules d'Arsène et fait couler le nez de Sido, qui renifle par intermittence. Arsène se gratte la gorge, se déplie :

– Pourquoi tu as changé d'avis, comme ça d'un coup ?

– Changé d'avis ?

– Sur le groupe, les actions, tout ça. Je t'ai vue, toute la soirée, tu étais ailleurs, je sais pas où. Depuis que tu es rentrée, tu es à côté de la plaque.

– J'ai été dans toutes les manifs !

– Oui, les manifs bien proprettes du climat, mais t'écris plus sur Telegram, et t'es jamais venue les samedis. Tu as vu les vidéos que je t'ai envoyées ? Gwenn était là une fois, pourquoi pas toi ?

Sido le regarde. Est-ce qu'il serait capable de comprendre ?

– J'avais plus envie, c'est tout.

– Tu ne m'as pas répondu, le Jour de l'an.

Ce message, Sido l'a lu, le 1er janvier, au réveil. « *Tu me manques. À bientôt pour continuer la lutte ? Ou autre ?* » Arsène la regarde droit dans les yeux. Elle esquive :

– J'étais coupée du monde, à la ferme, je l'ai reçu que trois jours plus tard, quand je suis rentrée à Paris.

– T'aurais pu répondre, même trois jours plus tard.

– Je réponds quand je veux et si je veux.

Arsène sourit :

– Arrête, on dirait Louise. Qu'est-ce qu'elle t'a dit, dans les toilettes ? C'est elle qui t'a fait changer d'avis ?

Il semble inquiet, tout à coup. Alors Sido raconte, les vacances chez Georges, le rond-point et Léna. Ils marchent côte à côte, Arsène écoute, se rapproche, leurs épaules se touchent, parfois. Sido sort son portable. Lui montre le message de Georges. Arsène se fige. Sido aperçoit sa nuque fragile, une seule seconde, comme dans le fourgon de police. Mais il se redresse, se referme, et dit d'une voix trop forte, où perce l'ironie :

– Tu sais qu'il est trop tard ? Tu vas pas ressusciter cette femme. Me dis pas que tu crois honorer sa mémoire ?

Sido a envie de le planter là. Elle lâche :

– Écoute, j'ai mes raisons. C'est le moment pour moi, mon moment, tu comprends ? C'est moi qui décide : quand, comment, où. Et si tu veux participer, génial, sinon tant pis, on se débrouillera sans toi. J'en ai marre de me sentir jugée, tout le temps, par toi, par Louise. Soit tu me fais confiance, soit tu viens pas, c'est tout.

Arsène enfonce ses mains dans les poches de son blouson, la regarde par en dessous :

– Je te juge pas.

Il s'arrête, hésite, puis se lance :

– Et je te fais confiance. Je t'admire même.

Il regarde ses pieds, détourne les yeux :

– C'est pas facile ce que tu vas faire. Tu risques de tout foutre en l'air avec ta mère.

– Tu connais pas ma famille, ça marche pas comme ça chez nous. Solange a fait bien pire à mon âge. Et Coco, je t'en parle pas !

Arsène se tait. Ils reprennent leur marche en silence. Sido sent les non-dits prendre toute la place. Et autre chose aussi.

12.

15 mars. Gwenn, Sido et Arsène sortent du lycée avec les grévistes pour le climat, direction le Panthéon. La veille, ils ont caché leur matériel sur le parcours. Pablo et Louise les attendent à quelques rues du siège de Rolland, dans un café. Beaucoup de monde, beaucoup de très jeunes, beaucoup de journalistes, les conditions sont réunies.

Sido marche en chantant, comme les autres. Elle chante fort pour couvrir les battements de son cœur. Elle marche vite pour rester en tête. La banderole doit être vue par un maximum de personnes, il faut agir le plus rapidement possible.

Ils passent devant le café, Pablo et Louise se lèvent, les applaudissent, se joignent à eux. Ils ont les sacs à dos, Louise a mis une perruque lisse, Pablo une casquette. Ils prennent une rue sur la droite. C'est le signal. Sido, Gwenn et Arsène tournent à la rue suivante, les retrouvent sous une porte cochère. Ils ouvrent les sacs à dos, mettent les masques, les casquettes, les tee-shirts noirs. Rien ne les distingue, que leur regard. Noir profond pour Louise, marron chaud pour Arsène, bleu acier pour Gwenn, vert glauque pour Pablo, vairons pour Sido. Il faut faire vite. Ils courent jusqu'à la porte de secours de Rolland. Comme prévu, deux jeunes-cadres-dynamiques sont là, en train de fumer une cigarette. La veille, Sido est venue poser un morceau de carton sur le chambranle, elle sait que la porte a tendance à ne pas se refermer complètement, personne n'y fait jamais attention. Les deux costards-cravates remontent. Sido fait signe aux autres d'avancer. Ils se faufilent, montent les marches quatre à quatre jusqu'au neuvième étage. Sido sort son badge. Solange en a plusieurs, Sido a eu le temps d'en mettre un de côté. Ils montent sur le toit terrasse. Arsène s'arrête, soufflé par la vue : la Seine, les Invalides, Notre-Dame. Ils n'ont pas le temps. Le masque colle à la bouche de Sido. Elle respire mal, elle a envie de l'arracher. Pablo et Louise rouvrent leur sac. Il faut qu'ils scotchent la banderole, divisée en deux pour prendre moins de place. L'adhésif colle aux doigts, ils s'y reprennent à deux fois. Gwenn regarde en bas :

– Vite, le cortège approche !

Ça y est, le scotch est mis, ils passent la ficelle dans les œillets, basculent la banderole par-dessus la terrasse, l'attachent à la balustrade. La banderole claque, manque de se retourner, mais le vent change soudain de sens et la plaque contre la façade. Ils se regardent. Se tapent dans les mains. Vite, redescendre, doucement, sans bruit, si jamais d'autres jeunes pousses de la « start-up nation » avaient envie de prendre leur dose de nicotine. Personne. Ils courent. Sido arrache son masque, de l'air, vite. Regard noir de Louise :

– Attends, on est pas assez loin.

Pas grave. Sido sait que Solange va reconnaître ses yeux, d'ailleurs, elle a regardé la caméra de surveillance bien en face pour en être sûre. Ils rangent les casquettes, se séparent, jettent les masques à la poubelle. Pablo part en direction de la Seine, Louise enlève sa perruque et marche vers Montparnasse. Gwenn, Sido et Arsène entament un sprint contre le cortège. Ils entendent des sifflets, des cris de joie. La manif s'est arrêtée devant le siège de Rolland. Des dizaines de téléphones et d'appareils photos immortalisent les mots placardés sur la façade en verre :

ROLLAND ASSASSINE LES FEMMES,
LES TRAVAILLEURS ET LA PLANÈTE.

Ils ont réussi. Sido sent une main prendre sa main droite, une autre sa main gauche. Gwenn et Arsène. Elle les serre de toutes ses forces.

Ils retrouvent Pablo et Louise dans un parc du 18e. Ils devraient rester discrets, Louise fait les gros yeux, mais leur joie déborde. Le portable de Louise vibre : elle le brandit, triomphante. Elle a contacté quelques journalistes pour revendiquer la banderole et expliquer leur démarche. Plusieurs d'entre eux mettent en cause Rolland, qui s'embourbe dans une communication maladroite. Sido regarde les notifications défiler sur son portable. Coco en est à son troisième message. Elle ne les a pas écoutés. Pas de nouvelles de Solange. Sido attrape au vol le rire de Pablo, qui ne s'arrête plus, remarque la veine qui bat à la tempe de Louise, concentrée sur son écran. Gwenn est méconnaissable, le visage grand ouvert. Arsène est en retrait. Elle croise son regard. Sent son sexe gonfler, comme sous l'effet d'une caresse. Ce serait si bon, ce soir. Mais ils doivent rentrer, ne pas se faire repérer. Leurs au revoir sont longs, bruyants. La barbe d'Arsène s'attarde sur la joue de Sido, ses yeux demandent, elle ne craque pas. Pas encore.

13.

Solange hésite à ouvrir sa porte. Coco est là, elle entend les éclats de sa voix enjouée. Est-ce qu'elle sait tout ? Elle doit être si fière.

Tu sais, Sido, les employés de Rolland ont mis dix minutes à réagir aux photos sur les réseaux. Quand mon assistante a frappé à la porte de mon bureau, j'ai eu du mal à m'extirper de mes slides. Mais j'ai compris qu'il fallait agir tout de suite. Les agents de sécurité ont décroché la banderole dans le quart d'heure. Rien de dégradé. Rien, sauf l'image. J'ai demandé à voir les vidéos de surveillance. Dans l'escalier de secours, cinq silhouettes noires, masquées. Juste avant d'entrer sur le toit, une main a sorti un badge. Vous aviez un badge. J'ai demandé à zoomer sur les visages, les yeux. Je sentais la transpiration mouiller mon chemisier. Au fond de moi, je savais, mais je voulais être sûre. Tes yeux vairons fixaient la caméra. Personne ne devait savoir. Les premiers coups de fil d'actionnaires arrivaient. J'ai appelé la directrice de la com. Il fallait préparer une réponse, vite.

Solange ouvre la porte, s'arrête sur le seuil, hésite. L'immense sourire de Coco se fige aussitôt quand Solange se dirige vers le frigo, sans un mot. Elle ouvre la porte, prend une bouteille d'eau gazeuse, referme la porte, ouvre un placard, saisit un verre, verse l'eau, boit lentement quelques gorgées.

– Tu as gagné, Sido. Grâce à toi, je suis mise en cause au sein du groupe.

– Mais comment ça ? Tu as reconnu Sido, on s'en doutait, mais personne d'autre ne pouvait le savoir.

– Non, personne ne sait que ma propre fille a pénétré illégalement dans les locaux. Mais on a trouvé là l'occasion rêvée de me balancer que j'étais trop laxiste.

– Tu vas être virée ? articule lentement Coco.

– Non, j'ai réussi à garder ma place, moyennant quelques aménagements de notre future réorganisation.

– Tout va bien alors, jette Sido d'un ton sec en se levant.

Solange l'arrête d'un geste :

– Non, tu vas écouter jusqu'au bout. Tu agis. Il faut que tu connaisses les conséquences de tes actes. Le plan prévu va être abandonné. Au lieu de ça, le groupe va accepter une offre de rachat. Résultat : doublement des licenciements dans deux ans et réorientation sur des investissements tout aussi dégueulasses que les précédents mais plus discrets.

– Alors pourquoi tu démissionnes pas ?

– Parce qu'il reste encore des gens à sauver. Et que si je pars, je les laisse entre leurs mains.

– Tu mens, tu restes pour ton petit confort, tes tableaux, ton appartement, ton argent et ton POUVOIR ! Mais tu comprends rien ! Il faut tout changer, tout !

– Mais tu es bien contente de l'avoir, mon argent, pour faire ce que tu veux, mon appartement pour cultiver ta terrasse. Si tu veux tout changer, tu peux, tu plaques tout et tu vas vivre comme Georges avec ses brebis !

– Me tente pas, j'en suis capable.

– Mais tu te prends pour quoi avec tes copains, votre banderole et vos tweets ? Demain tout sera oublié, et vous l'aurez pas faite, votre révolution !

– Arrête, Solange, l'interrompt Coco. C'est de son âge, rappelle-toi comment tu étais avant…

– Et toi arrête aussi. C'est de ta faute, tout ça. Toi qui l'as toujours embarquée là-dedans !

– Sido a son libre arbitre. Comme tu l'avais. Je ne sais pas si tu l'as conservé, vu les discours que tu tiens. Il serait temps que tu te remettes en question. C'est formidable ce qu'ils ont fait. Sans violence, avec un vrai impact, tu dois au moins le reconnaître. Maintenant, je vais vous laisser. Je crois que tout le monde a besoin de prendre un peu de recul.

Coco part sans se retourner. Sido claque la porte de sa chambre. Solange regarde les bulles de gaz monter lentement le long des parois du verre.

14.

Dans sa chambre, Sido tremble, sort son portable, envoie un message à Gwenn : « *Je peux dormir chez toi ?* » Quelques minutes s'écoulent. Sido tente de contenir ses larmes en scrollant son écran sans rien voir. La réponse arrive : « *J'ai demandé à mes parents, c'est bon.* » Sido franchit la porte d'entrée sans un regard pour Solange, qui n'ouvre pas la bouche.

Sur le chemin, les messages permettent de se mettre d'accord sur une version plausible (un chagrin d'amour), si bien qu'en arrivant chez Gwenn, les parents la saluent discrètement avant qu'elle s'effondre sur le matelas préparé pour elle dans la chambre.

Sido raconte par bribes, les mots de Solange frappent dur, la renvoie dans les cordes. Demeter n'est qu'une enfant gâtée qui se paie le luxe d'une révolution. Gwenn écoute. Le silence s'installe. Sido observe la chambre, les murs blancs, immaculés, sans affiches, neutres. Les livres classés par collection sur les étagères. Tout est propre, net, oppressant. Le portable de Gwenn n'arrête pas de vibrer.

– Excuse-moi, c'est Louise, on était en pleine discussion avant que tu arrives.

Sido ferme les yeux.

– Vous êtes proches, avec Louise, maintenant.

– Oui, à Noël, on a beaucoup parlé, mené quelques actions... Elle est incroyable.

Sido sent les larmes remonter.

– Elle me donne la force d'agir, elle m'apprend tellement, reprend Gwenn.

– Tu l'admires ?

– Oui. Mais toi, je t'aime. Tu es mon âme sœur, mon adelphe, tu as oublié ? J'ai jamais rencontré quelqu'un qui me comprenne et me respecte comme toi.

Gwenn s'allonge sur son lit, Sido sur son matelas. Les yeux fermés, elle goûte le plaisir d'être là, tout près. Gwenn se redresse sur un coude :

– Et Arsène ?

– Quoi Arsène ?

– Je t'ai vue, il te plaît.

– Merde, ça se voit tant que ça ? rit Sido.

– On est pas chez les Marseillais là !

– J'ai pas la télé...

– Tu en as de la chance. Bref, en tout cas, lui, il en peut plus. Louise adore manipuler son frère. Elle a tout de suite vu que s'il voulait te séduire, il fallait qu'il soit féministe. Elle a sauté sur l'occasion et lui fait un bourrage de crâne en règle.

C'est ça ou autre chose ? Louise se méfie encore d'elle, Sido le sent. Dans ses manières de louve, quand elle a dit « je ne peux pas tout contrôler », il y a un autre lien. Comme si elle voulait le protéger. Sido choisit de ne pas en parler à Gwenn :

– J'ai remarqué, oui. Résultat, je crois qu'il ose plus rien tenter.

– Et toi ?

– Je sais pas si j'ai envie.

– Tu as envie, ça se voit.

– J'ai envie mais je sais pas.

– Tu as peur ?

Sido se redresse, appuie sa joue sur son genou. Elle a peur, oui, de ces liens, de ces petites vrilles, qui poussent sur les tiges des plantes grimpantes, qui s'accrochent sans qu'on les voie bouger à l'œil nu. Peur de ce que deviendra tout ça, de ce que ça changera.

Le portable de Gwenn vibre à nouveau, ses doigts tapent une réponse rapide.

– Bon, et demain tu vas faire quoi ? Il faudra bien que tu rentres chez toi.

Sido revoit Solange et son verre d'eau gazeuse. Elle regarde son portable, pas de message. Aucune nouvelle de Coco non plus.

– Je suis fatiguée, j'y verrai plus clair demain, je vais dormir, là, je crois.

– OK, mais avant, faut que je te parle d'un truc. On voulait pas te mêler à ça, après ce que tu as fait aujourd'hui. Mais au point où tu en es… Demain, avec Louise, on prévoit une action pendant la manif des Gilets jaunes, sur les Champs.

– Quoi comme action ?

– Féministe. Pas légale. Radicale. On veut aller plus loin que ce qu'on a fait aujourd'hui.

Sido se redresse. Plonge ses yeux dans ceux de Gwenn.

– Explique.

15.

Sur les Champs-Élysées, ils sont des centaines, déambulent en petits groupes, chantent des chansons, des slogans, se saluent, se reconnaissent, brandissent des drapeaux, se prennent en photo, en vidéo. S'ils ne portaient pas de gilets jaunes ou de sweats à capuche noirs, s'ils ne marchaient pas au milieu de la rue, vidée de ses voitures, s'ils ne se heurtaient pas à des groupes de policiers ou de CRS, si les magasins étaient ouverts, si certaines vitrines n'étaient pas recouvertes de panneaux de contreplaqué, si de temps à autre on n'entendait pas un pétard, un ordre lancé dans une oreillette, si on ne voyait pas un nuage de fumée, une portion de pavés arrachés, si on ne sentait pas le picotement du gaz lacrymogène qui pénètre les narines, on trouverait l'ambiance détendue, inattendue, décalée, dans ce lieu qui concentre le plus d'argent au mètre carré de la capitale, et qui en constitue la colonne vertébrale, avec à sa tête l'Arc de Triomphe, abritant la tombe du soldat inconnu, symbole des sacrifices pour la patrie, et à son coccyx le palais de l'Élysée, domicile de celui qu'ils sont venus chercher.

Sur la place de l'Opéra, ils sont des centaines aussi, une foule bigarrée, gilets jaunes ou verts, écharpes rouges ou violettes, drapeaux arc-en-ciel, des chants, des slogans, des téléphones portables brandis en étendards, des pancartes. Les mêmes vitrines protégées de panneaux de bois, les mêmes camions de police. Mais pas de délicieux fumet poivré, de bruits de pétards. Et la chaussée est intacte. Ils se rejoignent là, devant ce temple de la culture, ceux qui sont partis du Trocadéro pour le climat et la justice sociale, ceux qui sont partis du parc Monceau pour la biodiversité, ceux qui sont partis de la Madeleine contre le gouvernement. Déguisés en lamas, en pandas, en dinosaures, des fleurs ou des arbres peints sur leurs visages, ils chantent « Les calottes sont cuites » et « Plus chauds que le climat », et dansent au son de l'électro diffusée en boucle par un bus estampillé « Déclaration universelle des droits de la nature et de l'humain ».

Au siège de Rolland, la salle de réunion est vide. Les petites bouteilles d'eau sont bien alignées sur la table ovale, devant chaque siège, à gauche des micros. Le rétroprojecteur est branché, l'ordinateur relié, la présentation en pause, testée à deux reprises il y a trois heures. Les stores sont baissés car la lumière est trop forte, éblouissante à cet étage, et la vue sur Paris trop distrayante. Le soleil parvient néanmoins à dessiner sur les murs blancs des rayures plus pâles. Quelques particules de poussière jouent dans la lumière, au gré de l'électricité statique engendrée par la moquette gris-bleu. C'est le seul mouvement que l'on observe dans cette salle, qui sera bientôt le théâtre du conseil d'administration extraordinaire décidé en urgence la veille. Le silence règne, à peine souligné par le ronronnement de l'air climatisé et le micro-ventilateur du rétroprojecteur.

Sido ajuste les élastiques de son masque derrière sa tête et ses oreilles. Son nez et sa bouche s'emboîtent parfaitement dans les cavités prévues, les deux filtres pèsent un peu sur chaque joue, mais elle respire. Elle ajoute les lunettes de protection, le casque, les gants pour les centimètres de peau qui dépassaient encore. Elle regarde les autres. Ils ne sont plus Sido, Gwenn, Arsène, Pablo et Louise. Ils sont méconnaissables, interchangeables. Ils savent ce qu'ils ont à faire. Ils n'ont pas besoin de se parler. Louise a tout planifié depuis des jours. La nuit dernière, ils ont échangé des centaines de messages pour se mettre d'accord. Louise a pris Sido à part quelques minutes, avant qu'ils se dispersent pour arriver sur les Champs. Elle a dit :

– Je sais de quoi tu es capable. J'ai confiance en toi. Mais c'est ta première fois. Alors fais gaffe.

Sido croise le regard de Gwenn, qui hoche la tête. Arsène a les yeux braqués sur le cordon de CRS bloquant une rue perpendiculaire en contrebas. Louise donne le signal de départ.

Colette rajuste son foulard, prend une pastille au miel pour la gorge. Elle n'a plus de voix depuis hier, la tuile, obligée de chanter en play-back. Sylvie a sorti la guitare, avec sa sangle fleurie, et chante Anne Sylvestre à tue-tête, tentant de couvrir les « Et un, et deux, et trois degrés » qui lui rappellent trop la coupe du monde 98 et son cortège de machos. Jocelyne a mis une cape rouge à pois noirs et brandit une pancarte « Sans coccinelles, pas de prunelles ». Nicole est restée à la maison car elle trouve le mouvement trop tiède et s'économise l'*hallux valgus*. Stéphane papillonne à droite et à gauche, perd le groupe, le retrouve, se reperd pour mieux les retrouver. Colette sort son portable. Toujours rien. Elle n'a pas vécu ça depuis le voyage de Solange en Algérie. Dix-huit heures sans donner de nouvelles, sans en recevoir. Ni de Solange, ni de Sido. Elle commence à dicter un message, se ravise. *Tu es là, Sido, c'est sûr. Tu n'aurais jamais loupé la marche du siècle. Et toi, Solange, tu dois être en train de tout arranger chez Rolland. Comme tu l'as toujours fait.*

Solange s'observe dans le miroir des toilettes. Elle aurait dû aller chez la coiffeuse ce matin, c'était le jour de sa couleur. Ses racines blanches sont à peine visibles, mais grignotent petit à petit ses cheveux disciplinés en chignon. Elle ajuste son col, vérifie le troisième bouton, celui qui menace toujours de s'ouvrir entre les seins, lisse son pantalon pour qu'il tombe bien sur les chaussures ni trop hautes ni trop plates. Elle passe un doigt sur sa ride du lion. *Tu dirais que j'ai l'air sévère, Sido. Mais je n'ai pas le choix*. Les yeux à peine creusés par la nuit d'insomnie. Elle a appris à se passer du sommeil, cette perte de temps. Deux microsiestes de dix minutes dans la journée lui permettent de n'avoir plus besoin que de cinq heures. Elle est prête. Elle sort des toilettes, traverse le couloir, prend au passage son téléphone sur son bureau et ouvre fermement la porte de la salle de réunion. Ils sont à l'heure. Neuf hommes, huit femmes et elle : parité stricte, depuis deux ans. *Tu sais combien j'en suis fière.* Mais toutes et tous blancs, et toutes et tous issus du sérail. Elle est la seule qui vienne d'un milieu populaire. La seule qui était boursière. La seule qui, au fond d'elle-même, se sent autant kabyle que française. *C'est ça, aussi, que tu ne comprends pas, Sido*. Solange s'installe, la réunion commence.

Sido court derrière Gwenn. Louise frappe la vitrine, Arsène s'attaque à la porte. Gwenn lance un pavé, un deuxième. Pablo surveille leurs arrières, les premiers passants s'arrêtent. Faire vite avant que l'attroupement attire les flics. Le verre résiste, éclate en fines étoiles trop petites pour porter atteinte à sa structure. Un Gilet jaune s'approche avec une table de bistro, Arsène lui arrache des mains, fait signe à Louise, ils balancent le pied en fonte contre le verre, qui éclate sous les hourras des passants. Pablo hurle :

– Vite, avant qu'ils arrivent !

Sido court, se jette dans le magasin par l'ouverture, quelque chose la retient, son blouson trop grand s'est pris dans le verre, elle se dégage d'un coup d'épaule et le déchire, elle court, les autres sont devant, commencent à sortir les mannequins, elle se jette sur une femme en plastique vêtue de bleu, l'emporte, la jette dehors, repart, Pablo et Louise attrapent les mannequins, sortent avec, peignent à la bombe rouge sur les fesses, les seins, le pubis, taguent le mur, Arsène porte d'autres mannequins, Gwenn court partout en filmant, Sido cherche dans les rayons, elle trouve, là, la robe rouge qu'il faut, elle tire le mannequin trop lourd, elle a chaud, son masque la gêne, il ne faut pas l'enlever, elle arrête de respirer, elle est bonne en apnée, elle plante un mannequin devant le tag « Moins de police, plus de clitoris », sort son couteau, déchire la robe rouge, le sang pulse à ses tempes, elle n'entend plus rien, voit flou, elle doit avoir fini, elle recule, sent un choc, une épaule dans son dos, pile à l'endroit où elle est tombée devant le lycée, elle percute le sol, sa tête heurte le trottoir, bruit du casque contre le bitume, en décalé. Elle se relève. Des dizaines de personnes entrent dans le magasin et se servent, jettent les vêtements à terre, les lancent en l'air, elle sent deux mains qui l'attrapent par son blouson, deux yeux noirs, c'est Louise, elle la tire de là, elle crie : « On y va ! » Elles courent à contre-courant, fendent la foule, les trois casques blancs en ligne de mire, Gwenn, Pablo et Arsène qui s'enfuient, nuage de fumée, lacrymo, Sido ne sent rien, elle reprend son souffle, « Par là » crie Louise, elles courent vers la gauche, une brèche, mais les casques blancs ont disparu, « Là » hurle Louise, l'un est à terre, un flic le maintient tandis qu'un autre le frappe au tonfa, « C'est Arsène ! », Sido s'élance, elle butte dans quelque chose, s'étale, des pavés, elle en attrape un, le lance, les deux flics se retournent, Arsène en profite pour s'échapper, il court vers une palissade de chantier, s'abrite derrière, Sido le rejoint, Louise arrive. Ils se regardent. Une demi-seconde pour décider. C'est oui. Ils arrachent la palissade, avancent derrière leur bouclier, se placent devant le tas de pavés. Les grenades fusent, Louise shoote dedans pour les renvoyer, une balle de LBD siffle à quelques centimètres de sa tête, Sido prend un pavé, le lance, en prend un autre, recommence, encore, les pierres ne pèsent plus rien, plus légères que des balles de ping-pong, elles cognent contre les boucliers de plastique. Elle a repéré un policier. C'est lui qui lui a fait la clé de bras, c'est sûr. Et si c'est un autre, c'est pareil. Ils protègent des vitrines qui seront remboursées par des assurances, des mannequins de plastique qui se retrouveront en particules dans les océans, des fringues fabriquées en Chine par des enfants. Elle lance, encore, encore, croise le regard d'Arsène, pupilles dilatées, blanc injecté de sang, elle aime ça. Des Gilets jaunes se sont joints à eux, les flics reculent, sont attaqués sur leur flanc droit, Louise crie : « On dégage. » Ils courent vers la gauche, un cri, Arsène, il tombe, se relève, se tient la jambe, Sido s'arrête, l'attrape par le bras : « Ça va ? » Il fait oui de la tête mais ses yeux disent non, elle prend sa main, ils courent, courent, tournent à l'angle d'une rue, jettent les masques, les casques, courent encore, retrouvent Gwenn et Pablo qui se sont déjà changés et ressemblent à deux lycéens ordinaires. Ils se retournent, personne. Sido s'assoit par terre. Reprend son souffle. Arsène lève son pantalon : une énorme marque rouge se dessine sur son mollet droit. Il grimace.

– Première blessure de guerre, rit Louise, allez, changez-vous, on se barre !

Sido enlève son blouson, passe une veste rouge, met une casquette, Arsène attrape la visière, la met sur le côté :

– C'est mieux comme ça.

– Mieux pour quoi ? demande Sido.

– Mieux pour t'embrasser. Je peux ?

Il mélange tout. Mais elle en a tellement envie. Sido attrape sa bouche, le picotement de sa barbe est délicieux sur ses lèvres.

– On y va !

Cinq jeunes ordinaires marchent d'un pas alerte, un couple se tient par la taille. Ils sont beaux.

Colette commence à fatiguer. *Mais c'est tellement chouette, tout ce monde, je suis sûre que tu as adoré, Sido.* Sylvie fait la tête, elle vient de s'engueuler avec une connaissance de Stéphane qui a osé affirmer que l'écologie n'était ni de droite ni de gauche.

– Arrête, Sylvie, ne gâche pas la fête ! dit tendrement Coco en s'appuyant sur son bras.

– Tu vieillis. T'aurais jamais laissé passer ça avant.

C'est vrai. Je me sens vieille, pour la première fois. C'est parce que tu n'es pas là, Sido. Mais la manif m'a remonté le moral. Je n'arrive pas à oublier les paroles de Solange. « C'est de ta faute, toi qui l'as toujours embarquée là-dedans. » Il faut que j'en en parle à Georges. Colette lui envoie un message : « *Superbe marche pour le climat à Paris, tu nous as manqué, je t'appelle.* » Elle frissonne, avale une nouvelle pastille au miel, prend une dernière photo de la place de la République noire de monde et dit à Sylvie :

– Je suis crevée, je vais rentrer.

Solange referme lentement son ordinateur. Le CA a voté, elle est révoquée. Elle se lève, franchit la porte de la salle de réunion, s'enferme dans son bureau. Elle fera les choses bien, comme toujours. Ses dossiers sont en ordre, elle n'a que quelques consignes à donner à sa secrétaire.

Aucune affaire personnelle, pas de photos, de plantes ou de bibelots à emporter dans un carton, comme dans les films américains. Elle quittera ses fonctions dans un mois, avec de fortes indemnités. *Tu sais, Sido, ton action n'a fait qu'accélérer une procédure qui était déjà sur les rails. L'affaire a été expédiée en moins de dix minutes.* Solange a écouté en silence les arguments des uns et des autres. A simplement répondu :

– Je respecte votre décision.

Personne ne saura jamais que c'est ma fille qui a organisé l'action. Elle sort du bureau, appuie sur le bouton de l'ascenseur. *Et si je montais, plutôt ?* Elle prend l'escalier de secours, grimpe sur le toit. Elle regarde Paris, le ciel. La nuit ne va pas tomber avant quelques heures. *Zohra reste cachée.*

16.

– Je peux ?

Arsène pose un baiser sur l'une de ses paupières, l'autre.

– Et ça, je peux ?

Il embrasse son cou, remonte vers son oreille, mordille son lobe. Un long frisson s'écoule jusqu'au bas de son dos. Elle rit.

– J'ai envie de ça aussi, et toi ?

Il passe la main sous son pull. Elle est glacée, nouveau frisson, il remonte, dessine ses côtes du bout des doigts, pose sa paume sur son sein droit. Sido passe ses mains derrière son dos, détache son soutien-gorge, sa main à lui ne bouge pas. Elle la saisit, en fait une coupe pour y déposer son sein, glisse son autre main sous son tee-shirt à lui, remonte jusqu'au mamelon, en explore les contours, avant de le pincer doucement. Il gémit. Elle aussi. Elle sent un arc qui se tend entre son téton et son clitoris. Le pénis d'Arsène gonfle sous le jean, contre son pubis. Elle pose sa main dessus pour le sentir grandir encore. Elle ondule, il ondule, leurs hanches s'emboîtent, leurs sexes se frottent sur le tissu, Sido sent sa vulve devenir humide. Arsène murmure :

– Et ça, tu as envie ?

Il s'agenouille, remonte son pull, embrasse son nombril, trace un sillon jusqu'à ses seins, demeure là, entre les deux, elle caresse ses cheveux, sent ses boucles la chatouiller, elle a encore envie de rire mais elle dit :

– Là.

Elle guide sa bouche sur son sein droit, il l'embrasse doucement, passe sa langue sur le téton, autour, sur l'aréole, elle sent chacune de ses petites glandes se dresser, il referme sa bouche sur le mamelon, aspire un peu, doucement, puis plus fort. Elle le guide vers l'autre sein, l'air frais pince le téton humide tandis que son jumeau se dresse à son tour. Le va-et-vient de ses hanches fait glisser le tissu trempé de sa culotte sur son clitoris. Elle ne respire plus, ferme les yeux, ses mains pénètrent les boucles et guident les mouvements d'Arsène. Il se relève, elle mène son visage à sa bouche, qui a le goût de ses seins, son goût à elle, un peu acide. Elle a envie du sien. Elle descend le long de son torse, s'agenouille à son tour. Mais au lieu de remonter, décide de descendre. Elle déboutonne le jean, une toison douce dépasse du caleçon d'Arsène. Il sent bon, chaud, salé. Elle glisse sa main dans le jean, caresse son sexe à travers le tissu. Elle le sent battre sous ses doigts. Ils respirent ensemble. Il dit :

– Ça, c'est trop, je vais…

Elle rit. Il la relève. Ils se regardent, se sourient, s'embrassent encore, mêlent leurs goûts, acide, chaud, salé. Elle prend sa main, la glisse dans sa culotte. Il prend sa main, la glisse dans son caleçon. La peau d'Arsène est douce comme un pétale, Sido l'explore timidement, sent les doigts d'Arsène tâtonner sur son sexe, elle serre un peu plus fort, il appuie, chacun guide l'autre, doucement, puis vite, en cercles sur son clitoris, en va-et-vient sur son pénis.

Ils jouissent.

Chaque tête se repose sur l'épaule de l'autre. Leurs souffles s'apaisent à l'unisson. Arsène a mal à la jambe, Sido a mal au dos. Ils s'assoient côte à côte, à même le sol et ferment les yeux. Les images de l'après-midi ressurgissent, crues, nettes, débarrassées du halo d'euphorie entretenu par Louise, Gwenn et Pablo, qui en ont reparlé toute la soirée. Elles s'entrechoquent et se mélangent, laissant petit à petit sa place à la peur : oubliée dans l'action, elle était là, tout le temps, quand Sido est tombée dans la bousculade, quand elle a vu Arsène à terre, quand elle a senti les balles de LBD siffler, quand elles l'ont touché à la jambe. Mais cette peur n'est rien à côté de celle qui monte maintenant. La peur de ce qu'ils sont capables de faire. La peur de cette joie, de cette puissance ressentie quand elle balançait les pavés. Et aussi la peur de ce désir nouveau, celui de perdre tout contrôle.

Sido se lève, tend la main pour aider Arsène à déplier son grand corps maigre. Elle ne va pas retourner chez Gwenn. Il est temps qu'elle reparle à Solange. Arsène s'éloigne après un dernier baiser, avant que le désir revienne.

Sido ouvre la porte de la terrasse. Dans un coin, près du sol, la lueur inhabituelle d'une cigarette allumée.

– C'est toi Solange ?

Le petit point rouge se lève, s'approche. Solange a dénoué ses cheveux. Ils s'étalent sur la doudoune noire qu'elle ne met qu'à la campagne. Sido porte encore la casquette et la veste prêtées par Arsène. Elles s'observent en silence. Laquelle parlera la première ?

– Ça fait longtemps que je ne suis pas montée, murmure Solange. Je crois que je n'avais pas vu cet arbuste, là, avec ses baies rouges.

Le cotonéaster est là depuis l'année dernière. Sido ne relève pas, ses lèvres sont scellées.

– C'est vraiment beau ce que tu as fait ici, poursuit Solange. Je n'en profite pas assez.

Elle écrase sa cigarette dans le cendrier, en rallume une autre. Sido devine son visage un instant éclairé par la flamme du briquet. Elle essuie une goutte qui perle au bout de son nez.

– Je t'attendais, reprend Solange. J'espérais que tu reviennes.

Sido sent la colère remonter. Les mots de Solange sont tapis dans l'ombre, son mépris la heurte encore, l'enferme dans son rôle de petite fille, elle qui se sentait si femme, tout à l'heure avec Arsène.

– C'est bien que tu sois revenue.

La voix de Solange a changé. Elle est plus rauque, étouffée, la fumée de cigarette ? Ou autre chose ? Une brisure. Le mot éclate dans la tête de Sido et force sa bouche à s'entrouvrir :

– J'avais envie de rentrer.

– Je suis partie tôt du bureau.

Solange aspire une dernière bouffée, écrase sa cigarette.

– Je suis virée. Rolland, c'est fini.

Le ton est neutre, la voix étale. Sido vacille, sent la chaleur monter à ses joues. Elle ne distingue pas le visage de Solange. Elle murmure :

– C'est à cause de moi ?

– Non, répond doucement Solange. Ça devait arriver depuis longtemps, la banderole a juste précipité les choses. Et puis personne ne saura jamais que c'était toi.

Pourquoi Solange est-elle si calme ? Sido sent son cœur battre de plus en plus fort, les souvenirs se bousculent : l'escalier de Rolland, la banderole, la vitrine, les pavés sur les flics, les baisers d'Arsène se cognent à l'impassibilité de Solange.

– Tu… tu vas faire quoi maintenant ? demande Sido.

– Je partirai dans un mois, avec un gros chèque. J'ai gagné beaucoup d'argent toutes ces années, je l'ai bien placé, j'ai de quoi voir venir.

– Voir venir quoi ?

– Je ne sais pas.

C'est la première fois que Sido entend ces mots-là dans la bouche de Solange. Solange sait toujours. Solange ne doute pas. Elle a toujours une solution. Sido la regarde, la découvre petite, jeune, fragile. Elle s'approche. Solange fait un pas vers elle. Sido s'approche encore. Solange la prend dans ses bras. Elle sent la cigarette, son visage est humide et froid, ses épaules tremblent légèrement sous le duvet épais de son blouson. Elles s'enlacent. Sido essuie son nez. L'odeur d'Arsène sur ses doigts. Elle se sent grande, entière, forte.

17.

Visage marqué, regard perçant, cheveux gris parfaitement coiffés, tailleur sombre. À force d'entendre parler d'Assia, Sido a l'impression de la connaître. Quand elle l'aperçoit, Solange a le même regard ému que l'autre jour, quand elle a reçu ce coup de fil de Coco, annonçant sa visite. Son armure fond dans les bras d'Assia. Seize ans qu'elles ne se sont pas vues, pourtant. Deux corps, deux visages si différents, mais la même pudeur. Elles s'écartent, tandis que Sido oublie son malaise en passant de bras en bras : Stéphane, Jim, Lætitia et Karim sont venus chez Colette pour les retrouvailles.

Solange s'installe sur l'accoudoir d'Assia, qui l'attrape par le coude et demande :

– Quoi de neuf alors ?

Personne n'est au courant pour son licenciement. Solange n'en a parlé qu'à Sido et Coco. Elle se lance dans un récit enlevé, la surprise est générale.

– Fini la *business woman* alors ? rit Stéphane.

Depuis une semaine, la transformation est en route. Solange rentre tôt, ne s'enferme plus dans son bureau, ne passe plus ses soirées en *calls* interminables. Sido a eu peur de voir son espace vital envahi, mais Solange se contente de quelques échanges autour de leurs journées respectives, de conseils pour tel ou tel devoir, de demander des nouvelles des uns et des autres, puis la laisse tranquille pour la soirée. Solange convertie en mère idéale, aimante mais sachant garder ses distances ? Ça pourrait plaire à Sido. Mais elle est tout le temps là. Et Arsène reste cantonné à la cage d'escalier.

Ses yeux sur elle dans la cour du lycée, ses mains sur elle dès qu'ils en sortent, ses mots sur Telegram dès qu'ils se séparent. Le désir envahit chaque minute, à peine calmé par de longues séances de caresses jusque tard dans la nuit. Pas moyen de lire une ligne. Même la dernière saison de *Sex Education* n'arrive pas à l'accrocher. Et personne pour en parler. La famille, *no way*, reste Gwenn, qui écoute, acquiesce, mais l'observe d'un œil scientifique. Gwenn attend de voir si le féminisme de Sido va résister aux sirènes de l'amour. Sido refuse d'être filmée quand elle parle de ça. Plus envie d'être un personnage sur une vidéo. Gwenn se vexe, alors Sido rattrape le coup en reparlant de leurs actions sur les Champs ou chez Rolland. Demeter, Arsenal et FlammeRouge sont prudents, rien depuis, il faut rester discrets. Mais Gwenn bout de recommencer.

Louise aussi. Elle est venue hier à la sortie du lycée, a kidnappé Sido en riant pour lui parler. Louise jubilait, bouillonnait, foisonnait d'autres idées. Soudain, elle s'est figée :

– Tu es amoureuse ? Tu es ailleurs, tu es amoureuse.

Sido a sursauté, Louise enchaîné :

– L'amour ramollit, tu sais. L'eau de rose éteint la colère…

Et pourquoi l'amour ne serait pas plutôt un feu qui s'en nourrit ? Dans leurs souvenirs communs, avec Arsène, il y a autant de luttes que d'étreintes, elles sont indissociables.

Louise a poursuivi :

– Tu es en train de transformer mon frère. Je ne l'ai jamais vu comme ça. Il t'écoute. Moi je le saoule avec le féminisme depuis tellement d'années qu'il a fini par dire « oui oui » pour avoir la paix, tandis qu'avec toi, il a vraiment l'air convaincu.

– Tu crois ? Je ne me rends pas compte. Moi je suis tombée dedans quand j'étais petite, tu sais. D'ailleurs, c'est pas tous les jours facile…

– Comment ça ?

– Avoir envie de « l'ennemi », comme dirait Coco…

– Elle est géniale, ta grand-mère, quelle chance ! Il faut que je la rencontre ! Mais c'est vrai que ça doit être lourd.

– Coco ne comprend pas comment on peut être féministe et hétéro, ne peut même pas croire qu'il existe des mecs cisgenres féministes…

– Elle est d'un autre temps. J'imagine même pas comment ça devait être mal vu, à l'époque, de coucher avec une fille. Mais elle a pas tort sur le rapport aux mecs. Moi j'aime bien les deux, mais avec les filles, c'est souvent plus simple. T'as jamais eu envie d'une fille ?

– Non, comme quoi c'est pas génétique !

Elles rient.

– Remarque j'ai jamais eu envie d'un mec non plus avant ton frère.

– Alors, tu vois que tu es amoureuse ! Je voulais te dire... Excuse-moi pour l'autre soir, dans les toilettes du bar. J'ai pas d'excuse mais... Je ne sais pas si Arsène t'a raconté, on a pas mal galéré tous les deux, quand on était petits.

Arsène ne parle jamais de son enfance. Quand Sido raconte les étés chez Georges, la passion des plantes, les voyages avec Solange, les manifs avec Coco, Arsène écoute, sourit, s'émeut, mais se tait.

– Non, il ne m'a pas dit, a répondu Sido.

– C'est juste qu'en termes de modèles masculins, on a été servis. On a pas tous la chance d'avoir des parents exemplaires. Mais, comme tu vois, tous les chemins mènent au féminisme !

Louise a tenté de masquer son émotion d'un sourire figé, puis a embrassé Sido sur la joue :

– Je suis vraiment contente, vraiment. Allez, vas-y, il t'attend ! Mais vous ramollissez pas, OK ?

Le portable de Sido vibre pour la troisième fois dans la poche arrière de son jean. Elle interrompt Stéphane, qui lui demandait un compte rendu détaillé des musiques qu'écoutent les jeunes, et se précipite aux toilettes.

Dix messages d'Arsène. Il tisse une toile de mots, un peu collante, dans laquelle elle s'emmêle parfois. Une semaine seulement et il occupe tout l'espace, le temps, s'insinue dans sa tête, tente de ne pas laisser trop de place aux questions que Sido se pose. Il vient d'envoyer un selfie devant un tag antifa, elle répond :

« *Je suis avec une vieille révolutionnaire algérienne, ça te plairait.*

– *Sûrement, mais moins qu'une jeune révolutionnaire parisienne…*

– *Je te laisse, j'y retourne.* »

Révolutionnaire… Sido a encore du mal à oublier le mépris de Solange face à leurs actions. Personne ne sait que c'était eux samedi dernier. Les vidéos ont beaucoup circulé, mais impossible de les reconnaître. Est-ce que ça aura vraiment eu un impact ? Elle tient le souvenir à distance, trop de doutes. Et la peur, aussi, que le plaisir ressenti ce jour-là se réveille.

18.

Les conversations bourdonnent dans tous les coins, on se croirait revenus au temps du MLF dans le petit appartement de Coco. Solange réprime son envie de s'enfuir en courant.

Où es-tu passée, Sido ? Je t'ai vue, toi aussi, tu voudrais partir. Mais je ne peux pas, pas avant d'avoir parlé à Assia, et Coco ne la lâche pas d'une semelle.

Coco frappe dans ses mains pour attirer l'attention :

– Alors, Assia, on veut des nouvelles fraîches ! Raconte un peu, ce qui se passe à Alger ! Le *Hirak*, tous ces jeunes ! Vous allez être bientôt débarrassés de Boutef ?

– Écoute, je ne sais pas par quoi commencer. C'est pas facile à raconter, ce qui se passe là-bas. C'est venu d'un coup. On n'a rien prévu. La veille, tout était comme d'habitude. Les vieux comme moi qui ressassent le passé, nos enfants qui travaillent sans trop se poser de questions, les jeunes qui s'ennuient. Le ras-le-bol généralisé était là, surtout avec le cinquième mandat de l'autre grabataire, là, l'ectoplasme, Bouteflika. On avait fini par se résigner. Et puis le 20 février, j'ai reçu un message de ma petite cousine Samira. Une fille géniale, tu adorerais, Coco. Une manif sauvage se préparait pour le vendredi 22, les jeunes s'organisaient sur Facebook. Vous savez que les rassemblements sont interdits à Alger, depuis 2001. Et bien, le 22 on était huit cent mille ! Les jeunes, les vieux, les étudiants, les femmes ! On était tous dans la rue !

– Tous ? demande précipitamment Solange.

– Presque, répond Assia, en la fixant droit dans les yeux.

Jim sursaute, Coco toussote, Lætitia comble la microseconde de silence qui s'installe :

– Et comment va ton fils ? Ses enfants ?

– Tout le monde va bien, merci Læti. Et toi, et vous, je ne suis pas venue que pour parler de moi !

Tout le monde semble avoir besoin de détourner la conversation. Solange saisit l'occasion, Assia va comprendre, c'est sûr. Elle file en cuisine et, comme prévu, Assia plante Coco et Lætitia, en plein débat sur l'état lamentable de l'hôpital public.

– Et toi, Solange, comment vas-tu ? demande Assia de sa voix franche.

– Je ne sais pas trop.

Assia l'interroge du regard.

– Je crois que je vais bien, en fait, reprend Solange. Avoir été virée, c'est une chance. Ne me regarde pas comme ça ! Après toutes ces années, il est temps que je fasse autre chose.

Assia semble retenir son souffle. Elle l'observe en silence.

Si tu savais, Sido, comme on était bien, toutes les deux, avec Assia, à l'appartement, à Paris. On se comprenait sans se parler. C'est ça que je voulais, avec toi, je n'ai pas réussi.

Solange regarde par la fenêtre, murmure, les yeux dans le vide :

– Tu as de ses nouvelles ?

– Bien sûr. Elle est toujours au village. Seule.

– Aucun changement ?

– Aucun.

Tu sais, Sido, on a eu la même conversation, presque mot pour mot, le jour de ta naissance, il y a seize ans.

Après le départ de Yasmine, mes lettres sont restées sans réponse. « Elle a besoin de temps pour se reconstruire », disaient Coco et Assia. L'année scolaire avançait, le projet de vacances d'été en Algérie s'éloignait. En juin, je me suis rendue à l'évidence : Yasmine ne voulait plus me parler. Ce qui faisait mal comme une coupure à vif s'est transformé en pointe lancinante.

Assia est revenue régulièrement ensuite. Ça ravivait chaque fois la douleur et l'espoir. Et puis un jour, j'ai décidé de tourner définitivement la page. Avec tout. Le voyage en Kabylie, la rencontre de Yasmine, notre histoire resteraient enfermés dans un coffre-fort dont j'avais jeté la clé.

Sylvie a vendu Montrouge, Coco est revenue à l'appartement. Les copines du MLF se déchiraient, beaucoup rentraient dans le rang, le féminisme devenait institutionnel. Fini la sororité, l'humour et la révolte. Luttes de pouvoir, jalousie, petits arrangements et sournoiserie, tout ce qu'elles détestaient, tout ce qu'elles avaient combattu était de retour.

J'ai réussi mon bac avec mention, j'ai préparé Polytechnique. Tu sais tout ça. En fait, je voulais oublier Yasmine. Et avoir le pouvoir, aussi. Le pouvoir qui protège des hommes. Leur pouvoir, leurs codes. J'ai réussi mon concours au moment où Mitterrand a gagné les élections. Coco est allée à Bastille, une rose à la main. Assia était là, aussi, ce soir-là, pour fêter cette double victoire. Elle venait de vivre le printemps berbère, tous ses espoirs ont été anéantis par la répression féroce du gouvernement.

Et puis les liens se sont distendus. Les visites d'Assia, ses lettres sont devenues de plus en plus rares, se glissant dans les interstices de nos vies trop remplies.

En 1992, j'ai intégré le groupe Rolland. Plus jeune cadre dirigeante du groupe. Le premier jour de mon embauche, j'ai reçu un appel d'Assia. Les islamistes avaient tué son plus jeune fils. Depuis, Yasmine vivait recluse, au village. Elle vendait quelques tableaux de paysages qui décoraient les maisons des jeunes mariés, survivait grâce à son potager, ne voulait plus parler à personne. Rien ne l'a plus jamais fait changer d'avis.

Coco et Assia ont continué à s'écrire, de loin en loin. Je glanais quelques nouvelles entre deux séminaires de direction. Fidèle à elle-même, Assia a tenu bon, malgré la mort de son fils. Coco lui a proposé de l'accueillir à Paris, Assia a refusé. Elle ne se sentait pas en danger. Elle disait qu'ils n'oseraient pas s'attaquer à une moudjahida. *Et hors de question d'abandonner son pays.*

La fin de la décennie sanglante, en 1999, l'arrivée au pouvoir de Bouteflika ont éloigné le danger. L'Algérie a enterré ses souvenirs sous une prétendue réconciliation nationale. Assia s'est lancée dans la lutte contre le Code de la famille, qui réduit les femmes au statut de mineures. Pas Yasmine.

Une seule fois, Sido, Yasmine a fait un geste. À ta naissance. Assia est venue avec un cadeau. Un dessin, un portrait de toi, réalisé à partir d'une photo envoyée à Assia par mail. Le même style qu'avant, en plus affirmé. Je le garde plié dans mon portefeuille. Je ne l'ai jamais montré à personne.

Solange revient au salon, personne ne la remarque. Sido est dans un coin, scotchée à son portable.

C'est de pire en pire ce téléphone. Mais tu n'es pas comme d'habitude depuis quelque temps. Un truc a changé.

Coco et Lætitia sont en train de commenter une vidéo :

– Toute cette violence, ce n'est plus possible, regarde, même les femmes s'y mettent maintenant, enfin, je ne sais pas si ce sont des femmes, elles sont cagoulées, mais vu le message bombé sur le mur, on dirait !

– Lis-moi, tu sais bien, s'agace Coco.

– Pardon, elles ont écrit « Moins de police, plus de clitoris » !

– Génial ! J'adore !

– Mais enfin, Coco, elles ont défoncé une vitrine, tout pillé dans le magasin !

– Les assurances paieront pour ça, lance Sido, en s'asseyant à côté de Jim.

Quatre paires d'yeux fatigués, cernés, presbytes ou à moitié aveugles, se tournent vers elle. Elle reprend :

– On va quand même pas pleurer pour cette boutique qui se paie les Champs-Élysées !

Le cœur de Solange bondit.

– Heu, oui, mais il y a d'autres moyens, regarde, la marche pour le climat, le même jour… avance Lætitia.

– Tu y étais ? réplique Sido.

– Non mais…

– Et elle aura quoi comme impact ?

– Arrêtez, toutes les deux, on a déjà eu cette discussion mille fois avec Sylvie et Nicole, coupe Stéphane. Vous savez bien que c'est toujours la communication qui gagne.

Il s'est passé un truc. C'est depuis ce jour-là que tu as changé, Sido. Depuis ce samedi où les Gilets jaunes ont brûlé le Fouquet's, ce samedi où j'ai été virée. Il faut qu'on se parle, vite.

Assia sort de la cuisine.

– Ah, te revoilà ! s'écrie Lætitia. Au fait, Solange, tu ne nous as pas dit, tu vas faire quoi après Rolland, alors ?

Il faut qu'on se parle, Sido, mais avant, il faut qu'on fasse quelque chose, toutes les deux. Regarde-moi, ça ne va peut-être pas te plaire. Tant pis.

Solange pose sa main sur le genou d'Assia, qui la regarde fixement.

– Je pars en vacances en Algérie en avril.

19.

Colette s'étire, tend les jambes. Cette fatigue ne passe pas. Il faudrait un peu de sève de bouleau, du ginseng, mais elle n'a pas le courage de se lever pour aller à la cuisine. La maison est vide, silencieuse après l'effervescence de l'après-midi. Sylvie, Jocelyne et Nicole sont sorties et Assia est allée voir d'autres amis.

Tu aurais pu rester, Solange, et toi aussi, Sido. On n'a même pas eu le temps de discuter de cette idée de vacances en Algérie.

Colette trouve la force de se relever du fauteuil, fait chauffer la bouilloire, prépare une tisane énergisante. Elle verse l'eau bouillante dans la théière en comptant jusqu'à sept, le temps qu'il faut pour la remplir, ouvre le placard des tasses et cherche son mug préféré. Il a été déplacé, c'est Assia qui a rangé et elle ne sait pas comme il est important que chaque objet soit à sa place pour que Colette puisse les retrouver. Colette arrête le tremblement qui la saisit en s'agrippant au plan de travail, choisit un mug au hasard. La tisane a suffisamment infusé, elle verse le liquide brûlant jusqu'à le sentir sur la pulpe de son index posé sous le rebord. Elle retourne au salon, s'installe dans son club, les jambes sur la table basse, prend sa tablette et fait défiler les photos prises dans l'après-midi.

Vous voilà, toutes les deux. Quand vous êtres entrées, je ne vous ai pas distinguées l'une de l'autre. Deux visages ovales, deux chevelures rousses. Solange, tu avais détaché tes cheveux, comme avant. Et toi, Sido, on dirait que tu as grandi d'un coup, ces derniers temps.

Ah, c'est quoi ces mouches devant les yeux ! C'est nouveau. Rien à voir avec la vue, a dit le médecin. Un peu de tension, d'hypoglycémie sûrement. « Il faut vous ménager. »

Plutôt crever.

Colette lance Twitter, son logiciel lit les derniers tweets arrivés, elle suit les liens, repère les images les plus lumineuses, contrastées, celles qui ne sont pas réduites à des aplats de couleurs informes.

Tiens, si je regardais cette vidéo montrée par Lætitia ?

Colette dicte « moins de police, plus de clitoris » à son moteur de recherche et trouve plusieurs vues de la même scène. L'une d'entre elles, postée par une certaine FlammeRouge, est vue de près, le son est bon.

Comment on fait déjà, Sido, pour zoomer ? Ah voilà, là, je suis dedans. Un peu de son : la vitrine se brise. Quelle idée géniale, ces mannequins ! Tiens, Lætitia n'a pas montré la suite. On voit pas grand chose. Deux groupes en noir qui s'affrontent. Des LBD, des pavés. Qui est qui ? Flics ou casseurs ?

« BAM », un tir de LBD.

Un corps par terre.

« Ça va ? »

J'ai déjà entendu cette voix.

Colette retourne en arrière, ralentit, tente de voir, réécoute, entend « Ça va ? », recommence. Ses mains sont moites, ses doigts ne glissent plus sur l'écran. Elle s'essuie sur sa jupe.

Je connais cette voix, je la connais trop bien.

Colette repasse la vidéo, ralentit, cherche à déterminer quelle silhouette fait quoi, laquelle tague, laquelle court, laquelle se prend une balle, laquelle lance des pavés, laquelle crie « On y va ! », mais toutes ces formes noires sont interchangeables, ne composent qu'une masse sombre, indistincte et mouvante, impossible à identifier. Colette retourne à la page de recherche, trouve d'autres vues moins bonnes, aucune ne permet de savoir. Il y a trop de noir. Elle pousse la luminosité de l'écran au maximum, zoome, ralentit, il y a trop de taches noires, elle ne voit rien, elle se frotte les yeux, les taches restent, et puis ça bourdonne, elle n'entend pas bien, elle pousse le volume à fond, revient à la vidéo de FlammeRouge, il n'y a que là qu'on entend vraiment « Ça va ? ». Sa bouche est sèche, elle boit une gorgée de tisane, se brûle, les mouches noires et les bourdons envahissent son champ de vision, la tablette se bloque, ses doigts ne glissent pas bien sur l'écran, « Ho que ça m'énerve ! » Sa propre voix lui parvient de loin, comme celle d'une étrangère, « Il me faut de l'air, il fait trop chaud ici ». Elle se lève, la tablette tombe par terre. Colette s'effondre.

Vite refermer la porte sans bruit, marcher pieds nus sur l'herbe, elle étouffe le bruit des pas. Le portail grince, il faut que je mette un peu d'huile pour la prochaine fois. Voilà, maintenant je peux remettre mes chaussures. Un coup d'œil en arrière. Tout est calme, les parents dorment. Sous le réverbère, mon miroir, mon rouge. Là, voilà, tu es mignonne, tiens voilà un baiser. Et si les garçons n'avaient pas attendu ? Dépêche-toi ! Non ils sont là, avec les vélos, me font signe. Tiens, il y a un nouveau, avec une moto.

Je monte sur le dernier porte-bagages libre, le garçon à la moto nous sème. Quand on arrive au bal, il nous attend devant, avec deux autres motards. On entre. L'orchestre joue une java, ma préférée. Le garçon à la moto m'invite. Je n'aime pas ses mains sur moi, mais j'aime danser, sentir ma tête tourner. Aujourd'hui c'est ce garçon-là, samedi prochain ce sera un autre. Du moment que je sors. Que je ne reste pas dans cette maison qui sent la guerre et la mort. Du moment que je ris, que j'entends de la musique. Que je vis. On tourne, tourne, mes oreilles bourdonnent, des mouches volent devant mes yeux, je ne sens plus mes jambes, je ris, je m'envole.

Colette se réveille.

Deux visages ovales, deux chevelures rousses.

– Coco, Coco ? Ça va ?

C'est toi, Sido ? Ça va, oui, ma chérie. Mais que fais-tu là, au bal ?

– Ça va ?

Ta voix.

Colette se redresse, regarde autour d'elle : murs verts, néons, potence métallique. L'odeur surtout. L'hôpital.

– Sido, c'est toi ? Solange ?

– Oui Coco, répond Solange. Tu as fait un malaise. Sylvie t'a retrouvée inconsciente dans ton salon.

– Sylvie ?

– Oui, elle est à la maison. Quand je suis arrivée, je lui ai dit d'aller se reposer, que je l'appellerais quand tu te réveillerais.

Solange, pourquoi tu me parles avec la voix que tu prenais pour t'adresser à Sido quand elle était bébé ?

– Comment ça va, Coco ?

Ta voix, Sido.

Colette attrape la main de Sido, la porte à ses lèvres.

– Je vais bien quand tu es là, ma chérie. Ne t'inquiète pas.

Elle se tourne vers Solange :

– Et les toubibs, ils disent quoi ?

– Hypertension, hypoglycémie, fatigue.

– Rien de grave. Tout va bien, je me sens mieux, je peux sortir, dit Colette en essayant de se lever.

– Attends, ils te gardent en observation.

– Hors de question, je rentre chez moi, aide-moi, passe-moi ma veste.

Solange pose une main ferme sur son épaule :

– Tu m'écoutes, pour une fois ? Attends de revoir le médecin !

– Vu l'état des urgences, ça peut durer toute la nuit !

– On va rester avec toi, dit doucement Sido.

– Ça va pas non ?

Colette se lève, les mouches et les bourdons ressurgissent. Elle capitule. S'allonge, ferme les yeux puis chuchote :

– Sido, tu veux bien nous laisser cinq minutes, Solange et moi ?

Quand elle est sortie, Colette reprend à voix basse :

– Il y a quelqu'un derrière le rideau, là ?

– Il y avait un homme mais ils viennent de l'emmener pour des examens.

– D'accord, on peut parler alors. J'ai quelque chose à te dire. Mais avant, il faut que tu regardes une vidéo. Où est ma tablette ? Il y a le wifi ici ?

– Tu crois que c'est le moment d'aller sur YouTube ?

– Donne-moi ton téléphone.

Solange s'exécute, Colette dicte les mots qu'il faut, trouve la vidéo.

– Monte le son.

– Encore tes manifs, mais arrête avec ça, tu viens de faire un malaise, tu es à l'hôpital et…

– J'aime pas te donner des ordres, tu le sais. Mais tais-toi et regarde.

Solange obéit. Arrivée à la fin, Colette revient en arrière, lui fait à nouveau écouter « Ça va ? ».

– C'est elle.

Solange passe la vidéo au ralenti.

Tu vois bien, ma chérie, c'est elle qui balance des mannequins. C'est elle qui lance des pavés. Cette rage. C'est elle.

Colette s'allonge, ferme les yeux.

– Qu'est-ce qu'on va faire ? C'est de ma faute, de ma faute…

– Non, c'est de la mienne, la coupe Solange.

– C'est qui cette bande ?

– J'ai entendu quelqu'un crier « Arsène ». Tu sais, c'est l'élève de terminale, le leader de leur mouvement. C'est avec lui qu'elle a été arrêtée en décembre. Mon avocate a géré avec ses parents, je n'ai pas cherché à les rencontrer. Peut-être que Gwenn en fait partie, aussi. Ce doit être le même groupe qui était chez Rolland la semaine dernière.

– Qu'est-ce qu'on va faire ?

– Il faut que je réfléchisse. En attendant, repose-toi.

– Tu vois, j'ai rien, c'est juste un peu de fatigue, mais surtout le choc. Comment elle en est arrivée là ? C'est de ma faute…

– Elle grandit. Elle cherche. Elle fait des erreurs. Elle s'oppose aussi. Il était temps… Rappelle-toi, j'ai eu besoin de ça moi aussi.

Oui, c'est vrai, et moi aussi.

– Mais j'ai confiance en elle.

La porte s'ouvre. Un médecin filiforme, sexagénaire et impassible, énonce :

– Ma petite dame, alors, ça va mieux ?

– On ne peut mieux, mon cher grand monsieur, l'enterrement n'est pas pour aujourd'hui. Et maintenant, permettez, mais je rentre chez moi !

20.

Sido étend ses jambes sur la moquette, s'adosse au mur, cale sa tête avec son blouson, capuche sur les yeux. Elle ne dormira pas mais au moins elle peut s'isoler. La migraine est en train de monter, le sang pulse derrière son œil droit, la douleur va s'accentuer. Un peu d'air lui ferait du bien mais il fait trop froid sur le pont du bateau. Il faut juste attendre que le médicament fasse effet, fermer les yeux, détendre ses muscles, ses tendons, se blottir dans la douceur des souvenirs.

Quand Coco est sortie de l'hôpital, Solange l'a raccompagnée et Sido a rejoint Arsène, Gwenn, Louise et Pablo, en plein collage d'affiches à Ménilmontant. Accueillie par un long baiser d'Arsène et les cris de joie des autres, elle était un peu sonnée. Elle a fondu en larmes dans les bras de Gwenn : tellement peur que Coco ne soit plus là, tellement peur qu'elle meure, tellement triste de ne pas pouvoir partager avec elle ses doutes, ses joies, avec Arsène, avec le groupe. Et ce sentiment de l'avoir trahie. D'avoir piétiné son idéal. Ce plaisir dans la violence. Est-ce que eux aussi ? La perte de contrôle, comme une drogue. Demeter qui prend toute la place. Gwenn l'a rassurée. Elles partageraient d'autres choses avec Coco, et peut-être même ça, Sido ne pouvait pas savoir. Et oui, Gwenn aussi a peur de ce qu'ils découvrent, avec Arsène, Louise et Pablo, oui perdre le contrôle lui plaît, oui, ils ont envie de recommencer, encore et encore, mais ce n'est pas pour rien, juste pour le plaisir de casser, c'est pour changer le monde. Sido écoutait à peine, n'avait plus envie d'entendre FlammeRouge. Et puis Gwenn a murmuré que Sido était la personne la plus extraordinaire qu'elle ait jamais rencontrée. « Plus que Coco ? » a répondu Sido en souriant à travers ses larmes. « Plus que Coco », a répondu Gwenn.

Sido aurait pu rentrer avec Arsène, elle ne l'a pas fait. Il l'a serrée longtemps dans ses bras, a murmuré : « Je sais ce que ça fait. » Elle a senti qu'il voulait dire quelque chose, mais il a enfoui sa tête dans son cou, elle a embrassé sa nuque et elle est partie.

Sur la terrasse, elle a biné, taillé, arraché. Le contact de la terre l'a apaisée. Elle a fini par envoyer un texto à Solange, à 2 heures du matin, pour savoir comment allait Coco. *« Elle est toujours aussi pénible, elle va bien »*, a répondu Solange.

Le lendemain midi, chez Coco, Jocelyne avait préparé un déjeuner avec toutes leurs amies en l'honneur d'Assia. Même Georges était de la partie, en *live* sur la tablette de Coco. C'était gai ? ou trop gai ? Sido n'arrivait pas à effacer de sa mémoire le visage blafard sur son oreiller d'hôpital. Solange n'a pas réussi à la rassurer.

Le soir, elles ont parlé de l'Algérie : Solange voulait qu'elles partent ensemble, pour les vacances de printemps. Elle s'est contentée d'un « C'est important pour moi ». Sido n'en revient pas. Retourner là-bas, après tant d'années, pour revoir son amoureuse. Jamais elle n'aurait cru Solange capable de ça. Peut-être qu'en Algérie, elles pourront parler, toutes les deux, de ce qui s'est passé sur les Champs, et aussi d'Arsène ?

Coco ne sera pas de la partie. L'Algérie est à Solange, elle ne veut pas s'imposer. Mais elle veut tout savoir du *Hirak* : les manifs, ce que disent les jeunes, les vieux, les changements, les espoirs. Elle en a rajouté sur la non-violence, comme si elle avait deviné quelque chose. Sido a promis d'être ses yeux, comme toujours.

Les semaines qui ont suivi ont ressemblé aux précédentes, de part et d'autre de la Méditerranée. En France, dans une manifestation de Gilets jaunes, une retraitée niçoise a été bousculée par un policier et a fini à l'hôpital. En Algérie, une manifestation monstre a conduit Bouteflika à démissionner.

Au lycée, les terminales se concentraient sur le bac blanc, les autres continuaient leur mobilisation pour le climat. Louise, Arsène, Pablo et Gwenn se voyaient tous les week-ends, sans Sido. Demeter était *out*. Sido avait besoin d'être seule. Ou presque. Elle ne voulait plus lâcher Coco. Elle devait ruser pour que ça ne se voie pas. Elle appelait Jocelyne, envoyait des messages à Sylvie, à Nicole, surveillait le compte Twitter de Coco et s'inquiétait quand elle n'avait pas relayé une information depuis trois heures. Solange ne s'est rendu compte de rien.

Un soir, Sido s'est effondrée en larmes dans les bras d'Arsène. Coco n'avait pas envoyé de message depuis le matin, personne ne répondait au téléphone à la maison. Sido voulait aller voir, et en même temps ne voulait pas. Arsène s'est mis à trembler, il passait ses mains doucement dans son dos, comme pour la réchauffer, mais tout son corps était glacé. Elle a pris sa tête dans ses mains, murmuré :

– Est-ce que ça va ?

Il a répondu :

– Mauvais souvenir. Ma mère... N'y va pas. Tu ne sais pas ce que tu vas découvrir.

Il s'agrippait à elle comme s'il allait s'écrouler, il l'a embrassée si fort que leurs dents s'entrechoquaient. Le téléphone de Sido a sonné. Coco. Elle avait perdu le sien. Et le temps d'en racheter un autre, de le réactiver, de se faire expliquer tout ça à la boutique par un incapable qui n'avait pas été foutu de lui vendre un portable moins compliqué... Arsène a ri. La voix de Coco dans ses oreilles, Sido s'est remise à vivre.

Un week-end, Solange est partie chez Georges, laissant Sido seule à l'appartement. Sans recommandations, sans mise en garde, sans rien dans le frigo. Aucun accessoire de la mère qui culpabilise de laisser sa progéniture pour la première fois, juste deux phrases : « Je te fais confiance » et « Je t'aime ».

Ce soir-là, en entrant dans l'appartement, Arsène regarde autour de lui comme un moineau égaré. Sido porte la veste rouge qu'il lui a donnée, après la manif. Elle n'a pas passé de longues heures dans son bain, n'a pas gommé sa peau, ne l'a pas hydratée, parfumée, maquillée. Elle n'a pas mis de sous-vêtements sexys. Pourtant, il la regarde comme s'il la voyait pour la première fois. Elle dissipe la gêne en animant une visite guidée, effleure les sculptures, redresse un tableau, propose une bière. Ils se détendent. Arsène est fasciné par une photo des Pussy Riots, cagoulées et poing dressé dans la cathédrale de Moscou, et rit quand Sido prend la pose. Il l'embrasse, elle goûte l'amertume du houblon sur sa langue mais le repousse :

– Ici, c'est chez Solange, viens, je t'emmène chez moi.

Ils montent sur la terrasse. Le soleil couchant, la lumière dorée, les toits de Paris qui se colorent de rose : le décor serait bien planté mais ils ne sont pas de ce bois-là. Arsène caresse les feuilles veloutées de la sauge, froisse un brin de menthe naissant, écoute les noms égrenés, *Berberis*, *Buddleja*, *Ceanothus*, *Cornus alba*, *Cotoneaster*, *Cytisus*. Il rit :

– Moi je suis plutôt une fleur de bitume !

Elle a envie de le croquer. Sous la petite serre, elle lui montre son trésor : les fraises à peine rouges, sauf une, là, qu'elle cueille et lui offre, et qu'il repousse doucement en lui révélant qu'il doublerait de volume s'il l'avalait. Ils rient, ils s'embrassent.

La nuit est tombée, la fraîcheur d'avril les empêche de se découvrir d'un fil. Ils ne veulent plus des étreintes furtives et froides, debout contre le mur de l'escalier. Ils redescendent à l'appartement. Il s'assoit dans le canapé, elle se tient debout devant lui, enlève sa veste, son tee-shirt, dégrafe son soutien-gorge. Il la regarde, elle voit ses yeux brillants, entre les pointes dressées de ses seins. Il pose sa tête sur son ventre, embrasse son nombril, déboutonne son jean, le fait glisser sur ses chevilles. Elle attrape son tee-shirt, le passe au-dessus de sa tête, veut se baisser pour ouvrir son pantalon, il l'arrête : « Attends. » Il pose son visage sur sa culotte, frotte son nez, doucement, sur son clitoris, glisse un doigt dans l'élastique, puis deux, Sido se cambre, les doigts d'Arsène entrent en elle, ressortent, entrent à nouveau, elle tire sur sa culotte pour l'enlever, Arsène pose ses lèvres sur son sexe. Elle attrape ses cheveux, le repousse, ça va trop vite, les questions se bousculent : Est-ce qu'elle sent bon ? Est-ce qu'il va aimer son goût ? Est-ce qu'il a déjà fait ça ? Elle s'agenouille, sent la fraîcheur apaiser son sexe humide, déboutonne le jean, libère le pénis d'Arsène en riant, « Tu étais trop serré ! », elle ferme les yeux, ne peut pas le regarder, pas encore, elle explore, doucement, du bout des lèvres, la peau lisse, douce, descend le long de la hampe, remonte, elle regarde le visage d'Arsène, les yeux fermés, abandonné, elle hésite, elle frissonne, ne sait plus, tout à coup : Est-ce qu'elle saurait faire ? Est-ce qu'il va aimer ça ? Quand est-ce qu'elle devrait s'arrêter ? Arsène ouvre les yeux, son sexe se ramollit, il prend ses mains, la fait remonter vers sa bouche. Ils se réchauffent, retrouvent leurs gestes, ceux qu'ils connaissent déjà, se rassurent. Arsène redescend vers le sexe de Sido, effleure son clitoris d'un baiser, demande : « Montre-moi. » Elle enfouit ses mains dans ses boucles, le guide vers ses petites lèvres, qu'il commence à sucer doucement, « Plus fort », les questions ont disparu, il aspire, lâche, reprend, passe sa langue sur le clitoris, descend vers son vagin, elle veut sa langue en elle, elle se cambre, il comprend, son visage tout entier est caresse, elle explose. Il pose sa tête contre son ventre le temps que les spasmes s'apaisent. Elle dit : « À toi ». Il répond : « On a le temps. »

Sido sursaute : un passager s'est pris les pieds dans ses jambes. La migraine est passée. Ne pas la laisser revenir en repensant aux mots d'Arsène, il y a deux jours. « Alors tu m'abandonnes ? » Un ton léger qui sonne faux. Les yeux qui disent l'angoisse béante tandis que le sourire la masque. Sido attrape son portable :

« Je repense à tes lèvres sur les miennes, celles auxquelles tu penses.

– Je pense à toutes tes lèvres, tout le temps, et à tant d'autres choses.

– Comme quoi ? »

Longues minutes virtuelles où les mots réveillent le désir, mais le temps file et le bateau va accoster. Sido envoie un message à Coco :

« Alger en vue !

– Youhou et youyous ! »

Elle a promis. Tous les fils resteront noués : Gwenn, Louise, Coco, Arsène, tout le monde est suspendu à son portable. Sido le range après un dernier baiser et part à la recherche de Solange.

C'était son idée, le bateau : refaire le même trajet, en sens inverse, et en plus, c'est mieux pour la planète. Solange a juste oublié le mal de mer et les tempêtes d'avril. Sido file directement au pont supérieur. Solange, accoudée au bastingage, montre au loin Alger.

21.

Sido et Solange retrouvent Assia sur le quai. À côté d'elle, une fille brune, petite, au visage mat et fin, qui lui ressemble. Sa peau est à peine poudrée, ses yeux discrètement soulignés de noir, ses cheveux lisses. Ovale parfait, sans retouche. Assia la présente comme sa nièce : Atina. La fille dépose sur leurs joues une bise pointue, indifférente, puis dégaine son portable et son casque. Elle ne les lâchera plus.

Dans le taxi, Solange raconte qu'Assia a joué les guides lors de son premier voyage, elle tente de retrouver ses repères mais ne reconnaît que la Grande Poste. L'air sombre, Assia montre quelques magasins de mode islamique. Les enseignes sont en arabe mais le centre-ville ressemble à celui d'une grande ville française. On est loin du bouillonnement des villes africaines. L'ennui semble transpirer de partout.

Heureusement, Assia a tout prévu : à l'appartement, un petit groupe d'amies les accueille à bras ouverts comme si elles s'étaient toujours connues. Une très vieille dame toute ridée, en robe traditionnelle, pousse de grands cris. Assia la présente comme Djamila, l'une de ses tantes. Elle attrape Solange et la serre entre ses seins tombants comme si elle avait encore seize ans. Solange éclate de rire.

Une fille, queue de cheval brune, tenue sportive, parle d'une voix douce. Assia l'attrape par l'épaule :

– Samira, ma petite cousine. C'est notre fierté. L'avenir de ce pays. Vingt ans à peine. Je la surnomme la Kahina.

– Arrête, tata, avec ça !

– Elle est trop modeste. Si vous saviez ce qu'ils ont fait, en deux mois, avec ses copains ! Et tout ça sans violence, *Silmiya* !

– On a encore du travail, tata !

Assia est transfigurée. Sa froideur a disparu. Au milieu de ces femmes, nièces, cousines, tantes, amies, elle rayonne. Sido se laisse happer par le délicieux mélange de français, d'arabe et de kabyle qui s'échappe de toutes les bouches, tout en ayant l'impression de regarder la vie foisonnante d'un aquarium derrière une vitre. Assia finit par se lever, la prendre par la main et frapper à la porte d'une chambre :

– Atina, je te laisse montrer son lit à Sido ? la salle de bains ? Faites connaissance, on mange dans une heure.

Sido reste debout, face à Atina, qui n'a pas levé les yeux de son portable et gardé son casque. Elle décide de sortir son téléphone et entame le compte rendu de l'arrivée pour Coco, brosse un portrait de Samira pour Louise, demande des nouvelles de Gwenn. Pour Arsène, juste un baiser et « *Patiente* », elle le veut dans son lit ce soir. Sans arrêter de fixer son écran, Atina finit par décrocher un mot :

– La salle de bains est au fond du couloir. Touche pas au placard de droite.

– C'est bon, j'ai pas besoin d'y aller.

Atina enlève son casque et daigne enfin lever les yeux :

– Tu devrais. Assia m'a demandé de t'emmener, je vais à une soirée. Tu peux pas y aller comme ça.

– Pourquoi ? De toute façon, je suis crevée, j'ai pas envie d'aller à une soirée.

– Comme tu veux.

Atina file à la salle de bains. Sido remarque, dans un renfoncement de la chambre, deux platines, une table de mixage et un carton de vinyles. Elle s'assoupit.

Atina revient une demi-heure plus tard enveloppée dans un peignoir, Sido fait semblant de dormir pour l'observer entre ses cils. Un corps parfait. Pas un gramme de cellulite, les seins hauts, elle ressemble aux statues grecques dont elle porte le nom. Assise sur le lit, elle s'hydrate longuement, puis parfume ses aisselles, sa nuque, le creux de ses seins et même son sexe, parfaitement épilé. Tout ce que déteste Sido. Elle referme les yeux. Elle n'est pas venue à Alger pour voir les mêmes poupées artificielles qu'au lycée. Encore cinq minutes et Atina va prendre une pose pour la poster sur Insta. Et ce parfum écœurant ! Sido se lève d'un bond. Atina boucle un soutien-gorge noir en la fixant droit dans les yeux.

– T'es décidée, tu viens ?

– Je t'ai dit que non. Ces soirées, c'est pas mon truc. Écoute, je veux pas être méchante. Je suis chez toi. Je vais pas à ce genre de soirée, je m'habille pas comme toi, je me maquille pas.

– Tu t'épiles quand même ? rétorque Atina, avec un petit sourire en coin.

L'énervement de Sido retombe d'un coup.

– Ça dépend où.

– Pas juste, t'es rousse, sourit Atina. Je vois que t'as de l'humour, c'est déjà ça.

Sido sent la colère remonter.

– Fais pas cette tête. Depuis que tu es arrivée, t'es sérieuse, fermée, détends-toi ! Allez, viens, prépare-toi, on mange et après on sort. Je te prête une robe si tu veux.

– J'ai pas mis de robe depuis mes dix ans…

La robe prêtée par Atina est un *jilbab* gris. Il attend sur le lit que Sido l'enfile par-dessus son jean et son tee-shirt. Atina porte une robe noire très courte, brodée de fils dorés discrets. Dans son sac, des talons de douze centimètres.

Devant le miroir, elle prend la pose, une jambe en avant, poitrine bombée, lèvres pulpeuses.

– Je te plais, chérie ? Oh, la tronche ! Moi qui pensais rencontrer une vraie Française, une gravure de mode…

Sido hausse les épaules. Atina se ferme d'un coup. Plaque le *jilbab* sur sa poitrine.

– C'est à ça que tu veux ressembler ? Vas-y, essaie. Mets ça une journée, en été, avec le *hidjab*. Tu comprendras après pourquoi je mets du rouge à lèvres et des push-up. Je sais ce que tu penses. Tu es comme Assia, ta mère et ta grand-mère, là, Coco, j'en ai tellement entendu parler que j'ai l'impression qu'elles vivent sur le palier.

– J'ai rien dit, tu fais ce que tu veux !

– Mais non je fais pas ce que je veux ! Et toi non plus d'ailleurs. Pourquoi tu te camoufles comme ça, si c'est pas pour te cacher ? T'as peur du regard des autres ? Tu te sens mal dans ton corps ?

– Pas du tout, chacune fait ce qu'elle veut. Juste, j'aime pas ça.

– Non, tu me juges, je le vois. Tu crois que je t'ai pas vue tout à l'heure, quand je suis sortie de la douche ?

– Je te trouvais jolie, c'est tout.

Atina s'arrête, surprise.

– Si tu as envie de passer des heures à te faire belle, c'est ton droit. Si ça te plaît, alors tant mieux. Je trouve juste que faire ça, ça nous enferme, ça nous incite à consommer, à obéir aux injonctions. Ça nous rend pas libres.

– Moi c'est comme ça que je me sens libre, réplique Atina, songeuse.

Sido enfile le *jilbab* en riant :

– En effet. Je comprends !

– Je préfère quand tu es comme ça. T'es belle quand tu ris. T'es trop sérieuse.

– Pourquoi tu dis ça ? répond Sido en rougissant.

– Je sais pas, t'as un truc lourd, là, on dirait, dit Atina en la prenant par les épaules.

Elle s'assombrit d'un coup :

– Ici, en Algérie, tout est super lourd, alors moi j'ai choisi la légèreté. Et dis-moi, t'as un chéri ?

– Euh, oui… pourquoi ?

Atina prend un air malicieux :

– Et vous avez… Allez, dis-moi, ici les garçons sont affreux.

– Oui ça doit pas être facile…

Elle se braque à nouveau :

– Facile de quoi ? Qu'est-ce que tu crois ? Vous en France, vous nous voyez toujours comme des arriérés. Vous croyez que les filles se font sodomiser pour garder leur virginité et tout.

Devant la tête effarée de Sido, elle éclate de rire :

– Tu m'as crue, t'es drôle, vraiment, allez, on y va.

Le taxi les dépose devant une immense villa, sur les hauteurs d'Alger. Une électro grinçante décape les oreilles de Sido. Atina l'attrape par la main avant qu'elle change d'avis. Elles ne sonnent pas, personne ne répondrait. Elles se précipitent aux toilettes, retirent les *jilbabs*, les foulards. Atina met ses talons, retouche son maquillage, se recoiffe. Elle se tourne vers Sido :

– T'es sûre que tu veux rien ?

– Sûre ! dit Sido en ébouriffant soigneusement ses cheveux.

– Ah, là, tu es parfaite ! Tu vois, t'es drôle quand tu veux !

Atina l'entraîne, la présente à d'autres jeunes filles très maquillées, en jupes moulantes et hauts talons, à des garçons lookés qui ressemblent à des Parisiens. Sido observe, les filles qui jouent le jeu des garçons, les couples qui se forment, l'alcool qui délie les langues et fait tanguer les corps. Atina se met aux platines. Elle pose le casque sur ses oreilles, se penche sur la table de mixage. Elle choisit un disque, fait lentement monter le *beat*, les basses résonnent dans la poitrine de Sido. Elle n'aime pas danser. En soirée, elle reste avec Gwenn, près du bar, à discuter. La danse fait tourner la tête, fait perdre le contrôle, empêche de rester les pieds sur terre.

Mais ce soir, ses jambes bougent lentement, malgré elle. Elle ferme les yeux, laisse la musique pénétrer ses cellules, couler le long de ses nerfs, faire bouger ses muscles. Atina est concentrée, elle pousse les basses, sample un morceau de guitare, crée une boucle qui enlace Sido et ne la lâche pas. Leurs yeux se croisent. Atina sourit. Sido ferme les yeux. Son sexe vibre. Que fait Arsène ce soir ? Il est là, entre ses cuisses, lui imprime son rythme.

Un cri de joie. Atina. Un cri aigu. Un cri de jouissance. Elle pousse encore le volume, elle saute en rythme, emmène avec elle une foule déchaînée, qui hurle en réponse. Flux d'électrons libres. Sido se laisse emporter.

Des minutes, des heures plus tard, Atina rejoint Sido sur le toit terrasse.

– Je te cherchais, j'étais sûre que tu serais là. T'es restée longtemps sur la piste. Ça t'a plu, on dirait.

Sous l'ironie, Sido perçoit l'enjeu.

– Quand c'est toi qui mixes, oui.

– Les autres passent de la merde. Mon rêve, c'est d'aller à Berlin, un jour, mixer dans un club.

Atina se mord les lèvres.

– T'es bientôt majeure, tu pourras faire ce que tu veux, répond Sido, un peu ailleurs.

Elle vient d'échanger avec Arsène. Il répète en boucle : « *Tu me manques, tu me manques, tu me manques.* » Il lui manque. Mais il est tellement là, en elle, à chaque seconde. Et elle aurait voulu lui raconter Atina, sa beauté et sa force, derrière les platines, la musique, le plaisir. Elle n'a pas trouvé les mots. Ce ne sont pas leurs mots.

Sido sursaute, Atina vient de lui donner un coup de coude :

– Tu t'en fous, en fait.

– De quoi ? Non… je m'en fous pas… Tu disais ?

– Je disais que je pouvais pas aller en Allemagne. Pas de visas pour l'Europe pour les jeunes Algériens. C'est super limité. Si j'arrive à faire médecine, je pourrai peut-être postuler, ils manquent de docteurs, mais j'aurai trente ans, et je vivrai toujours chez Assia, parce qu'ici les filles vivent pas seules. Et à trente ans, je serai déjà vieille. Je sais pas si je ferai encore de la musique.

– Dis pas ça, t'en sais rien.

– C'est toi qui sais pas. Et encore, moi j'ai de la chance. Ma famille a un peu d'argent, je vais faire des études. Mais il y a les autres, tous ceux qui tiennent les murs, qui ont des diplômes d'électriciens, de commerciaux, qui n'ont pas de boulot, qui rêvent que d'une chose, trouver un bateau pour traverser la mer et se retrouver de l'autre côté où ce sera pire.

– Mais vous êtes en train de faire changer les choses, quand même !

– Tu parles comme Samira. Elle y croit. Moi, je suis pas optimiste. Pas ma nature. Enfin, on verra ! En attendant, il faut s'éclater : on redescend ?

– Je suis bien, là, je regarde le ciel, les lumières, en bas. Et puis ça sent bon. Tous ces arbres, ce jardin, ces fleurs.

– T'es vraiment spéciale, toi, sourit Atina. Et au fait, ton prénom, là, Sido, c'est quoi ?

– C'est Sidonie, en fait.

– Ah je préfère, c'est plus beau. Mais pardon, hein, ça fait prénom de vieille.

Sido éclate de rire.

– Oui, c'est le vrai prénom d'une dame morte il y a longtemps, une écrivaine, Colette, comme ma grand-mère. Tu comprends pourquoi Solange l'a choisi...

– OK, bonjour l'héritage. Assia m'a beaucoup parlé de Coco, elle a l'air top, ta grand-mère.

– Oui, on partage tout. Elle a une maladie, la DMLA, elle voit très mal. Je suis ses yeux.

– Je comprends mieux le poids sur tes épaules, dit doucement Atina. C'est dingue comme tu parles de ta grand-mère. Ici on respecte les anciens, mais toi, on dirait un dieu !

– Une déesse, tu veux dire ! Tu peux parler, toi, avec ton prénom !

– Bien vu. Et sinon, ton chéri, il s'appelle comment ?

– Arsène.

– Et t'as une photo ?

– Non, on se prend pas en photo, c'est mieux en cas de confiscation des portables. Ça permet d'éviter de faire le lien entre nous.

– Parce que vos parents sont pas au courant ?

– C'est pas les parents, le problème, c'est les flics. Si tu te fais arrêter lors d'une manif, ils peuvent prendre ton portable et l'examiner pour trouver les autres militants.

– Militants de quoi ?

– Je peux pas t'en dire plus. En France, en ce moment, mieux vaut être prudents, c'est tout. Donc pas de photo et discussions sur messagerie sécurisée.

– Alors dis-moi, il est comment ?

– Pas comme les autres…

Les autres, tous ceux qui t'abordent dans la rue, t'accompagnent un bout de chemin, te demandent de prendre un café, te demandent ton zéro six, te complimentent, te sifflent, te font rentrer les épaules, marcher plus vite, regarder droit devant toi, fermer les écoutilles.

Les autres, tous ceux qui, dans le bus, dans le métro bondés, se collent à tes fesses, frottent leur sexe contre toi, te font avancer le bassin pour éviter le contact, te font dire pardon aux autres voyageurs, te font te retourner, l'air sévère, sans effet, te font te déplacer, malgré la foule.

Les autres, tous ceux qui te parlent d'eux en soirée, de leur formidable vie minable de fils à papa qui part au ski à Courchevel et faire du bateau à Quiberon, qui te racontent qu'ils entreront dans tel lycée pour faire leur prépa, ceux qui pensent faire briller tes yeux, ceux qui veillent à ce que ton verre soit bien plein, se penchent à ton oreille pour te faire un compliment ou un trait d'humour, te font bâiller d'ennui mais rester quand même, car il n'y a rien d'autre à faire, ceux que tu suis dans un recoin sombre, que tu embrasses parce que ça fait vingt minutes qu'on parle et que ça suffit, ceux qui te touchent consciencieusement, comme ils ont vu dans les pornos, parce que tu es censée aimer ça, ceux qui ne comprennent pas, quand tu dis non, qui insistent, te mordillent l'oreille pour te titiller, tentent une autre approche en te caressant les fesses, ceux qui ne comprennent toujours pas quand tu les repousses, dis non, t'en vas, la boule au ventre, en espérant qu'ils ne se lâchent pas ensuite en te traitant d'allumeuse ou de chaudasse sur les réseaux.

Ceux qui te donnent envie de te retourner, de crier « Ta gueule, casse-toi », de planter tes yeux lasers dans leurs yeux étonnés, d'apostropher les passants, les passagers du métro, du bus, de tirer la sonnette d'alarme, de répliquer avec humour les bons jours, de donner un coup de pied dans les couilles les mauvais, ceux qui te donnent envie de filmer, de poster sur les réseaux, de menacer. Ceux qui te donnent envie de frapper, de tout péter. Ceux qui te font devenir ce que tu détestes. Une tarée, une reloue, une hystérique.

Ceux qui ne sont pas Arsène.

22.

Encore une manif ? Mais celle-ci voit fleurir des drapeaux vert et blanc portant un croissant, et des drapeaux bleu-vert-jaune frappés d'un ⵣ rouge.

Encore des slogans ? Mais ceux-là sont scandés en arabe, en kabyle, en français, en anglais : « J'ai testé ce régime et je n'ai pas maigri, alors j'ai changé de régime » ; « Système dégage » ; « *Yetnahaw gaâ !* » (Qu'ils dégagent tous !) ; « *Ulash ulash smeh-ulash* » (Pas de pardon) ; « *Go out !* »

Encore des chansons ? Mais l'une d'elles est un chant de supporters de foot devenu hymne révolutionnaire. Il parle de l'aube et du sommeil qui ne vient pas, de la Casa del Mouradia, un palais présidentiel au nom de série Netflix, d'un premier, d'un deuxième, d'un troisième, d'un quatrième mandat, de la décennie noire, d'une poupée morte en guise de président. Une chanson qui dit le ras-le-bol de cette vie, de la *hogra* – le mépris –, et l'envie de liberté.

Encore des gens qui défilent ? Mais ceux-là sont les jeunes, les vieux, les femmes, les hommes, les enfants, les islamistes, les militants de gauche. Ceux-là sont ceux qui n'ont jamais manifesté, qui ne savaient pas comment on fait, qui ont suivi le copain, la copine. Certains ont connu la lutte pour l'indépendance, la clandestinité au temps du parti unique, les années de terrorisme. Certains ont lutté les uns contre les autres. Et pourtant ils se rassemblent aujourd'hui. La plupart n'ont pas connu ces temps-là. La plupart ont moins de trente ans et crient « *Istiqlal* » – Indépendance –, pour retrouver celle qui a été confisquée par la clique au pouvoir.

Encore des flics ? Mais ils sont les fils, les filles, les cousins, les cousines, les neveux, les nièces de ceux qui défilent. On leur parle, on discute, on se salue. Ils sont tenus à distance. Parfois ils tentent d'arracher quelqu'un à la foule compacte, qui enserre et protège. Ils refluent la plupart du temps, pas toujours. Chaque tentative de nassage est réduite à néant par des hordes de bras levés et de bouches criant : « *Silmiya, silmiya !* »

Encore des femmes ? Mais elles sont toutes là. Les étudiantes, têtes nues ou foulard, tee-shirt amazigh ou vert-blanc-rouge, côte à côte, avec les garçons. Les jeunes filles qui se sont faites belles, dans l'espoir de trouver un amoureux. Les avocates, les médecins, qui n'en peuvent plus de lutter chaque jour pour faire leur travail. Les vieilles, qui n'ont jamais appris à lire, qui ne sortaient jamais de chez elles, qui scandent la manif de youyous et de chants traditionnels. Les *moudjahidate*, Assia en tête, trahies par les puissants, qui reçoivent des baisers sur le front en pleurant. Les féministes, juste derrière, avec leur banderole portant les photos des grandes Algériennes : Fadhma N'Soumer, résistante à la conquête française ; Hassiba Ben Bouali, la *moudjahida* ; Nabila Djahnine, militante féministe kabyle, assassinée par les islamistes.

Solange porte un bout de la banderole, elle crie avec les autres « *Djazaïryate ahrar* », « Algériennes libres », « Égalité ! À bas le Code de la famille ! ». Assia la prend par l'épaule :

– Je suis si contente de partager ça avec toi. On en a bavé, au début, tu sais, dans le carré féministe. On s'est fait bousculer, certains voulaient nous exclure, soi-disant qu'on divisait la lutte...

– « C'est pas le moment... » On connaît ça par cœur, dirait Coco.

– Heureusement, maintenant ça va mieux. Et puis on est un peu âgées, on parle en français, regarde, autour de toi, toutes ces jeunes. Elles pensent comme nous, mais elles le disent différemment. Il faut aussi apprendre d'elles. Reconquérir la rue, c'est déjà énorme. Cette fille-là, enveloppée dans le drapeau : elle se couvre le visage pour que son père ne sache pas qu'elle manifeste. Mais elle est là !

– Tu sais que c'est ma première manif depuis des années ?

– Moi aussi ! Tout a été interdit après le terrorisme. La peur avait gagné. C'est ça, notre plus grande victoire : ne plus avoir peur.

– Toi ? Avoir peur ?

Solange éclate de rire.

Encore des rires, Sido n'en croit pas ses yeux. Assia entraîne Solange devant la banderole en criant « *Fahlate !* Femmes fortes ! » Ça leur va bien. Deux femmes fortes. Assia qui a bravé les colons, les soldats français, les islamistes. Et Solange qui a survécu à la machine à broyer capitaliste. Elle semble à sa place ici.

Sido rejoint Samira et ses copains. Elle se repère au drapeau amazigh brandi par l'étudiante. Avec Atina, elles sont rentrées à l'aube, n'ont pas beaucoup dormi.

Sido a pris des dizaines de photos, de vidéos. Elle absorbe, fait le plein de sensations, couleurs, odeurs, sons. Elle cherche déjà comment elle racontera, à Louise, à Arsène, à Gwenn, à Coco, tout ce qui ne se voit pas à travers un écran de téléphone portable. L'odeur de cette foule, tantôt lourde, tantôt épicée. Les discussions partout, dans cette langue qui lui offre quelques bribes de français, d'espagnol ou d'anglais déformées. La foule, si compacte, mais sans qu'aucune main ne s'attarde. Le sentiment d'être protégée, comme dans un cocon, grâce à ces cordons de femmes plus âgées.

Samira glisse son bras sous celui de Sido :

– Comment ça va, *weltma* ?

Le défilé passe devant des policiers. Samira s'écrie :

– Lounès !

Derrière la visière du casque, un visage presque adolescent, grêlé de cicatrices d'acné.

– Samira, ça va ? Oui ? Moi ça va, merci, mais fais attention à toi, hein !

Samira tire Sido par le bras :

– Regarde, il y a même des Françaises qui viennent dans les manifs avec nous, Sido vient de Paris !

Lounès a l'air gêné.

– Sido, je te présente mon cousin Lounès.

– Samira, pardon mais je peux pas te parler, là, je suis en service.

– Je savais pas que tu étais à Alger, tu aurais pu me dire !

– Samira, arrête, s'il te plaît.

– Lounès, arrête, toi ! Viens nous rejoindre ! Vous aussi vous voulez que la mafia dégage, j'en suis sûre. Allez viens !

Samira se retourne vers ses amis et crie : « Policiers et peuple, on est tous frères ! Policiers et peuple, on est tous frères ! » Assia et ses amies reprennent le slogan. Même Atina se prend au jeu. Sido aperçoit Solange, qui semble attendre qu'elle répète ces mots. Elle ne le fera pas. Le petit groupe saute sur place, entraîne les autres, une drôle de danse se déroule devant le cordon de policiers, qui tente de rester impassible. Mais la foule pousse derrière et il faut avancer, Samira envoie un baiser à Lounès :

– À bientôt, cousin, en Kabylie !

– Samira, tu devrais pas porter le drapeau. Fais attention, réplique Lounès.

L'étudiante se fige, se rapproche :

– Personne m'empêchera jamais de porter ce drapeau, tu m'entends ? Comment tu oses, toi, me dire ça ?

Le chef de Lounès s'approche :

– Allez, circulez, ça suffit maintenant, et tenez-vous bien.

Samira lève son drapeau au-dessus de sa tête et s'écrie :

– *Anwa-wigi dimazighen !*

Atina hurle le slogan, repris par leur petit groupe. Sido demande :

– Ça veut dire quoi ?

– « Qui sont-ils ? des *Imazighen* ! » Hommes et femmes libres ! crie Atina.

Elles s'éloignent sans se retourner. Sido a vu les mains se crisper sur les bâtons, les yeux se durcir sous les visières, les bottes se figer derrière les boucliers. Elle entend au loin quelques détonations, aperçoit de la fumée. Elle a perdu le groupe. Quelques mètres devant elle, le drapeau de Samira. Elle avance mais la foule est trop dense, elle ne peut pas la rejoindre. Elle s'arrête, on la bouscule, elle trébuche. Un garçon lui parle en arabe, elle ne comprend pas, il semble demander si ça va, alors elle fait oui de la tête. Ça tourne, elle marche, gagne un mètre, deux, demande pardon pour doubler, elle passe, le drapeau toujours en ligne de mire. Elle sort son portable, pas de réseau. Une petite place en vue, le défilé va se distendre, elle pourra les rejoindre, elle est en nage. Soudain, un corps contre son dos la projette en avant, cris, détonations, fumée. *Silmiya ! Silmiya !* Sido plaque son keffieh contre sa bouche, lacrymos, elle suffoque, elle se courbe, un recoin, là-bas, pour se mettre à l'abri, elle avance, trois hommes font tomber une poubelle, des bouteilles se fracassent sur le sol, l'un d'eux en lance une sur les flics, qui ripostent à coups de lacrymos. Ça revient. Ça monte encore. Ici comme là-bas. Elle ne va pas se laisser faire. Samira a tort. Ce ne sont pas leurs frères. Sido tombe. Le dos. La douleur. La même. Respirer. Se relever. Une pierre là-bas. Sido rampe vers la pierre, l'attrape. Elle se relève. Douleur. Le bras. Se retourner. Frapper. Pas de clé de bras cette fois.

– Sido, Sido, arrête, c'est moi !

Samira.

– Lâche-moi !

Une rue, là-bas, la lumière. Sido court, bouscule, trébuche, se cogne contre un mur, repart, slalome entre des corps, court, court, court. Le bruit s'éloigne. Elle court, elle respire, plus de fumée. Elle court, plus personne, elle court. Du vert, là-bas. Du silence. Elle court. Des arbres, là-bas, loin. Elle court.

Un banc. Des palmiers, des yuccas, des acacias.

Sido respire.

Le vent fait bruisser les palmes.

L'air est léger.

Sido pleure.

Son portable vibre : Solange hurle et, derrière elle, la foule crie toujours. Sido reprend son souffle. Elle va bien. Elle va rentrer chez Assia. Messages de Louise, de Gwenn, d'Arsène en réaction à ses vidéos. Rien de Coco. Sido essaie les textos, les mails, WhatsApp, rien. Elle appelle. Messagerie. Elle entend sa propre voix, c'est elle qui a enregistré le message : « Vous êtes bien sur le portable de Colette, elle ne peut pas vous répondre pour l'instant, vous pouvez laisser votre message après le bip sonore. » Ça remonte. L'air redevient lourd, compact. Sido appelle la maison : personne. Elle appelle Sylvie, Jocelyne, Nicole, aucune n'a eu de nouvelles de Coco depuis le matin.

Arsène.

Il décroche.

– Sido ! Géniales tes vidéos ! J'ai adoré !

Sa voix claire perce le brouillard.

– Sido, Sido, tu es là ? Allô ! Tu m'entends ?

– Oui, je t'entends.

– Ça va ? Je t'entends mal.

– Ça va… En fait non, ça va pas trop.

Sa voix s'étrangle.

– Sido, Sido, qu'est-ce qu'il y a ?

Elle entend la panique dans sa voix, le brouillard revient.

– Sido, réponds !

– Ça va aller. Je suis sortie de la manif, je me sentais mal. Mais là ça va mieux. T'inquiète. Je t'entends. Ça va mieux.

– Tu me fais flipper. Je suis à des kilomètres, bordel. Qu'est-ce qui se passe ?

– Rien, ça va, je suis dans un parc. Avec de beaux arbres. Ça va mieux.

– T'es toute seule ?

– Oui, je suis bien, je vais rentrer seule, avec mon GPS.

– Sido, je sais pas quoi faire, je suis loin, c'est horrible de t'entendre comme ça.

– Moi ça me fait du bien... Arsène, j'ai besoin de ton aide.

– Mais qu'est-ce que tu veux que je fasse depuis ici ?

– J'ai pas de nouvelles de Coco. C'est pas normal. Elle suivait la manif en direct. Elle répond plus. Tu pourrais aller voir chez elle ? Mais discret, juste aller dans sa rue, regarder si tu vois de la lumière. Personne n'a eu de nouvelles depuis ce matin. Je suis trop inquiète.

– Elle t'a déjà fait le coup...

– Arsène, je te demande pas ton avis. Tu veux bien le faire ? Pour moi ?

– Bien sûr mais...

– Vas-y. Et envoie-moi un message pour me dire que tout va bien.

– OK. Je t'embrasse. Fais gaffe. Je t'embrasse fort.

– Moi aussi.

Son « Je t'aime » reste coincé dans sa gorge.

23.

Colette sent une présence derrière elle. Elle se retourne. Réflexe inutile, elle ne voit plus que des ombres sur un fond gris depuis ce matin.

Tu sais, Sido, quand je me suis réveillée, le voile gris avait tout recouvert. C'est la dernière étape. Les piqûres dans les yeux, le traitement expérimental, les plus grands spécialistes ont juste freiné le processus.

Je me suis levée, j'ai déjeuné comme d'habitude avec Jocelyne, Sylvie et Nicole. On a écouté France Inter, commenté l'actualité. Un matin comme tous les autres. Aucune n'a remarqué que j'avais fait tomber un peu de confiture sur mon peignoir. En m'habillant, je m'en suis mis partout. En temps normal, ça m'aurait fait rire. Pas ce matin. J'ai ouvert la fenêtre. L'air était doux. J'ai décidé d'aller me promener, seule. Dans l'entrée, j'ai pris ma canne blanche. L'ai reposée. L'ai reprise.

J'ai marché longtemps, dans les rues que je connais bien, puis de plus en plus loin, vers la Seine.

Je voulais être avec vous, à Alger. Je me suis assise sur un banc, au bord de l'eau, pour suivre la manif en direct. J'entendais le brouhaha, les cris, les chants. Tu filmais, Sido, mais tu n'étais pas là pour commenter, me décrire ce qui se passait. Au bout d'un moment, tu n'as même plus filmé. Tu n'es plus mes yeux. Je suis seule dans le gris à présent.

J'ai éteint mon portable, repris ma route, marché au hasard. Certains passants s'écartaient, d'autres, trop pressés ou absorbés, me bousculaient et marquaient un temps avant de s'excuser. Le temps de voir la canne blanche.

J'ai pris un fallafel dans le Marais, laissé le vendeur compter la monnaie pour moi. Je me suis attablée à une terrasse, longtemps, j'écoutais les talons qui frappaient le bitume, les baskets qui le gommaient. Je tentais de distinguer les odeurs. Parfum fleuri d'une jeune fille ? Déodorant boisé d'un cadre ? Je regretterais presque la mode de l'after-shave à la lavande, qui signalait les hommes rasés de près.

J'aurais voulu toucher, sentir une peau sous mes doigts, la douceur d'une joue contre la mienne. J'aurais dû rentrer, Jocelyne aurait été là, on aurait pu se blottir l'une contre l'autre dans le canapé pour écouter la radio. Peut-être que Sylvie aurait pris la guitare.

Et puis la fraîcheur est tombée sur la ville. Il a fallu rentrer.

Depuis qu'elle marche sur le boulevard, Colette entend ces pas, de plus en plus près. Elle s'arrête.

– Ça suffit maintenant !

Les pas se sont tus. Elle cherche dans le gris. Une ombre.

– Qu'est-ce que vous voulez ? Mon sac ?

Il n'y a pas d'autres ombres alentour. Le boulevard est désert. L'ombre se rapproche.

– Pardon, excusez-moi, je ne voulais pas vous faire peur…

L'ombre a une voix jeune, très grave, qui tombe de haut.

Un grand échalas. Il devait juste marcher sur mes talons. Ils ne savent pas, cette alerte permanente des femmes qui marchent, seules, le soir, dans la rue. Je m'en veux.

– C'est bon, passez votre chemin maintenant.

L'ombre ne bouge pas. Elle semble hésiter.

– Qu'est-ce qu'il y a ? Foutez-moi la paix, bon sang !

– Pardon, je… Je suis venu vous voir. Je suis un ami de Sido.

Colette éclate de rire.

J'imagine les épaules rentrées, l'air penaud. Je voudrais le prendre dans mes bras mais je dois lui arriver à la poitrine, je me suis tellement ratatinée.

– Comment vous vous appelez ?

– Arsène. Sido m'a appelé depuis Alger. Elle s'inquiétait pour vous, vous ne répondiez plus au téléphone.

Ton Arsène, Sido. Celui à qui tu as lancé un « Ça va ? » inquiet. Tu n'as pas envoyé Gwenn, tu l'as envoyé, lui. Tu l'as choisi, entre tous les autres, entre toutes les autres. J'aimerais le détailler de la tête aux pieds. Le jauger, l'évaluer.

– Alors viens, on va prendre un thé.

Colette tend la main, touche le molleton du sweat, accroche son bras. Le grand corps frêle d'Arsène contre le sien imprime son rythme.

Je vais au bal, je marche au bras de Roger, François ou Martial. On va danser, j'ai envie de sautiller. Roger glisse un baiser dans mon cou. François pince ma taille. La danse n'est que prélude. Je m'en fiche. Je vais tourner jusqu'à m'étourdir, boire aussi, pour ne plus rien sentir.

Ils arrivent à la maison, Colette sort sa clé, tâtonne, finit par trouver la serrure. Arsène ne la suit pas.

– Tu veux pas boire un thé ? J'ai de la bière aussi !

Elle prend sa main, le tire à l'intérieur. Sylvie déboule :

– Mais t'étais où, bon sang ? Sido et Solange n'arrêtent pas d'appeler !

Elle se tait en voyant Arsène.

– J'étais entre de bonnes mains, réplique Colette. Je te présente Arsène, mon ange gardien envoyé par Sido justement. Tout va bien, tu vas pas jouer les flics. J'avais besoin de marcher. Maintenant, je suis crevée, une tisane et au lit !

Colette glisse un clin d'œil à Sylvie, qui comprend tout de suite :

– Je vous laisse, j'étais en train de terminer un morceau. Bonne nuit, lance-t-elle en murmurant à l'oreille de Colette : « Tu me raconteras… »

– Alors, Arsène, une bière ou un thé ?

– Heu, comme vous voulez !

– J'ai eu un peu froid en terrasse, je vais me faire un grog, ça te dit ? Installe-toi, j'arrive.

Colette met l'eau à chauffer.

Arsène, est-ce que tu es assis au bord du canapé, sans savoir où mettre tes grandes jambes ? Est-ce que tes yeux sont happés par les tentures indiennes, le kilim défraîchi, les tableaux de peintres haïtiens ? Peut-être que tu t'attardes sur les livres de la bibliothèque ? Peut-être que tu saisis mon vieil exemplaire de Notre corps, nous-mêmes, *usé jusqu'à la corde ? Peut-être que tu le refermes d'un coup sec, après avoir aperçu les photos de femmes nues ? Ou pas. Tu as déjà dû tellement en voir dans les pornos. Tu dois être le nez dans ton téléphone, homard recroquevillé sur toi-même. J'enrage de ne pas te voir. Voir pourquoi Sido a choisi ce corps-là, et pas un autre. Pourquoi ce regard-là, ces mains-là sur elle.*

Colette presse le citron, fait fondre le miel, verse le rhum. En rajoute une petite rasade dans sa tasse. Elle dépose le plateau sur la table, s'assoit dans son club.

– C'est chaud, attends un peu. Tu as prévenu Sido que j'étais vivante ?

– Je viens de lui envoyer un message.

– Bien passé la manif à Alger, alors ?

– Oui… je crois, enfin…

– Quoi ?

– Sido s'est un peu éloignée à un moment, elle se sentait pas très bien. Mais là ça va. Elle est rentrée.

Quelque chose dans ta voix. J'imagine tes mains, sur tes genoux, qui frottent le jean. J'entends les ongles contre le tissu. Je sens quelque chose, mais l'odeur du grog recouvre tout. On dirait l'odeur de la gêne, acide.

Colette prend sa tasse. La gorgée brûle son œsophage mais la chaleur se répand jusque dans ses os.

– J'aurais adoré voir ça. Être là-bas, avec elles. C'est fou ce qu'ils sont en train de faire, les Algériens. Tu as un peu suivi ? Réussir à annuler cette mascarade d'élection. À faire tomber Boutef. Sans violence. Oui, j'aurais bien voulu voir ça.

Le bruit des ongles sur le jean reprend.

Je vais devoir jouer les grands-mères si je veux te tirer les vers du nez.

– Mais je suis trop vieille. Place aux jeunes ! Sido m'a raconté vos actions, au lycée, contre ParcourSup, la marche pour le climat, vous êtes formidables.

Ça sonne un peu faux. Est-ce que tu te tortilles sur le canapé ? Slurp. *Tu as dû te brûler.*

Colette souffle sur le grog, éloigne la vapeur, reprend une gorgée.

Autant y aller franco.

– Et tu étais là au siège de Rolland ?

– Oui…

– Incroyable ! C'était l'idée de Sido, j'étais fière comme un bar-tabac, tu peux pas imaginer. Mieux qu'une mention au bac ! Enfin, elle a le temps, mais toi c'est pour cette année je crois ?

– Oui, ça va arriver vite maintenant.

– Ça doit pas être facile à concilier, la préparation du bac, les manifs, tout ça.

– Non, c'est sûr…

Allez, je me lance, on va pas y passer la nuit.

– Arsène, je peux te poser une question ?

Tu as dû reprendre une gorgée, ton « oui » est mouillé.

– Je sais que Sido était sur les Champs, le jour où les Gilets jaunes ont brûlé le Fouquet's. Je l'ai vue sur une vidéo en train de piller un magasin et de lancer des pavés sur les CRS.

– Elle a rien pillé.

Touchée.

Ta voix est claire, tranchante.

– Tu étais là ?

– Oui. On a rien volé. Juste pété la vitrine pour sortir les mannequins. D'autres ont pillé. De toute façon, c'est pas très grave. Les assurances vont rembourser tout ça.

– Alors à quoi ça a servi ?

– À produire des images. Qui ont un impact.

Touchée, encore.

– Sur la vidéo, j'ai reconnu la voix de Sido, j'ai vu quelqu'un par terre, c'était toi ?

– Oui, je me suis pris une balle de LBD dans la jambe. Sido m'a protégé. Avec ma sœur, Louise.

– Et après vous avez lancé des pavés sur les flics…

– Et alors ? Faut se laisser faire sans répondre ? On le faisait avant. Résultat, on a fini au poste. C'est fini. On veut plus de ça.

Les mains de Colette tremblent sur la tasse.

Est-ce que les tiennes aussi ?

– D'autres avant vous ont gagné avec la non-violence : Gandhi, Martin Luther King…

– Tant mieux pour eux.

Colette sent l'air devenir compact, électrique.

Tant pis, il faut que je sache.

– Sido ne sait pas que je sais. Je l'ai dit à Solange bien sûr. Mais nous avons décidé de nous taire. Je ne lui ai jamais dicté ses actes. Je ne vais pas commencer maintenant. Elle sait ce qu'elle a à faire. Mais depuis la garde à vue, elle a changé, elle ne se confie plus comme avant, je m'inquiète.

Je veux que tu me dises. Est-ce qu'elle est subjuguée, aveuglée, éprise ? Est-ce qu'elle est amoureuse au point de te suivre, de s'oublier ? Est-ce qu'elle se serait laissé griser, comme moi, au bal, pour se sentir vivante, contre un autre corps, sous un autre corps ?

– Sido, personne ne lui dit ce qu'elle a à faire. Surtout pas moi.

Sido n'aurait jamais laissé faire les garçons, tous les soirs de bal. Sido n'a pas besoin de ça pour exister.

Tu as dû te redresser, ta voix tombe de plus haut. Peut-être ton regard est-il dur, perçant. Peut-être est-il doux, humide. Tu prononces un s *suave, et ton* o *reste ouvert.*

– Alors pourquoi elle fait ça ? Je l'ai élevée, tu sais, elle a dû te le dire. Solange n'était pas souvent là, elle travaillait tellement.

Je ne vais pas me mettre à pleurer maintenant.

Colette se redresse :

– Tu ne veux pas me dire pourquoi vous faites ça ? Non, parle pas pour les autres. Pourquoi tu fais ça, toi ?

– Quoi ?

– Casser des vitrines, des flics ?

– Parce que le pouvoir ne comprend que la force.

– Tu sais bien que ce n'est pas la seule raison… Est-ce que… tu aimes ça ?

Tu reposes la tasse sur le plateau, je sens ton souffle chaud s'approcher. Non, ne recule pas, reste là, approche encore. Je veux te sentir, tout près.

– Coco, je peux te tutoyer ? Écoute, je vais te dire quelque chose. Sido n'est pas au courant. La violence, je connais. Depuis tout petit… Mon père frappait ma mère. Devant nous. Des fois on se disait que c'était fini, ça durait plusieurs mois, et puis ça revenait, on savait jamais pourquoi. Un jour, il est parti. Mes parents ont divorcé. On le revoyait de temps en temps. Ma mère n'en a jamais reparlé. Mais moi, j'ai ces images dans la tête. Ses bleus au visage. Sa lèvre fendue. Et puis la rage. L'envie de casser la gueule de mon père. Quand j'ai commencé à sortir avec des filles, j'ai eu peur d'être comme lui. Je me faisais tout le temps larguer. J'avais envie de cogner dans les murs. J'aimais ça. En fait, j'avais peur de cogner autre chose. J'en ai parlé à ma sœur. Elle m'a dit qu'il fallait que je canalise ma violence. Que je la dirige vers quelque chose qui en valait la peine. Elle aussi elle a la rage. Elle s'est juré de pas être comme ma mère. Je lui ai juré de pas être comme mon père. Mais des fois ça monte. Alors je vais péter des vitrines. Ou casser du facho. Sido, je pense que ça va passer. Elle a eu besoin de ça, après la garde à vue. Elle a aimé ça aussi. On a aimé ça ensemble. Mais on partage autre chose. Tellement d'autres choses…

Il chuchote à présent. Colette tend la main. Il la prend.

Tes doigts sont fins, ta peau calleuse. Laisse-moi toucher ta joue. Elle est humide de larmes.

– Merci, Arsène.

Merci de m'avoir permis de voir ça. Ou plutôt de l'entendre.

On n'aura pas fait tout ça pour rien.

24.

Solange fouille le paysage, tente de retrouver des repères. Le végétal a perdu du terrain, les villages sont devenus des villes. Des pneus, du polystyrène, des boîtes de conserve jalonnent la voie ferrée. Les sacs plastiques s'accrochent aux branches des arbres. Seul le minéral demeure intact, à peine entaillé par quelques carrières. Assia et Atina sont endormies. Tête enfouie sous un foulard pour l'une, moue boudeuse pour l'autre. Elles se sont effondrées dès les premiers kilomètres, épuisées par la marche de la veille, la soirée qui a suivi, avec toutes les amies d'Assia à l'appartement jusque tard dans la nuit. Sido s'est assoupie, sa capuche sur les yeux.

Tout a changé ces derniers temps, Sido. Tu étais si mûre, déterminée, terrienne, avant. Tout le contraire de moi au même âge. Quelque chose s'est fermé en toi. Mais autre chose s'est ouvert.

On a perdu trop de temps. Des années. Il faut qu'on parle.

Sido se réveille, s'étire.

– Tu te sens mieux ?

Sido hoche la tête, attrape sa gourde et boit de longues rasades d'eau fraîche.

– On n'a pas eu le temps de reparler d'hier, qu'est-ce qui s'est passé ?

Sido met sa tête sur l'épaule de Solange, ferme les yeux :

– Je me suis sentie mal, tous ces gens…

– Tu es habituée pourtant !

Tu hésites, je le sens.

– J'ai été prise dans un mouvement de foule, les flics ont lancé des lacrymos, certains ont riposté avec des bouteilles et des pierres. Je suis tombée. C'était comme devant le lycée, en décembre.

Sido se tait. Solange ne bouge pas.

Ce n'était pas une autre manif qui est remontée, plutôt ? Est-ce que tu vas me le dire ?

Sido reprend :

– Je veux jamais revivre ça. Jamais.

À nouveau le silence. Puis Sido murmure :

– Avoir envie de frapper quelqu'un, de lui faire mal, vraiment, ça t'est déjà arrivé ?

– Oui. Une fois. Pour défendre Yasmine.

– Et tu as fait quoi ?

– Au lieu de ça, je suis partie chercher de l'aide. Et quand je suis revenue, c'était trop tard.

– Tu regrettes ?

– Ça sert à rien de regretter.

Sido se redresse. Plante ses yeux dans les siens.

– Alors pourquoi tu vas en Kabylie ?

Je ne sais pas si tu peux comprendre. Je ne t'ai pas raconté ce que m'a dit Georges, avant notre départ. Je n'aurais pas dû aller le voir, je déteste la ferme, les champs nus en hiver, le ciel plombé, le silence glacial transpercé par les cris des bêtes, le chant du coq le matin, l'odeur animale qu'il porte dans ses vêtements. Il a écouté, en silence : ta banderole au siège de Rolland, le conseil d'administration, les violences sur les Champs-Élysées, mes derniers jours au bureau. Il est resté impassible devant la vidéo puis a murmuré :

– C'est rien, ça, j'ai vu tellement pire. Mais la gravité des faits ne compte pas. Ce qui compte, c'est ce qu'elle a ressenti.

Je crois savoir ce que tu as ressenti, Sido. C'est pour ça que je t'emmène. Pour que tu voies un mouvement non-violent, ces jeunes tous les vendredis à Alger.

C'est ce que j'ai dit à Georges. Pas dupe, il a deviné qu'il y avait une autre raison :

– Si tu cherches à raviver l'amour passé, a-t-il murmuré, tu risques d'être déçue. Mais je ne veux pas t'empêcher d'y croire.

Il s'est tu, les yeux dans le vague. Il a ouvert un tiroir de son bureau, sorti une feuille : un dessin de figuier, donné par Yasmine.

– Est-ce qu'elle dessine encore ? a-t-il demandé.

– Je crois, oui, m'a dit Assia.

– Alors elle n'est pas tout à fait morte.

Sido repose sa tête sur l'épaule de Solange.

– Tu crois que tu l'aimes encore, Yasmine ?

– Je ne sais pas, balbutie Solange. J'aime encore cette fille de seize ans. Mais elle a dû vieillir un peu…

– Tu veux bien que je sois là, quand tu la verras ?

– Bien sûr. Je voulais te le dire depuis longtemps. Je voudrais que tu la connaisses. Mais elle, est-ce qu'elle voudra ? Tu sais, on ne s'est pas parlé depuis tant d'années… Regarde, je crois qu'il est temps de te montrer ça.

Solange sort le dessin de son portefeuille, le déplie.

– C'est un portrait qu'elle a fait de toi à partir d'une photo, quand tu étais bébé.

Il est usé, les ombrés s'effacent. Les doigts de Solange l'ont si souvent caressé qu'ils en gardent la mémoire. Sido se blottit contre elle :

– Moi aussi, quand on rentrera, je te présenterai quelqu'un.

– C'est qui ? murmure Solange dans un souffle.

– Tu te doutes, non ?

– Oui.

– Ça me fait un peu flipper !

– T'inquiète, je mords pas. C'est un mec. Nul n'est parfait. Mais si tu l'aimes, il doit pas être comme les autres.

– Ça non, tu verras ! rit Sido.

À Tizi Ouzou, Assia récupère la voiture d'un cousin sous une pluie battante. Atina tape des pieds en pestant contre la météo, Solange ne reconnaît rien. Tout est gris, sombre, froid. Le rideau de pluie cache les montagnes, les phares éclairent à peine les lacets. Elle a envie de vomir, envie d'une cigarette, envie de s'enfuir en courant. La maison n'a pas changé, sauf que tout paraît petit et sale dans cette lumière glauque. Elles courent se mettre à l'abri, mais il fait froid à l'intérieur. Assia allume les radiateurs, qui dégagent une odeur de poussière brûlée.

– Des fois on a de la neige en avril, estimez-vous heureuses, essaie-t-elle pour détendre l'atmosphère. Venez, je vous montre vos chambres.

Solange s'apprête à monter à l'étage mais Assia la guide vers une grande pièce glaciale pavée de marbre :

– Les filles vont aller là-haut. De toute façon, tout a changé, il ne reste rien.

Solange monte quand même. Les deux petits lits sont toujours là. La chambre est nue, blanche, vide. Assia l'entraîne vers le salon :

– Je vais faire un feu, allez ! En espérant que la cheminée ne fume pas trop !

Je voudrais enfouir ma tête sous les draps, ne plus parler, ne plus voir personne.

Sido l'attrape par le bras :

– Atina, montre-nous la cuisine, j'ai faim !

Atina a compris. Elle allume la gazinière, fait chauffer de l'eau, sort des provisions.

– Laisse-moi faire, tu vas te casser un ongle, rit Sido. Mets-nous plutôt un peu de musique.

Atina l'interroge du regard.

– Vas-y, mets ta musique, Solange est restée bloquée au temps des Beatles, faut qu'elle entende ça.

Assia revient trempée de la réserve de bois.

– « Est supérieure celle qui a la science du feu », comme on dit chez nous !

Son portable vibre.

– C'est Yasmine. Elle préfère qu'on passe la voir demain.

Yasmine se dérobe, ça ne lui ressemble pas. Mais ça vaut peut-être mieux.

– Tu es soulagée, Solange ? sourit Assia en l'entendant souffler. Un peu d'appréhension, c'est normal, après toutes ces années. Mais Yasmine n'a jamais mangé personne ! Quoique… Tu sais, ici, les enfants l'appellent Teryel, l'ogresse des contes, qui dévore les petits garçons !

Atina roule de gros yeux et sort ses griffes laquées de rouge.

– Libre et indépendante, comme Teryel, rit Assia. Ça lui va bien à Yasmine.

Le lendemain, Solange se lève la première. Le soleil peine à s'élever au-dessus des bancs de nuages qui s'accrochent aux sommets. Elle fouille le ciel : Zohra a déjà disparu. Elle monte à l'étage, entrouvre la porte de la petite chambre. Sido et Atina dorment encore. Chacune dans leur lit.

Si tu savais, Sido, il y a si longtemps. Les draps froissés, l'atmosphère humide.

Solange descend à la cuisine, fait chauffer un café, l'avale d'un trait. Elle sort. Les rues du village sont désertes. Les maisons des émigrés ont poussé un peu partout, déformant le paysage. Elle monte jusqu'à la vieille ferme. Ses murs ont été restaurés, son toit réparé. Le figuier est toujours là, plus gros que dans son souvenir. Elle caresse son écorce lisse.

Parfois les choses changent mais restent les mêmes. Il faudra que j'envoie une photo de cet arbre à Georges.

Les volets sont fermés, Solange frappe doucement à la porte. Personne ne répond.

Elle prend le chemin de la montagne. Retrouve le rythme ancien, les odeurs du maquis, décuplées par la rosée matinale. Les oiseaux se déchaînent pour saluer le jour. La chaleur gagne peu à peu ses poumons, se diffuse dans ses jambes, remonte à son sexe, qui vibre à chacun de ses pas.

Tout en haut, Yasmine est là.

Et rien n'a changé.

25.

Sido se réveille seule dans la chambre. Atina est déjà descendue. Il est 11 heures, ça faisait longtemps qu'elle n'avait pas dormi comme ça. La pluie a cessé, le soleil frappe déjà aux carreaux. Elle vérifie son portable. Pas beaucoup de réseau ici, juste de quoi charger les messages textes. Arsène a dû raconter ce qui s'est passé lors de la manif : Louise et Pablo ont envoyé des tonnes de baisers, Gwenn quatre vidéos. Coco s'est contentée d'un « *Je pense fort à vous* ».

La maison est déserte, tout le monde est sorti. Sido trouve une théière encore chaude et du pain sur la table de la cuisine. Elle sort sur la terrasse avec un plateau, s'assoit à même le sol. Les pitons rocheux tressent leur couronne autour d'une vallée vert pomme. Quelques cultures en terrasse alternent avec des bosquets d'arbres. Sido croit deviner des chênes verts, des cèdres, des pins.

Elle finit son thé, enfile ses baskets et trouve Assia et Atina juste devant la maison, en grande conversation avec une voisine. Solange a disparu, ne répond pas au téléphone. Elles vont voir si elle est chez Yasmine. Atina ne s'est pas maquillée aujourd'hui. Son survêtement noir souligne ses formes harmonieuses.

Assia frappe à la porte d'une vieille ferme dans le haut du village. Les abords de la maison sont parfaitement entretenus, les bordures nettoyées, un magnifique figuier déploie ses feuilles lobées. Les extrémités des jeunes rameaux ont déjà été pincées, il promet une belle récolte. Personne ne répond, Assia appelle « Yasmine ? » puis entre. Elle fait signe de la suivre :

– Entrez, il n'y a pas de problème, je suis chez moi ici.

Les yeux de Sido s'habituent lentement à l'obscurité. Le mobilier est réduit au strict minimum : un lit, une table, deux chaises, une lampe. Mais un angle de la pièce attire le regard. Sous deux petites fenêtres, un établi, le sol jonché de caisses remplies de cartons à dessin. Sur un chevalet, une toile où figure une femme massive, les seins longs, rabattus sur ses épaules, qui fixe Sido. Des morceaux de photos un peu passées sont collés sur sa tête. Elles montrent des cicatrices boursouflées, fermées par des points de suture. Assia s'approche :

– Une toile exposée ! Yasmine ne les laisse jamais voir à personne, elle les recouvre systématiquement quand quelqu'un entre. Je crois que c'est Teryel. Regarde les seins : elle les rabat dans le dos car elle refuse la maternité. Mais qu'est-ce qu'elle a collé sur la tête ? Ces photos, on dirait…

Assia se tait, elle s'essuie les yeux, se reprend :

– On dirait des photos de sa blessure, quand elle a été agressée à Paris. Elle n'a jamais reparlé de tout ça.

Sido détourne les yeux. Une ogresse blessée. Ce n'est pas comme ça qu'elle imaginait Yasmine.

Assia se retourne brusquement, ouvre la porte arrière de la maison :

– Venez, on va attendre Yasmine dans le jardin !

Du vert, du bleu, de la lumière. Le malaise ressenti devant la toile s'efface. Clos de murs, le jardin déploie des figuiers de Barbarie, cactus mamillaires, succulentes, euphorbes, toutes les essences que Sido ne peut pas faire pousser à Paris. Un potager où pointent les feuilles tendres des carottes, les tiges élancées des tomates. Les fleurs s'en donnent à cœur joie sous le franc soleil.

Atina s'affale dans la chaise longue, Assia rentre faire un café. Sur un banc, sous une tonnelle, un carton à dessin usé semble appeler Sido. Elle l'ouvre. Elle reconnaît le style, le même que le dessin affiché au-dessus du lit de Solange. Le même que son portrait de bébé. Il y en a des dizaines : Solange endormie, adossée à un rocher, en train de marcher avec un sac à dos, assise en tailleur à côté d'un feu. D'autres dessins sont des caricatures, drôles, acérées, on sent parfois l'influence de Bretécher, de Reiser. Sido éclate de rire devant un dessin d'un garçon en train de baiser une meule de foin. Atina s'approche :

– C'est quoi ?

– Les dessins de Yasmine. Sûrement ceux qu'elle a faits quand elle était avec Solange.

– Excellentes, les caricatures !

– Ça fait drôle, dit Sido en tendant un dessin de nu alangui.

– Sûrement. Mais tu as de la chance. Moi j'ai même pas une photo de ma mère. Tout a disparu. Et je m'en souviens à peine. Je ne l'ai jamais revue depuis qu'ils l'ont internée. Bref ! Je sais pas pourquoi je te parle de ça... Ça me rend trop mélancolique, la Kabylie.

Atina se rassoit dans sa chaise longue. À travers le casque, Sido entend l'électro poussée à son maximum. Assia a raconté à Solange, et Solange lui a dit. Son plus jeune frère, le père d'Atina, faisait partie du Front islamique du salut. Il a rompu avec toute la famille pendant les années sanglantes. Il a été tué par l'armée, et la mère d'Atina est devenue folle avec tout ça, incapable de s'occuper de sa fille, qui a été élevée par Assia.

Sido referme le carton. Solange lui manque, tout à coup.

Du bruit dans la maison, des voix, enthousiastes, émues. La porte s'ouvre. Solange tient la main d'une petite femme brune, très mince. Ses yeux noirs sont farouches, son sourire hésitant.

Solange, elle, a de nouveau seize ans.

26.

Sido enfile son blouson, visse sa casquette sur la tête, ajuste son foulard. Gwenn, Louise, Pablo, Arsène, tout le monde est prêt. Ils chargent les sacs à dos, vérifient une dernière fois l'itinéraire.

Sido est nerveuse. Et si elles ne venaient pas ? Arsène prend sa main, embrasse le bout de ses doigts.

Les voilà enfin. Méconnaissables tout en noir, avec leurs casquettes. Elles se tiennent par le bras.

– Désolée, on a eu un contretemps, souffle Solange. Regarde !

L'air affolé, elle montre un message d'Assia.

« Samira a été arrêtée cet après-midi. Atteinte à l'intégrité du territoire. »

Samira, le drapeau. Lounès l'avait prévenue.

– Qu'est-ce qui va se passer maintenant pour elle ? demande Sido, inquiète.

– Assia m'a dit qu'elle va aller en prison, comme les autres détenus d'opinion. Espérons qu'elle sera vite relâchée.

Coco souffle fort. Trop.

– Ça va, Coco ?

– Ça m'a mis un coup. Assia est bouleversée. Atina a tenté de retenir Samira, elle a été bousculée, elle s'est foulé la cheville.

Sido vérifie son Instagram, vite. Atina va bien. Elle a déjà posté une photo d'elle arborant une attelle décorée de stickers. Louise éclate de rire :

– Elle est trop forte ! J'adore. Mais c'est flippant pour Samira. Tu vois, Coco, de quoi ils sont capables ?

Coco hausse les épaules. D'habitude elle adore ferrailler avec Louise, mais pas ce soir.

Gwenn trépigne. Des semaines qu'ils préparent cette action, l'impatience prend le pas sur l'empathie pour des filles et des femmes qui lui sont inconnues. Sido doit faire attention : difficile de partager le voyage en Algérie avec le groupe, trop de bouleversements, il faut que ça décante. Mais les étamines restent soudées, quoi qu'il arrive.

– Allez, on y va maintenant ? lance Sido en attrapant le bras de Gwenn.

Les rues sont désertes. Louise désigne un premier pan de mur. Sido pose son sac, sort la colle, les lettres soigneusement numérotées. Chacun, chacune prend une lettre, un pinceau, les premiers mots s'étalent :

VIOLEUR AGRESSEUR TUEUR
À TON TOUR D'AVOIR PEUR

Gwenn filme le mur, leurs dos, ils repartent.

Coco peine à suivre, s'appuie au bras de Solange. Personne ne sait qu'elle ne peut pas voir ce collage. Elle n'avouera jamais que le gris a tout envahi.

Il fait doux. Je n'ai pas peur, je vais au bal. Je suis vivante.

Le portable de Solange vibre. Message de Yasmine : « *Je viens de poster un nouveau dessin, allez voir.* » Sur Instagram, déjà des dizaines de likes pour ce portrait d'une jeune fille brandissant le drapeau amazigh, à la barbe de militaires obèses, sanglés dans leurs uniformes trop petits. Solange commence à taper « *Fais attention* », efface, puis écrit : « *Bravo !* »

Un autre pan de mur les attend, mais il est occupé. Une silhouette sombre est en train de coller un corps de femme nu, veiné de noir. À la place de son visage, des ailes de papillon. L'artiste se retourne, finit de coller sa signature, 13bis, et s'en va. Louise interroge tout le monde du regard :

– On va ailleurs ?

– Attends, dit Sido, il reste une petite place à droite, là, on peut coller juste une feuille ? J'ai pris mon marqueur.

Elle dessine un ⵣ, le colle à côté de la femme-papillon. Elle prend une photo, Demeter la poste en taguant #Samira #Imazighen.

Arsène l'enlace :

– Tu viendras, demain, à la manif ?

Septembre est doux. Elle a ses boutures à préparer, ses bulbes à enfouir. Elle regarde Coco, qui vacille un peu, Solange qui se redresse. Elle caresse la nuque d'Arsène :

– Peut-être.

REMERCIEMENTS

À Régine Dhoquois, Jacqueline Feldman, Marie-Jo Bonnet et Évelyne Rochedereux pour avoir bien voulu partager avec moi leurs incroyables souvenirs de militantes.

À Anne Dhoquois de m'avoir permis de les rencontrer.

À Christine Bard pour son formidable travail au Centre des archives féministes et pour m'avoir ouvert son carnet d'adresses.

À Dalila Morsly pour son carnet d'adresses également, ses si précieux conseils sur le féminisme algérien, sur la langue et la culture kabyles.

À Ali Silem pour ses merveilleux souvenirs et ses conseils sur la langue amazigh.

À Latifa, Zakia et leurs contacts, qui m'ont fait vivre le *Hirak* de l'intérieur.

À 13bis pour son œuvre inspirante : *La Femme papillon*.

À Dalila et toute sa famille (et notamment Saïd et Amine) pour m'avoir accueillie chez eux, à Alger et en Kabylie. Avec une pensée pour Zrohr, partie trop tôt.

À Valentine et Sandrine pour leur relecture attentive de mon manuscrit, leurs remarques passionnantes et judicieuses.

À Hélène, Dominique et Aurélie pour leur indéfectible soutien.

À Nicolas, d'être à mes côtés.

À Charline Vanderpoorte, mon éditrice, qui m'a fait confiance, m'a guidée et fait grandir, en toute sororité.

Cet ouvrage a été achevé d'imprimer sur Roto-Page un pinceau à la main
pour le compte des éditions Thierry Magnier
par l'Imprimerie Floch à Mayenne en février 2021
Dépôt légal : mars 2021
NBJ/38810.01.54863.001
N° d'impression : 97757
Imprimé en France